「悦读」

大鱼文库

发现的惊喜·阅读的欢愉

Liz Jensen

路易的第九条命

The Ninth Life of Louis Drax

〔英〕
利兹·詹森
著

姚瑶
译

CNS PUBLISHING & MEDIA
湖南文艺出版社
HUNAN LITERATURE AND ART PUBLISHING HOUSE

图书在版编目（CIP）数据

路易的第九条命 / (英) 利兹 · 詹森 (Liz Jensen)
著 ; 姚瑶译. -- 长沙 : 湖南文艺出版社, 2021.5
（大鱼文库）
书名原文: The Ninth Life of Louis Drax
ISBN 978-7-5404-9722-4

Ⅰ. ①路… Ⅱ. ①利… ②姚… Ⅲ. ①长篇小说—英国—现代 Ⅳ. ①I561.45

中国版本图书馆CIP数据核字(2021)第050929号

著作权合同图字：18-2019-002

大鱼文库

路易的第九条命

LUYI DE DI-JIU TIAO MING

作　　者：〔英〕利兹 · 詹森
译　　者：姚　瑶
出 版 人：曾赛丰
责任编辑：夏必玄
装帧设计：少　少
内文排版：钟灿霞
出版发行：湖南文艺出版社
（长沙市雨花区东二环一段508号 邮编：410014）
印　　刷：湖南凌宇纸品有限公司
开　　本：787mm × 1092mm 1/32
印　　张：10
字　　数：178千字
版　　次：2021年5月第1版
印　　次：2021年5月第1次印刷
书　　号：ISBN 978-7-5404-9722-4
定　　价：46.80元

献给卡斯滕

对你的爱溢于言表

“当我们看见大脑的时候，我们才意识到，从某种层面而言，我们不过是一块肉，而从另一层面来说，我们不过是一种虚构。”

——保罗·布罗克斯《步入寂静之地》

警　告

我和大多数孩子不一样。我是路易·德拉克斯。我的身上发生了一些本不应发生的事情，比如去野餐却溺水身亡。

只要去问问我妈妈，身为一个动不动就出事故的男孩的母亲是怎样一种感受，她会告诉你的。一点也不好玩。你不能睡觉，不知走到哪一步就将面临终结。你目之所及遍布危险，你心想，*必须得保护好他，必须得保护好他*。可有时候，你保护不了。

在爱我之前，妈妈先恨上了我，因为第一次事故。第一次事故是在我出生时。和凯撒大帝出生时的情形一样。他们用刀去捅这个女人，捅得她肚皮爆裂，他们就这样将胎儿取了出来。小婴儿哇哇大叫，浑身是血。你看，他们都觉得不可能用正常的方式生下我。（正常的方式也很恶心。）再加上，他们觉得她会因生我而死，就像凯撒大帝的妈妈[①]一样，他们得把我们的尸体装进棺材里，成人款的棺材给她，儿童款给我。他们也可能把我们放

① 事实上，凯撒大帝的母亲奥莱莉娅并未因生产而死，剖宫产一说也并未得到证实。

进同一口棺材，双人棺材之类的。我打赌他们有那种棺材。我打赌你能从网上订购到那种棺材，专为有着特殊联系的母子准备。出生真是恶心得要死，就算你活到一百岁，你和你的妈妈都不可能对这件事释怀，但出生仅仅是个开始。可当时我并不知道，她也不知道。

第二次事故发生在我婴儿时期。那时我差不多八周大，正躺在婴儿床上睡觉，突然间我就出现了婴儿猝死综合征的症状。*必须得保护好他，必须得保护好他*，她心里想着，不要惊慌，叫救护车就行。于是他们告诉她如何在救护车抵达前让我恢复呼吸，他们来了之后便给我供氧，我的胸口因此遍布瘀青。她很可能还留着那些照片。如果你想看的话，她会拿给你看的。外加那些 X 光片，我那可爱而脆弱的婴儿肋骨全都碎得一塌糊涂。四岁的时候呢，我突发痉挛，拼命尖叫，呼吸差不多停止了九分半钟。是真事。就连了不起的胡迪尼[①]都做不到，他是个脱逃艺术家，是个美国人。接下来呢，我六岁的时候掉进了里昂的地铁轨道里，全身百分之八十五遭到电击。这种事前所未有，偏偏就发生在了我身上。我活了下来，近乎奇迹。之后我又食物中毒，嘴巴里塞满了有毒食物。我得过各种各样的病，沙门氏菌感染、破伤风、肉毒杆菌中毒、脑膜炎，这还只是冰山一角，其他的病我说不

① 哈里·胡迪尼（Harry Houdini，1874—1926），原名埃里克·韦斯（Ehrich Weiss），匈牙利裔美国魔术师，享誉国际的脱逃艺术家。

出来名字，它们都在《医学百科全书》的第三卷，你可以去查查看，非常恶心。

“有个我这样的孩子对她而言就是场噩梦。”我对古斯塔夫说。古斯塔夫是个噩梦专家，因为他的全部人生就是一场噩梦。“每一天她都在担心各种各样的危险，以及该如何护我周全。”

“你来这里更好，”古斯塔夫说，“年轻的先生，在你到来之前我非常孤单。你想待多久就待多久。和我做伴吧。”

我已经习惯他了，可还是有点怕他。他的整颗脑袋上都缠着血淋淋的绷带。你要是看见他的话，肯定也会觉得毛骨悚然，搞不好还会被吓死。但也有可能，你还是会把心里的事情告诉他，就像此刻的我一样。看不到对方的脸，反而比较容易说出心里话。

事情是这样的，我不值得信任。只要一秒钟没看住我，我就会陷入麻烦。人人都说，高智商反而让一切更糟，而不是更好。

“人们都说猫有九条命，”妈妈说，“因为它们的灵魂依恋肉体，所以不肯离去。如果你是一只猫，路易，那你现在已经用掉了八条命。每年用一条。我们不能这样下去了。”

爸爸和胖子佩雷斯都表示赞同。

“胖子佩雷斯是谁？”古斯塔夫问道。

胖子佩雷斯是个肥肥胖胖的读心人，但其实一点也不精于此道。爸爸妈妈之前经常付钱给他，让他听我说话，进入谜团的核心。路易·德拉克斯身上的古怪谜团，这个容易出事故的惊人男孩。爸爸绘声绘色地讲这些事情的时候总是这么说。可这件事一点也不好笑，而是绝对严肃的事，让妈妈极度绝望的事。

嘿，古斯塔夫，听听大家都是怎么说的。大家都说，总有一天我会遇到一场大事故，一场终结所有事故的事故。终有一天，也许你抬起头，会看到一个孩子从天上掉下来。

那恐怕就是我。

孩子不应该惹自己的妈妈伤心落泪，所以我每周三都要去见摩天大厦区的胖子佩雷斯。他住在卢米埃尔兄弟广场附近。你可能不知道卢米埃尔兄弟是何许人也。卢米埃尔兄弟就是发明了电影的那兄弟俩，那里有个关于他们的博物馆，广场上有个喷泉，还有个超市，妈妈去那里买沙拉、番茄和奶酪。我太讨厌番茄了，我对番茄过敏。她去食品店买蒜肠，我和爸爸偷偷管那种肠叫“驴鞭”。她买东西的时候，我和胖子佩雷斯就聊些血腥的话题。

“无论你想到什么，都可以拿出来谈论，路易。我在这里就是为了倾听你的心声。”

我们经常聊的是吸血蝙蝠，因为我对《蓝色星球》和《动物世界：超凡脱俗的风景》了如指掌，对于像雅克-伊夫·库斯托、阿道夫·希特勒、圣女贞德、莱特兄弟这样的已故人士、形形色色的疾病和毒物也相当熟悉。吸血蝙蝠的吸血量的世界纪录是五升，它先利用唾液使母牛麻痹，然后从牛的脖子或者臀部吸血。我想跟胖子佩雷斯说什么都可以，因为谈话仅限于我们俩之间，绝不会离开那个房间。话题越是恶心，他就越是兴奋，他坐的皮椅子一直嘎吱嘎吱响个不停。

我总是想，要是他对我的血腥故事不再感兴趣了，那他就可以在房间里放一盘录音带，录好他的声音，每隔几分钟就播一下“再跟我多说一点”。然后他就可以离开，去看卡通频道，花钱买甜点吃。

“每次要给多少钱？”

“这个问题得问你妈妈，”他说，“或者爸爸。”

“我在问你。每次多少钱？”

“你为什么非得知道呢？”

“也许我也可以做你做的事啊。赚点钱。”

他露出了招牌式的微笑，油腻，诡异。

“那你觉得，你愿意帮助他人吗？”

这话让我哈哈大笑。

“帮助他人？我愿意坐在椅子里，说‘再跟我多说一点’，每次赚上很多钞票，这是我愿意的，似乎相当轻松。”

“那你觉得，等到长大以后，你愿意过毫不费力的人生吗？”

“真是个蠢问题。”

“为什么蠢呢，路易？”

“因为我是不可能长大的，不是吗？”

“你为什么会这么想？”

他觉得我是个彻头彻尾的大白痴吗？他觉得我是从冥王星还是别的什么地方来的，那里的人都不长脑子是吗？

“第二个蠢问题。”

“如果你觉得这是个蠢问题，那我很抱歉，路易。可我还是对你的答案很感兴趣，”他油腻腻地笑着说，“所以，你为什么会认为自己长不大呢，路易？”

什么都别说。什么都别说。什么都别说。

胖子佩雷斯是我的头号敌人，但我从来没有像害怕古斯塔夫那样害怕他。要是你见到古斯塔夫的话，也一样会被吓到。因为绷带之下的他并没有脸，有时候他用力咳嗽，最终会演变成呕吐。有时候，我觉得他可能就是我虚构出来的一个人，只是为了有人能和我说说话。如果真是我虚构出来的人，我不知道该如何停止，因为若是有人住在你的头脑中，你该如何把他们拽出来呢？

你办不到的，就是这样。你办不到，因为他们就住在你的头脑之中。

世上有法律，你若犯法，那就要进监狱，但是也有一些秘密规则，因为太过隐秘，所以没有人会去讨论。我知道一条有关饲养宠物的秘密规则。如果你拥有一个小动物，比方说一只叫穆罕默德的仓鼠，这种小型啮齿动物的寿命通常是两年，而当它活过了这个平均寿命的时候，如果你愿意的话，就可以杀掉它，因为你是它的主人。这条饲养宠物的秘密规则有个名字，叫作“处置权”。你可以用绞杀的方式来行使这个权利，用毒药也行，如果你有的话，比方说除草剂。或者呢，你也可以用重物去砸他，比如《医学百科全书》第三卷或者《哈利·波特与凤凰社》。只要你别弄得现场一团糟就行。

去见胖子佩雷斯是爸爸的主意，却是妈妈的负担，因为需要她带我过去。爸爸在云端忙个不停，说着“全体乘务员，距离降落还有十五分钟，舱门将转为手动”，他研究气压图，还要去上一门有关人际交往的课程，因为……

事实上，我也不知道为什么。我不知道人际交往课程是什么。

胖子佩雷斯的公寓在摩天大厦区的马勒塞布街。首先你要按门铃，他会按开门键放你进去，去电梯的路上弥漫着普罗旺斯鱼汤的臭味，有时候是绿豆味，你要搭乘嘎吱作响的老旧电梯上到四楼，每次进去你都要撒尿。胖子佩雷斯说这都是因为觉得自己被困住了。

“你有轻度幽闭恐惧症，”他说，“很正常，很多孩子都有，有些大人也会有，这种感觉会让你在密闭空间中释放膀胱。

试试看憋住。”

但是每周三，一到胖子佩雷斯那古怪的公寓，我就得马上冲进去撒尿。膀胱就像一只气球。它是个肌肉包，可你要是憋尿太久它就会爆炸，相信我。在冲厕所前，我有时候会走出去，把耳朵贴在他的客厅门上，听听他们都在说我什么。他们偶尔会争吵，好像结了婚的两口子。但我始终没办法听清他们说什么，即便是用他放牙刷的玻璃杯充当扩音器也听不清，杯子底总是粘着黏黏糊糊的绿色玩意儿。

要是你付钱给什么人，他们是不应该跟你吵架的。

等我从厕所出去，她会说，一会儿见，亲爱的路易，我要去采购了。而后她就会离开，这样我和胖子佩雷斯就能进行我们那价格不菲的小小对话，这些从取款机里取出的大量欧元都来自此刻正坐在驾驶舱里的爸爸。在他飞行的时候，空姐时不时给他送去咖啡。有时候也送茶，但是从来不送啤酒和科尼亚克白兰地。

“最近过得怎么样，路易？”胖子佩雷斯开始了。

“如果喝了啤酒或者白兰地，爸爸就可能会被法航解雇。”

胖子佩雷斯年纪很大了，可能有四十岁吧，顶着一张小宝宝一样肥硕的大脸盘子。要是你有大头针的话，可以戳破他的脸，黄色的唾液便会喷溅而出。

“没错。我相信是那样。任何酒精饮料都会招致那样的后果。他们对飞行员有严格的规定，”胖子佩雷斯说，“现在该回答我的问题了，路易。”

第一个问题永远都是最近过得怎么样。可有时候他并不问出来，而是等着我先开口，但从来行不通，因为有一条名为“什么都别说”的秘密规则，所以我们就那么静静坐着，直到他自己受不了。我比胖子佩雷斯有耐心得多，他顶多只能坚持五分钟，然后椅子就开始吱吱呀呀地响，而且他并不知道这个秘密规则，因为是我发明的。当他问我第一个问题时，如果我没有执行“什么都别说”这一规则，那我可能会告诉他，一切都好，谢谢你，佩雷斯先生，你的日常饮食如何？要么我就编个学校里的故事，打架之类的。有时候我也说真事，不过是发生在别人身上的事，但我告诉他主角是我。他可真是个傻瓜，因为他总是相信我说的话，要是他不相信的话也会假装相信。假装让他显得更傻。双重傻瓜。看看这个。

“今天我被人暴打了一顿。”我开始了。

嘎吱嘎吱。“再跟我多说一点。”

“在木工课上，我正用一块软木做螺旋楼梯，是个按比例缩小的模型。然后那些仗势欺人的家伙就来了，有八个人，嘴里喊着‘怪胎，怪胎，怪胎’，他们都拿着锤子，而且其中最霸道的一个手里还有线锯。他掐住我的脖子，硬是用钳子钳住我的脑袋。接着他们全都举起锤子，开始把钉子往我的颅骨里敲。”

“哎哟。”胖子佩雷斯感叹。嘎吱嘎吱。

真是个马屁精。真是个傻瓜。我们根本就没有木工课，那都是以前爸爸上学时的老皇历了。我们现在上的是IT课，这门课更加有用，你可以学着当个黑客。

“真是疼得要死。老师过来的时候他正要把我的脑袋锯下来。老师是齐达内先生，他也是个足球冠军。但最糟糕的是，他惩罚的竟然是我。是真事。”

“他为什么要惩罚你呢，为什么不惩罚那些小恶棍？”胖子佩雷斯问道，“我很好奇。”

“因为恶棍们总能赢，因为我的血把现场弄得一团糟。足球冠军赢得那么多奖杯，还赢了世界杯，他们这种人可不喜欢给别人收拾烂摊子。我从钳子里抽回脑袋，去厕所的路上，整条走廊都是我留下的血迹。是绿色的血。这让他很不痛快。”

“为什么是绿色的血？”

“因为我有白血病，化疗会让你的血变成绿色。你不知道吗？我以为你是专业的。”

“绿色的血。白血病。太有意思了！再跟我多说一点。”他开始了。嘎吱嘎吱。

应该叫他“再跟我多说一点先生”而不是“胖子佩雷斯”才对，或者“傻瓜马屁精超好骗蠢蛋先生”。

无所谓，反正我想说什么都可以，因为一切感受都是被允许的。孩子们应当自由表达他们的感受，哪怕是消极负面的感受。

世界是安全的，等等等等。

哈哈，只是玩笑而已。

现在请注意了，胖子佩雷斯。该我问问题了。

问题一：我在学校的时候，妈妈是否会单独来见你？

问题二：当她告诉你她和爸爸之间的事情时，你的椅子是否嘎吱作响？

问题三：之后，你们做爱吗？

当我问出这些问题时，如果是他在，他的椅子就会一直：嘎吱，嘎吱，嘎吱。如果是古斯塔夫在，他就会说：冷静些，年轻的先生。不要浪费精力。你要专注谨慎。

“这个周末我们要做点有意思的事情，”她说，“是为了庆祝我们的生日哟。”

明白了没，我们的生日距离很近，就像我出生时，我们差点在同一天死掉。我的生日是四月七日，只比她的晚了两天，所以我和她算是某种双胞胎吧，我们彼此需要，如果没有对方，我们会死。所以我们在四月六号那天一起过生日。我九岁，她四十岁，就是所谓的“四十大寿”。爸爸从巴黎过来了，他现在算是住在那边，和他名叫露西尔的邪恶母亲一起生活。我得到了很多礼物，其中一个礼物是一只新的仓鼠。它叫穆罕默德，和上一只一样，并且也住在上一只穆罕默德的笼子里，在同一个果酱罐里拉屎。我总是叫它们穆罕默德，因为这是个相当不错的仓鼠名，爸爸说那是一个王朝。

和穆罕默德三世一起到来的还有一本书，名叫《如何照顾你的小型啮齿类动物》。

“让我们期待这只能活得久一点吧，”爸爸说，“你来巴黎看我和奶奶的时候可以把它一起带来。”

可是妈妈瞥了他一眼，似乎觉得很可笑，因为巴黎是个坏地方。

穆罕默德是一只灰白色的仓鼠，皮毛比上一只颜色更浅，眼睛也不是黑色的，而是暗红色，像充血了一样。也许是因为它很害怕。穆罕默德们总是很害怕，直到在笼子里过上一周，开始了解饲养宠物的秘密规则。爸爸管它们的笼子叫“恶魔岛”，那是一部电视剧，讲的是人们从被称作“恶魔岛”的监狱里逃出来的事情。

我给了妈妈一款名为“光环”的香水当作生日礼物，这瓶香水臭不可闻，比猫尿和死老鼠还难闻，是爸爸在机场买的，买给我作为礼物送妈妈。他能拿到折扣价。所以这算是我送出的礼物，但并不是我选择的，也不是我付的钱，我也没有折扣，我只是有了这个想法。

“多美好的想法啊。”妈妈把香水喷到耳后时说，并且对我抱了又抱，亲了又亲，搞得我无法呼吸，咳个不停。

想法才是最重要的。

再有一年，我就要过“十岁大寿”了。

我并没有告诉她，就连这个想法都不是我的。我完全忘记了她的生日，因为自己的生日就够我激动了，还有穆罕默德三世的到来。爸爸在电话里提醒了我，让我做张贺卡，但我当时正忙着拼火箭发射器外加太空舱的乐高模型，所以卡片的事也被我抛在脑后，所以，最后当爸爸开着他的帕萨特新车过来时，我只是在爸爸的卡片上签了个名字。我用的黑色蜡笔，是用来画吸血蝙蝠、和死亡有关的一切以及纳粹万字符的。

我的妈妈像玻璃一样脆弱，因为她的人生太过艰难，爸爸说。所以她才会头痛，哭泣，有时还会冲我尖叫，之后再道歉，再哭泣，对我抱了又抱，亲了又亲。可是爸爸并不脆弱，他是全世界最强壮的男人之一。要是你见到他，他可能会一拳打在你的脸上，让你因为脑震荡而头痛欲裂。他很擅长打人，本可以当个拳击手，不过他永远也不会下黑手。了不起的胡迪尼还没准备好的时候，有个男人就一拳打在了他肚子上①，爸爸绝对不会像这种男人一样。爸爸在健身房里训练肌肉，胸肌和腹肌只不过是其中的两种肌肉而已，其他肌肉他也有，比大多数爸爸的肌肉都多。要是他接受训练的话，完全可以成为杀人机器，他只是没有

① 魔术师胡迪尼的长期表演项目之一便是邀请一位观众上台打击他的下腹部，但在一次表演当中，他在没有充分的准备之下被打了好几拳，两周后死于因盲肠破裂而引起的腹膜炎，但也有人怀疑与那次表演有关。

时间训练，就是这样。他忙着开飞机。那是坐办公室，他说。那可真是一种相当美化的说法。那是一种挫败而沮丧的人生，并不如你想的那样光鲜亮丽，我的小宝贝儿。

而且你得小心再小心地喝啤酒还有白兰地，必须得偷偷喝，不可以让任何人知道，尤其是从巴黎迪士尼乐园回来之后，他喝酒比从前更多，脾气变得古怪，冲妻子和儿子大发脾气，你的懊丧伤害了他们，他们只是无辜的受害者，那些事不是他们的错，不应该为此责怪他们，因为犯错的不是别人，正是你自己，你必须得正视这一切。

“这周末我们都要出去，”妈妈说，“离开里昂，去乡下。我们要去奥弗涅山里来一场可爱的春日野餐，你、我，还有爸爸，我们一起，我们将再次成为一家人。”

涂了粉色唇彩的嘴巴绽开无比灿烂的微笑。

爸爸以前常飞国际航线，但现在只飞国内。飞国内更好，不会破坏你的家庭生活，家庭才是世界上最珍贵的东西。我拿到了生日卡片，上面写着：给我们亲爱的儿子。而我和爸爸一起给妈妈的那张上则写着：致一位不可思议的母亲。她读卡片的时候斜了一下眼睛，嘴角抽动了一下，面色古怪地盯着爸爸，说：“我猜是露西尔选的卡片吧？”说罢她将卡片放到了外婆寄来的卡片旁边。外婆也给我寄了张卡片，但我从来没有见过她，因为法属瓜德罗普岛实在太远了，在那里人们种植芒果和各种各样的异国水果。

“那边有一种野花，你能在山里找到，就在潘迪罗尔，”她说，“那种花叫‘春日之耀’，四月开花。我们可以采一些。”

“为什么要采花？”

“放在花瓶里呀。送给别人，”她说，“给朋友们。”说着她又笑了。

妈妈的朋友一直在换人。之所以不停换人，是因为有一天，他们之间出现了重大分歧，重大分歧的原因总是在我，而她必定要攻击他们，因为她是站在我这边的。有些人居心叵测，说我是个“怪胎”，她一定要保护我免受伤害。这就是妈妈们的作用，但这样很容易被孤立。爸爸有同事，他们都是法航的飞行员和对家航空公司的漂亮空姐，可能还有健身房的人。但我敢打赌，他们肯定觉得花这种东西很没劲。我打赌他们从来没听说过什么“春日之耀”。我就从来没听说过“春日之耀”。你听说过“春日之耀”吗？

是吗？那它是什么颜色的？

看到没？根本就没人听说过。都是她编的，只是为了把我们哄出公寓。有时候她就是会那么做，因为她觉得自己被困在家里了。妈妈们都需要空气、空间和自由。她们就像鸟，如果你把她们关进笼子，她们就会发疯。需要飞翔的并不只有爸爸。还有，他们一直都在电话里吵架。

“都是你的错！”

“我的错？你是说我的错？”

现在，她正努力让一切回到正轨。女人就是这样。她们做“情绪工作”。如果她们不做“情绪工作”的话，爸爸可能就得永远离开家，在酒吧里喝啤酒还有白兰地，密谋着如何伙同名叫露西尔的妈妈毁掉我们的生活，露西尔给我寄生日贺卡，里面夹着五十欧，还有一张照片，照片里是她和小时候的爸爸，还有一条名叫尤吉的狗，后来一辆拖拉机从那只狗身上轧了过去，导致它下肢瘫痪，他们不得不给它实施“安乐死”。有那么一点像“处置权”，但他们的规则没那么有趣。

“现在让我们来看一下，”妈妈开口了，“我已经收拾好手提箱了。周六晚上我们要在维希附近的酒店里过夜，周日晚上我们再开车回到里昂。爸爸这个周末双休，所以我们可以有一些特别优待。现在我来检查一下，野餐篮，保温瓶……”

野餐用品看起来都是崭新的，可能是“情绪工作”的一部分。我以前从来没见过这种东西，塑料盘子、塑料杯子、塑料刀叉，因为我们之前从来没有野餐过。我有野餐过，但不是和他们一起，是和同学一起，在学校的短途旅行上。要是你乱丢垃圾，就得回去捡起来。老师们非要让你唱傻兮兮的歌，回来的路上，有人会在长途车上呕吐。妈妈把野餐篮放进后备厢时，我看到了里面的东西。我打开了小冰箱的盖子，吃的东西都在里面，外面全都包了保鲜膜，保鲜膜对孩子们来说非常危险，要是你把它覆盖在脸上，那你看上去就会像个穷凶极恶的罪犯一样酷，但很快就会窒息，然后死掉。冰箱里有馅饼、我和爸爸偷偷称为“驴鞭”的蒜肠、卡芒贝尔奶酪、葡萄，还有从“查尔斯糕点”买来的生日蛋糕。爸爸也过来看了一下。

“你可真是干劲十足啊，娜塔莉。”他说。

我也这么觉得，但我什么都没说。

“人生只有一次四十岁。”妈妈说。

“驴鞭。”爸爸悄声对我说，但是没出声，只是唇语。

“我能带上穆罕默德吗？”我问。

“不行，亲爱的，”妈妈说，“很抱歉。没办法带。”

可爸爸却说，为什么不行呢，只要让它待在恶魔岛里就好了啊。于是默罕默德也进了车里，和食物一起在后备厢，其实，就算把它留在家里十天都没问题，他是个无须费心的宠物。然后，嘿，看看我们哪，我们又是一家人了，有妈妈，有爸爸，还有一只仓鼠。妈妈关上后备厢，我们坐进帕萨特，车里有六碟 CD 播放机，还有天窗，爸爸戴上墨镜，看起来非常酷，像个匪徒。他扣上安全带，发动引擎，嗡嗡嗡，他扭过头来，对我们微笑，说“我们上路啦”，仿佛没有任何不对劲，仿佛他们还能再度爱上彼此，仿佛不会有那么一个无脸绷带男，仿佛之后可怕的悲剧不会发生。

小男孩都喜欢海怪。如果我有儿子，我一定会带他去看刚刚抵达巴黎的巨型乌贼，有十五米长，浸泡在福尔马林之中。我在《新观察家》上看到了一张照片：管状的躯干，带有吸盘的触须像跳芭蕾一样拖在身后。它让我想到了兰花，或者纤弱而贪婪的海葵，脱离了自己停泊的水域，向深渊漫游，因为犹疑而迷失，深受其苦。拉丁学名是 *Architeuthis*（大王乌贼）。多年以来，人们都认为它是水手虚构出的东西，不予承认，因为水手们在世界各地的海洋上漂泊，度过了太过漫长的岁月，所以有点海洋癫狂症。但是现在，全球气候变暖给了巨型乌贼诸多好处，其物种数量暴涨，在国外的海岸上每天都能发现证明它们存在的残骸。它的眼睛有餐盘那么大。

要是我有儿子的话……

可我没有。我只有业已长大成人的女儿。见多识广的年轻女性拿着手机，根本没有时间拨冗给自然界的怪物。她俩都是蒙彼利埃大学的学生。若是她们有意愿的话，我会带她们去看那水下的怪兽。可男孩就不同了。男孩简直拥有全世界的时间去看一只巨型乌贼。

路易·德拉克斯肯定就愿意看一看，我很肯定。他养宠物仓鼠，但他对更恐怖的生物兴趣浓厚：塔兰托毒蛛、鬣鳞蜥、蛇、蝙蝠……头部尖尖、有鳞片、皮毛骇人、有毁灭性能力的哥特式动物。他最喜欢的读物是图文并茂的儿童读物，名叫《动物世界：超凡脱俗的风景》。他对里面的内容了然于胸。

据他的妈妈娜塔莉·德拉克斯说，他有着生动而稀奇古怪的想象力。一个“现实问题”，他的心理医生马塞尔·佩雷斯在提交给警方的报告里这样写道。路易是个梦想家，是个独行侠，在区分现实和虚构方面困难重重。就像很多高智商且善于表达的孩子一样，他课业表现不佳，因为在学校里他百无聊赖。就年纪而言，他体型偏小，眼睛漆黑深邃，仿佛能够看穿你。人人都这么说。一个古怪的孩子。一个引人注目的孩子。一个令人难以置信的天才。从字里行间中你还能看出，这些人也都心照不宣地表达了路易恐怕就是一个“典型的独生子”……就是被宠坏的孩子的代号。但在那件事后，无论人们对路易抱有怎样的疑虑，也再没人敢说路易的坏话。

我有一种感觉，如果我和九岁的路易·德拉克斯见了面，一定能合得来。我们肯定会讨论自然界中的奇异现象，我可能还会教他几种纸牌游戏：扑克、二十一点、金拉米。我也是个独生子，这是我们的共同点。我一定会给他看我的颅相图，诗意地畅谈人类大脑的运转，解释大脑的不同部分如何控制我们不同的情绪，管理玩笑和绕口令的大脑区域和管理数学及地图判读的区域并不相同。他绝对会喜欢的。没错，我非常确定，他一定很喜欢这些内容。

可是，并不会发生这种事。对我们两人而言，事情都脱离了轨道，而现在……就这么说吧，在那遥遥的地平线之上，我并没有看到一线希望之光。

人人都在重写历史。我显然也一直在做这样的尝试。在路易的故事里，我最喜欢的版本是我每一步都走对了，并且通过直觉，感知到了真正发生的一切。但真相并非如此。真相是，我是盲目的，我之所以盲目，是因为面对真相时我故意闭上了眼睛。

好天气与死亡永远不应同行。但是在路易出了最后一场事故的那天，它们携手同行了：那是四月初的一个可爱下午，在奥弗涅山里，天气凉爽，但阳光明媚。这里荒无人烟，山地崎岖，洞穴探险家热衷此地，他们来这里探索并测绘千年之前因地震及火山运动形成的地下洞穴系统；深深的裂口和裂缝延伸数英里之遥，像疤痕组织一样让地表褶皱不堪。野餐点在潘迪罗尔镇附近，是山坡上的一处隐蔽地点，弥漫着野生百里香的浓郁芬芳。我猜，就连那些忙着拍照、搜索地图的警察也无法忽略周围迷人的景色。遥远山脚下溪谷的咆哮声并不像是恫吓，反而充满安慰。睡在那奔腾的水流边，你可以放松下来。有些警察可能甚至已经想着，未来的某个夏日周末，要和家人一起再来这个地方……虽然他们只字不提如何找到这么个地方，对发生在那里的灾难也将三缄其口。

事故过后，男孩的妈妈心急如焚，完全无法进行像样的陈述。不过，警察一掌握大致的情况，就马上叫来了紧急支援，寻找失踪的父亲。而后德拉克斯太太服用了镇静剂，救护车团队把她带走了，一并带走的还有她儿子破损的尸体。她不愿意松开他的手。那只手依然柔软，但冰冷彻骨，像冷冻起来的面团。他坠入了溪谷底部，迅疾的水流一口吞没了他，然后又在偏下游处把他吐到了露出水面的石头上。警察就是在那里发现了他溺亡的遗体，像被冷冻喷剂喷了个透。他们对他进行了心肺复苏，将肺部的水挤压出来，尝试让他活过来。但那毫无意义，因为他已经死了。

我常常好奇德拉克斯太太当时的感受，当他们拉起男孩的尸体，当她看到他湿淋淋的四肢绝望地垂下来，看到他赤裸裸的惨白皮肤时，她可怜的脑海中都想了些什么呢？据说她不断尖叫，而后像受伤的动物一样哀号，几乎不能呼吸。最终他们还是想方设法让她平静了下来。一场风暴开始酝酿，救护车开走时，臃肿的灰色积雨云正在地平线上集结。

救护车里，娜塔莉·德拉克斯一言不发，根据坐在她身旁的女警所言，她的状态近乎平静。我敢肯定，在那一刻，在她紧握死去儿子的手的那一刻，她一定是在祈祷。在危急关头，人人都都会成为信徒，呼唤上帝，渴望与之达成最后的协议。她肯定是祈祷时间能够倒转，祈祷这一天尚未开始，所有的选择全都改变，从他们口中说出的所有话语都不曾说出口，整个片段都能倒带，能抛锚停止。我也相信，从某方面来说，即便在当时，德拉克斯太太肯定也因路易发生的事而自责。她肯定目睹了事件的经过。在所有人之中，只有她知道发生了什么，路易去了哪里，遭遇了怎样的危险。她已经尽了最大努力阻止注定发生的事情发生……甚至可能设法拖延了那么一点点时间。可是她无力阻止。

在医院里，她突然想到，趁着药物还未将她吸入人造的无梦深眠，要赶快向警察做出陈述，得简明扼要。她通过更多细节告诉了警方究竟发生了什么，声音像来自机器一样死气沉沉。用同样死气沉沉的声音，她回答了他们的所有问题。她是事故唯一的目击者。路易坠入溪谷，父亲紧跟着失踪，十分钟后，有一家人发现了正在路中间尖叫的她，也是他们报了警。

那时风暴割裂了天空，释放着丑陋而疯狂的雷声，渐强的雷声遍布山脉，很快便大雨滂沱。雨下个不停，车子只好停在路边，等待风暴最肆虐的阶段过去。此刻回想，救护车团队能够在风暴开始前找到路易的尸体真是个奇迹，时机刚刚好。因为再晚两个小时，倾盆大雨会让一切尝试都变为不可能。等到夜幕降临，全体警察都被迫撤出山坡。

第二天早上，风暴过境，天空再次回归湛蓝，昨日的暴虐被冲刷得一干二净。警察们要回到山坡上拍摄更多照片并扩大搜索范围，他们运回了德拉克斯家遗弃的车子，是一辆崭新的大众帕萨特，停在距离野餐点半公里处的路上。后备厢里有一只关在笼子里的活仓鼠，正在小踏板上疯狂奔跑。他们挪开了野餐点湿透的小地毯、野餐篮和剩下的残羹冷炙：盘子、刀叉、一瓶咖啡、半瓶白葡萄酒、三罐没打开的可乐、一些湿透的餐巾纸以及……有点奇怪……一盒罩板包装的避孕药，周期刚好吃到一半。而那些他们没有找到的东西，在我的想象之中，肯定都已经被大自然迅速认领。蚂蚁会沿着明确的路线行进而来，将没有被雨水冲刷走的食物残渣带走：糖和盐的小颗粒，软塌塌的薯片碎。松鼠则会找到花生，黄蜂会在融化了一半的蛋糕屑和剥落的糖霜上方怒气冲冲地嗡嗡盘旋。尽管进行了严密搜索，包括派蛙人下到涨水的溪谷，沿着河水顺流而下几公里进行搜查，可警察还是找不到男孩父亲皮埃尔·德拉克斯的踪迹。这个人就好像被流水轻而易举地从地球表面冲走，被火山形成的地壳吞噬并消化干净。

真相是，只有身陷这场惨剧当中的三个人才知道那一天、在那个山坡上究竟发生了什么。在他们三人之中，一个人永远也无法得知全部的真相，一个人躲藏了起来，第三个人则死去了。事情就是这样。若没有奇迹发生，情况必将陷入僵局。

路易·德拉克斯的故事有许许多多的开头，但是他死在溪谷中的那一天却是一个开始，我们的存在于无形中连成了一张网。后来我将那一天标记为自我毁灭的开始，也很可能是我事业的终结。我差点就要说是“生命”的终结了。简直诡异，我已经所学甚多，竟然还会为这两者困惑、医院……各种各样的医疗环境……简直是世上最奇怪的所在，塞满了奇迹、恐惧与陈词滥调：出生、疼痛、悲伤、自动售货机、死亡、鲜血、行政备忘录。然而对医生来说，如果以上种种就是你的谋生手段，你的激情，你的理由……那么你很容易就能做到在医院如同在家，有时甚至比在家里还要自在，

好吧。直到有一天，某件事发生，一个像我这样的男人突然意识到，在他工作的诊所之外还有另一个世界，同他这么多年来生活其中、呼吸其中的世界截然不同的另一种现实，那种现实的可怕逻辑能让人冲向峭壁边缘，毁掉他为之奋斗的一切，尊严、价值、在乎的种种与得到的种种，还有他所爱的一切。这就是人生出错的开端。把磁铁放到指南针跟前，指南针便会失效，指针飞速旋转，摇摆不定，背弃了对北方的忠诚。这就是发生在我身上的事。接到德拉克斯的病例时，仿佛出现了一块磁石，歪曲了我的指南针，迫使道德习俗弃船而逃。你可以试着用普通的方式

将它写下来，但一定会卡壳。我知道的，因为我试过了。开头很简单。

病人，九岁男性，维希事故应急小组抵达时被宣布死亡，伴随有一系列因坠落、溺水而导致的颅骨和上半身严重损伤。尸体被送往太平间，准备进行尸检……

到此为止，还相当正常，然而……

当天晚上，十一点……

从这里开始，事情就完全不合逻辑了。剧情相当简单。在维希综合医院里，男孩躺在厚厚的板子上，尸体僵硬，脚踝上拴着铭牌。窗外依然雷声隆隆，每隔几分钟，夜空就被片状闪电照亮。他那服用了大剂量镇静剂的母亲娜塔莉·德拉克斯住进了二楼的一间病房，接受医学观察，医生认为她有潜在的自杀倾向。

有一个太平间的技师……他叫弗雷德里克·勒克莱尔……正在角落里清洁用具，准备换班。但是，就在那时，他听到了一点声音。他马上断定那不是雷声。是屋里的声音，是人类的声音，他将这个声音描述为“打嗝”。于是他向后转身，目之所及只有那个孩子的胸膛在动。是一种痉挛。弗雷德里克还很年轻，从事这份工作不久，但他也很清楚，当时早就过了尸体可能出现肌肉反射的时间。值得赞扬的是，他没有惊慌失措……虽然他肯定觉得自己身处某个 B 级恐怖片。他马上就往楼上打了电话，抢救小组立即就位。

然而，等他们抵达的时候，孩子似乎完全不需要他们做任何工作。他的心跳相当正常，他在呼吸，虽然并不那么顺畅。于是他们将他带回了抢救室，确认断裂的骨头，评估体内损伤。得把他的脾摘除。有一根断裂的肋骨威胁到了左肺，所以得处理这根肋骨，同时还要检查颅骨的骨折情况，找出干预措施。男孩的情况非常不乐观，但他活下来了。

死亡证明是菲利普·默尼耶签的字，他被拽回来评估颅脑损伤。我和菲利普是医学院的校友，从那时起我们就是好朋友。之后，我们共同选择了神经科，从此渐渐出现了某种竞争关系。他正在轮岗，所以我们偶尔会在会议上照面，说话时都是发自内心地无礼，暗暗用力拍打彼此的后背，表达内心的攻击性。我们之间是有冲突，但我还是会为菲利普说话：他是个出色且严谨的临床医生。时间就是生命，所以他迅速处理，减缓了已现端倪的水肿进程。检查显示大脑损伤非常严重，但是脑干完好无损。头部创伤真正的危险来自于肿胀，因为颅骨就是个盒子，将大脑困在其中。通过通气操作、使用类固醇，菲利普足够迅速地降低了颅压。但孩子依然没有意识，一直徘徊在格拉斯哥昏迷评分量表的四到五分[①]之间。

路易的死而复生不能说是个奇迹：我们在职业范畴内是不会谈论这些的。说是医疗事故才更接近于真相。但说实话，我从心底为菲利普感到遗憾。只有在极少数儿科病例里，溺水与体温过低才会很像死亡。若是寻找委婉的措辞来掩盖这次失误，或许可以称之为一次“始料未及的事件”或者是“前期误诊导致的结果”，甚至可以说“罕见现象”。但最重要的是，正式宣布死亡两个小时后，这个男孩活过来了。世上没有一个人——至今也没有——知道为什么会这样。没必要深究牵涉其中的医生们处境会有多糟——真要指责的话，并不只有菲利普一个人——他们全都要疯，这是肯定的。任何一家医院都有牢牢积蓄起的妄想：那一天，在维希医院，这种妄想决堤而出。

不管怎么说，总得有人把这个消息告诉孩子的妈妈，但他们决定三缄其口——至少，现在先不说。他们没必要去吵醒她，万一孩子再次死去的话——鉴于孩子的颅脑损伤程度，这种情况极有可能出现。这个病例浑身上下写满了“结果糟糕”几个字。然而，几个小时后，等孩子的妈妈醒过来，想和孩子的尸体待在一起时，孩子已经回到了生之大陆——虽然只是在边缘——所以

① 格拉斯哥昏迷评分量表（Glasgow Coma Scale）在临床上主要用于评估脑外伤病人的病情及预后，1974 年首次由英国格拉斯哥大学的两位教授提出，现已广泛应用于临床。此量表从睁眼反应、语言反应和最佳运动反应三方面进行评分，三项得分相加的总分为三分至十五分，八分以下为昏迷，得分越低表示脑损伤的程度越严重。

他们不能再拖延不报了。太太，事实上，你的孩子似乎还活着。在极少数的病例里，也不是完全没听说过这种事……我们还不完全明白到底是怎么回事……她情绪失控，喜出望外，热泪盈眶，无比混乱——一瞬间百感交集，全然不堪重荷。她曾跌落地狱，以为儿子死了。而接下来，医生们正告诉她，她的儿子是个小小的拉撒路[①]。她从这辈子最可怕的梦魇中醒了过来。

或者说，并没有醒过来。因为，儿子起死回生确实是个好消息，但坏消息是，他很可能会成为人们口中的那种“植物人”。此时此刻，她面色苍白，缄默不语。我能想象到她的心情。在救护车里，她曾祈求一个奇迹，向早已抛诸脑后、从未真正信仰过的上帝祈祷。而此刻，如她所愿……

不可思议。她浑身颤抖，眨了眨眼。

虽然其肺部和重要器官恢复了运转，整体状况也已稳定并好转，但病人依然没有恢复意识。在维希医院菲利普·默尼耶医生的神经科病房里，男孩昏迷了三个月之久，直到一阵突如其来的痉挛导致其状况严重恶化。此时此刻，根据正常程序，批准病人转至普罗旺斯地平线诊所。

七月十日，深度昏迷的他抵达此地，成为我的病人……

---

① 《圣经》中有个叫“拉撒路”的人物，他因病去世，下葬四天后，经耶稣行使奇迹而复活。因此医学上也将“假死”称为“拉撒路综合征”。

我的办公室墙壁上挂着一幅葡萄牙艺术家加工过的《加尔-施普茨海姆颅相图》，就挂在我放盆景的桌子上方。画家熟练而灵巧地用画笔一番勾勒，出乎意料地将颅骨变成了一片自然建筑，根据颅相学对大脑蕴含内容的划分，分成了一系列并列的小隔间，每一间里都打上了标签：隐秘、仁爱、希望、自尊、时间、持续性、父母之爱、意外等等。纯属谬论，但是比起大脑真正的结构，这种解读更加诗意，大脑本身就是个环环相扣的肉室：额叶、颞页、顶叶、枕叶、壳、苍白球、丘脑、穹窿和尾状核。我还记得路易被送来的那天早上，我抬起头看了看这张颅相图，仿佛其中有什么线索。

但是，在我贸然进入路易的故事前，让我先和你说说，从前的我与现在有多不同。我的职业生涯取得了种种成就，我相信自己所拥有的洞察力，但其实我一直只是活在生命的表层。我以为我见过生命的内涵，掌握了它的脉搏，明白它隐匿的运行规则。但事实上，我并没有真正看到过生命的内核，也还没有为生命而惊奇赞叹。这么说吧：我热爱自己所从事的工作——或许过于热爱，过于强烈——但我也有弱点，也有我的偏好、我的特点、我的盲区之类的，不管心理学家怎么称呼都好。我不会为此感到抱歉。事实是，在这个世界分崩离析的可怕夏天，我还是原来的那个我。

路易·德拉克斯来诊所的那天是以我家中的坏消息开头。那是个闷热少雨的七月，是普罗旺斯有记录以来最热的夏天之一；每天气温都高达四十多度，广播和电视里叫喊着最新的森林火灾预警。如此看来，纵火季是提前到来了。当我坐在阳台上，沐浴晨光吃完早饭，浏览前几天的《世界报》时，厨房里传来了一阵撞击声。只要我在夫妻关系中犯了错，无论什么错，苏菲在往洗碗机里放碗碟时就会制造出特别刺耳的噪音。我明白不能让事态进一步升级，所以八点时我并未像平常一样和她亲吻道别，而是打算直接去诊所。然而，就在我带上前门的时候，她猛地推开厨房窗户，探出脑袋来，像瑞士钟表里的布谷鸟一样。她刚洗过头，发梢正在滴水。

“所以，我要等着你八点钟回家吃饭吗，还是说我高高兴兴地做饭，只为了独自坐着，看着它在一个小时的时间里慢慢变凉？”

苏菲是在说前一天晚上的事。回到家时我发现她瘫坐在沙发上，眼睛通红，身边簇拥着女儿们、她姐姐和她妈妈寄来的贺卡，祝贺我们俩结婚二十三周年快乐——我完全忘了这回事，虽然我们的大女儿奥丽娅娜提前一周就给我打了电话，提醒我为她妈妈做点浪漫的事情。我不仅没能制造任何浪漫，还因为工作回家晚了，雪上加霜——以我自己的标准来看都晚得过分。那天我一直在给我的病人讲《美国神经学期刊》上的社论内容，结果忘记了时间。

“真是太丢人了！你就不能表现出哪怕一丁点浪漫来吗？”苏菲收拾掉精心准备却没人吃的晚餐，同时失声痛哭，“我开始怀疑，我们为什么不干脆分道扬镳算了呢，帕斯卡尔？你宁愿对着那些昏昏欲睡的人大讲特讲神经学理论，也不愿意和自己的妻子好好谈谈。看看我们两个，在这个空荡荡的大房子里转来转去，就像一对……我不知道，漫无目的的弹珠。”

苏菲从不回避事实，我意识到她戳中了真相。这让我心怀愧疚，也表达了出来——但我的道歉完全掉在冷冰冰的地面上。在我们的婚姻长河中，这绝不是一段轻松的日子。我们曾经幸福快乐。我们早早地要了孩子，组建起美满的家庭。然后呢……好吧。或许这就是典型的婚姻：喜气洋洋的时刻，一点点丧失信任，没完没了的怀疑，激情复燃，自鸣得意。苏菲怀着满腔热忱运营着莱拉克的公共图书馆，然而过去的几个月里，图书馆一直面临资金缩减的威胁。我们的两个女儿现在都在蒙彼利埃上大学，苏菲壮志未酬，分外沮丧。

就我所知，我非常爱我的妻子。但我究竟有多爱呢？这个空巢中有一种格外突出的缺失感，不仅是对她而言，对我而言也是如此。无论是情感上，还是身体上。（我不明白，为什么女人总是那么不得要领呢，男人就是时不时需要女性的身体来安慰自己，这有那么难懂吗？男人每次惹恼女人都要独守空床，这太不公平了，她们怎么就不懂呢？）其实，在那个燃烧的夏季，早在路易·德拉克斯到来之前，一切都已滑向了深渊。

从出门到诊所，我步行上班只要五分钟。轻薄的晨雾悬浮在明亮的空气之中，弥漫着某种野性难驯的气味，仿佛打猎的季节马上就要到来。是生命的气息吧，我心想。这是生命的气味。我喜欢呼吸松脂和海盐混合起来的味道。这气味搅动大脑，让人能够客观看待婚姻的动荡。鲜花总是能让苏菲平静，尤其是那种包装得超级昂贵的花束，裹着玻璃纸和缎带，因此，穿过橄榄树林去诊所时，我决定下班回来的路上去一趟乡村花店，让我们两个人都能好受点。诊所映入眼帘，就在前头，在阳光下洁白明亮，诊所的前身是个绝症医院，十九世纪的石头外壳上又加固了褪色的混凝土和不锈钢材料，这一切让我的心情瞬间雀跃起来。自动门滑开，迎我进门，就在这时，我吸入了第一口冰冷的空气，兴奋异常。

我的一部分激动来自于即将面对的新病人。这样谈论某个似乎陷入永久昏迷的人可能不太妥当，但我真是迫不及待想见到德拉克斯家的男孩。我并未仔细阅读报纸上的头版头条，所以对他遭遇的事故一无所知。但我已然通过医学界的小道消息，听说了他那诡异的起死回生，虽然维希医院眼疾手快的公关确保了这部分故事永不见报。打嗝的尸体对医院的形象毫无裨益。通过研读病历，我发现自己对这个男孩的现状非常感兴趣。我会是发现希望迹象的那个人吗，在其他人——尤其是菲利普·默尼耶——失败的地方？在我的领域里，用超过预期的康复程度让每个人都大跌眼镜，你不可能不做这样的幻想。我大部分的时间都是花在了这种幻想上。

在昏迷这件事上，我是个乐天派。这些昏迷的人远比看上去强壮得多。那些醒过来的人——苏醒过程通常都非常缓慢，而且磕磕绊绊——偶尔会回想起紧张而清楚的梦境，很像是一种幻觉：漫长，包括一些幻象，比如他们在真实生活中永远不可能认识或见到的人；情节栩栩如生，扣人心弦，远比耳边病房里沉闷乏味的噪音更生动。甚至有这样的案例——我必须承认，确实很罕见，而且存在很大争议——陷入昏迷的双胞胎之一可以通过心电感应与自己的同胞兄妹交流，也有妈妈听见了失去意识的孩子的“声音”，听得清清楚楚，就在脑海里。并不是所有的大脑活动都能被机器捕捉到。如果我们觉得机器可以做到的话，那就是自欺欺人了。

所以，就路易·德拉克斯的情况而言，我也一如往常地乐观，虽然之后我看了病历记录里更多的细节，也必须得承认，我的心情稍稍沉重了一些。一周前他突发一次痉挛，因此才会被转到这里。根据最新一次脑电图来看，那次小插曲让他进入了更深层次的昏迷，诊断结果是，离持续性植物状态[①]（简称 PVS）

---

① 持续性植物状态（persistent vegetative state，缩写为 PVS），是指大脑已经完全或大半失去功能，亦即已经失去意识，但尚存活的人。

不远了。就PVS患者而言，通常会发生的情况是，一旦生了什么病——很可能会是肺炎——像我这样的医生——会和家属商量——让一切顺其自然。深度昏迷患者苏醒过来的先例也不是闻所未闻，但是没人会真抱这种期待。

整个早上我都在办公室里，侧耳倾听外面车道上的砂石被嘎吱嘎吱地碾压，其间诺埃勒一直急匆匆地进进出出，拿来需要签字的信函，提醒预约，还有董事居伊·沃丹送来的全新备忘录，内容是火灾时的撤离程序；埃里克·马塞洛特——我的厌食症患者伊莎贝尔的父亲——稍后会来我的办公室，我必须得给他腾出时间；一个姓氏奇怪的警探来过电话，说过后会再打；如果我想为理疗部订购新装备，那么最迟得在周四联系新来的理疗师；下周在里昂有个研讨会，我准备好发言内容和幻灯片了吗？我回答了诺埃勒一连串的问题，给她签了一些文件，但满脑子都是那个德拉克斯家的男孩。

救护车在中午之前来到了车道上。这个时候，原本凝滞的天气忽然开始躁动起来，深蓝天空下瞬息间狂风大作，橄榄树丛如鱼群般战栗，形态变幻莫测，令人头晕目眩。有些时候，密史脱拉风[①]真能吹得你发疯。有些时候，它并不会为你扇风送凉，而只是剧烈地搅动滚烫的空气。今天的风里有一丝危险的气息，

① 密史脱拉风是法国南部从北沿着下罗讷河谷吹的一种干冷强风，一次能持续数天，风速经常超过 100 千米 / 小时。

和凡·高自杀前一天涂抹的小麦田一样，这种危险的气息自外界开始弥漫，一旦你觉察出蛛丝马迹，马上就会寄宿在你脑海之中。他们用小推车把路易推了进来。年龄，九岁。身体状况，非常糟糕。身穿白衣的护士夹在两侧，其中一个护士手里还拿着毛绒玩具。他的妈妈紧随其后，她紧紧抱住自己瘦小僵直的身体，当即给我留下了深刻印象。她的姿态和微侧的脑袋仿佛在宣告，“骄傲的受害者”。德拉克斯太太非常纤弱，一头介于红色和金色之间的浅色头发。她的面容——很漂亮，散布着恰到好处的雀斑——但没什么惊艳之处，很难让人第一眼就印象深刻，但是她有一种魅力。像猫一样。至于这个孩子——

这个可怜的男孩。

他的头发和睫毛都是黑色的，面色却如死人一般惨白，简直像是用蜡雕刻出来的。他的皮肤有一种近乎荧光的感觉，会让人联想起在教堂看见的逝者石雕。他有着小巧而完美的手脚，陷入幻梦般闭上的眼睛。他的呼吸非常微弱，只能勉强听出空气的吸入与呼出。

当时，我唯一所知的是，在四月，路易·德拉克斯因为坠落导致了死亡，但却莫名其妙地起死回生——或者至少是从惊人的误诊中复活。无论哪一种方式都很诡异，近乎荒谬。这是医学上的一个独特案例，根据我刚刚看过的记录，痉挛导致预后较差。这或许就是关于某个人精神状况的恰当记录，但对我来说信息量不够。可我当时还是与此刻截然不同的人。那时我什么都不知道。

于是，这个一无所知的男人向德拉克斯太太做了自我介绍，告诉她，他的工作就是为了她的儿子使尽浑身解数。此外，见到她很高兴。第一次接触非常重要。如果要帮助路易的话，我必须取得这个女人的信任。

她告诉我，来到这里让她大大松了口气。她有巴黎口音，语气略显困顿。她回给我的微笑顶多算是抽动了一下嘴角。我没有闻出她的香水味。她伸出来同我握手的那只手软若无骨，仿佛骨骼都溶解掉了。简直不忍去想这个女人所承受的一切。创伤后应激障碍可以表现为多种形式。她的脸上挂着令人震惊的庄重，那些痛苦的患者家属脸上常常出现这种表情。

“这是我的荣幸，太太。我们非常欢迎路易的到来。如你所见，这是一间开放病房。目前有九位病人……”

说话的时候我看着她。我习惯研究他人的面容。人们的脸上总是同时具有美丽和丑陋两种倾向，究竟是哪种则取决于面容之下汇聚的情绪。面具之下，德拉克斯太太呈现给世界的是什么呢？我想象中那应该是悬而未决所带来的孤独感，还有无穷无尽的悲痛——没错，也有羞愧，痛苦是如此格格不入——有许许多多的父母都在遭受这样的痛苦。

“他已经陷入深度昏迷三个月了。”我们看着男孩熟睡的面庞，他被洁白的枕头、洁白的亚麻床品和纯白的长袍包裹，她这样对我说。他的腋下夹着一个玩具—— 一只驯鹿，皮毛因为经年累月的唾液黏糊糊的，湿成一团。“然后，一周前，意外出现了……所以我们才……”

她顿住了：似乎再也没有“我们”了。她的手指上没有戒指，从前有戒指的皮肤上留下了一圈浅白印记。

“所以我和路易才到这里来。来找你。默尼耶医生极力推荐了你。”

我们目光相交。她的眼睛像浅绿色的榛果，是冬雨之后普罗旺斯小山坡的颜色，澄澈而年轻。她要独自面对这一切，这令我痛苦万分，我强烈地想要知道究竟是为什么。

“那你的丈夫，他……？”

她惊慌而警惕地看着我，唇角瞬间释放出一阵紧张的抽搐。“你是说，你完全不知道皮埃尔的事？不知道路易是怎么陷入昏迷的？”她慌乱地问，“他们没有……？”

“我看过病历了，太太，当然知道。放心吧。”

我的声音很冷静，但隐隐有一丝不确定。我错过了什么信息吗？

“可是，具体的过程，完整的故事……你不了解吗？警察没有……？”

“我想今天早上有个警探给我打了电话。”我马上说，突然想起诺埃勒提到的某些事情。但是我能感觉到什么——是愤怒吗？——在她体内灼烧沸腾。“坠落事故，我听说？掉进了一条溪谷？”

然而我触发了一段非常糟糕的记忆：她的面容再一次绷紧，眼里涌出了更多眼泪。她笨手笨脚地从包里摸出一张纸巾，擦掉了眼泪。

“请原谅，太太。”我原本以为她会将事情详细地讲一遍，结果她什么也没说。纸巾把她的眼睛都擦花了，而后，完全是眨眼间，她就重新整理好了情绪，转移了话题，告诉我她在镇子里租了个小屋，就在天使街上，想要参与路易的治疗。她能做些什么？她能尽可能地陪在他身边吗？保洁员法蒂玛拖着我们脚边的地板，于是我们稍微换了个位置。我解释说，她需要放松，让儿子安顿下来，她也同样需要安顿下来。病人家属常常疏于照顾自己——这样帮不到任何人。她需要尽可能感受平和与快乐。

“你有没有什么特别喜欢的活动呢？在事故之前你很喜欢做的事情？”

“我有好多好多路易的照片。这些年我一直想着要把它们分门别类整理到影集里。”

“很好。你可以给别人看看照片，很快就能在其他病人家属中交到朋友。”

她看起来很不安。“我已经很久没怎么跟人讲过话了，自从……”

路易那场致命事故的画面就悬浮在我们之间的空气里。

“是时候和别人讲讲话了，你说是吗？”

“没错，我想是的。这整件事，都让我觉得孤立无援。”

“你有家人吗？朋友呢？”

“我妈妈住在瓜德罗普岛。她本想过来，但是我继父有很严重的帕金森。”

“那没有其他人了吗？”

“确实没有。我有个姐姐，但我们不见面。很久之前我们吵了一架。”我们俩都陷入了思考，所以彼此都沉默了一会儿。我很想问问她同亲人疏远的原因，问问她丈夫的缺席，但又觉得那样很不得体。

“默尼耶医生说你有一套更激进的方法。听到这个消息我很开心，达纳切特医生。”她的嘴角再次抽动，是一种微弱的肌肉痉挛，“因为我觉得路易的状况是需要激进一点的对策。”

我回给她一个微笑，我希望这是个谦逊的微笑，同时也自嘲似的微微耸了耸肩。像德拉克斯太太这样的女人听到关于我的事情后，有可能印象深刻吗？我连忙将这个想法压制住，但还是马上为自己的荒谬感到羞愧。和苏菲这样的人结婚，麻烦之处就在于，她会日日充满关爱地提醒你，你有多么荒唐可笑，你还总能想象到她在冲你哈哈大笑。

“有时他会出现一点点生命迹象。”她温柔地抚摸着儿子的头发，继续说道。我看得出她对他的爱有多么焦虑，护子心切。“他的眼皮会抖动，他也会叹气，还会嘟哝。他的手一动，就好像是要抓住什么东西。像这样的情况会给你希望，然而……只有这么个设备。”她示意胃造口术和床单下引出来的导管，连着硅胶袋。她顿住了，咬了咬嘴唇，咽了口唾沫。她知道，他可能永远也不会醒过来了。

她带儿子来到这里，而这里或许就是儿子永远离开的地方。

“我明白。”我温和地将手搭在她的胳膊上，这是医生可以进行的肢体接触，“我们很容易把一些微弱的动作误认为是清醒的征兆，这非常不幸。但是请相信我，这并非主动或有目的性的动作，恐怕只是一些抽搐，是难以抑制的运动机能的证明，时不时就会出现。”

说话间，我摸了摸孩子的额头，小心翼翼撑开他的眼皮：他的虹膜像干涸的深棕色池塘，贴在苍白的角膜上，在眼窝里纹丝不动，一星闪烁都没有。

这些话她之前肯定全都听到过，这是当然的。就像所有的患者家属一样，她必定会花很多时间研究儿子的病情，同相关领域的医生交流，从网上下载最新的医学文献，那些有关丧亲之痛、绝望之境、渺茫希望和奇迹般康复的个人传奇，她肯定狼吞虎咽地看了许多。但我们必须得装装样子。她必须得打开话匣子，走完这个必要的程序。作为回报，我会将我那套例行公事回馈给她，就是这么回事。没有任何机器能将这些病人带回来。能垂死抗争一下的，是人的本能。

“看到那个抱着花的护士了吗？”我指向某个中年发福的护士，她抱着满满一大捧粉色芍药进了病房，“她是雅克利娜·杜瓦尔，这个病房的护士。是我们的秘密特效药。她和我们一起工作了二十年。”

雅克利娜发现了我们，挥了挥手，表示等她把花安置在伊莎贝尔床边后就过来加入我们。她迅速处理好鲜花，摆放得很别致，同时还一刻不停地对着伊莎贝尔滔滔不绝。只消看看她就能让我笑容满面。和我相比，她更擅长同患者家属打交道。她知道如何理解他们，知道怎样在合适的时间说合适的话，在需要老练得体的时候又能马上沉稳持重。许多人曾趴在她肩头哭泣，如果我有这种需要，也会彻底抛开职务等级的束缚，借她的肩膀好好哭一哭。

“我读过你的‘意识堆积’理论，”雅克利娜后退一步欣赏美丽芍药时，德拉克斯太太说道，“‘记忆触发器’‘清醒梦境状态’，还有——默尼耶医生对我说，你相信其他医生并不相信的东西。”

就是这个。她终于揭开了这套仪式的核心真相。很快，作为微薄回报，我应该揭露属于我的真相，赤裸裸的、令人沮丧的真相，让她希望破灭。然而，雅克利娜抢先一步加入了我们，她和德拉克斯太太握了握手，而后弯下腰去抚摸路易的面庞。

“欢迎啊，亲爱的小家伙。我可要把你宠坏了哦。”

面对这种亲密举动，德拉克斯太太略显惊恐，欲言又止。不过，用不了几天，雅克利娜就会赢得她的信任。我表示我们应该换个病人听不到的地方说话，同时示意德拉克斯太太走到病房一头的落地窗边。我压低声音。

“马上就回来，我的宝贝儿！”雅克利娜说着轻轻拍了拍路易的手臂，“我敢肯定你会舒舒服服地住下来的，小小先生。还有，记住啊，你的愿望就是对我的命令！”

我们三人走到了病房另一头。“就你所听说的我的工作情况，太太，我要告诉你的是，我的成功率并没有人们以为的那么高，”我低声说，“这是个非常复杂的领域。许多因素牵扯其中，并非都是生理因素。所以，太太，请不要抱有过高期望。”

我们穿过落地窗，走上通往花园的露台。气势汹汹的热风让人发狂，我试图忽略这暴躁的风，这片乏味的土地有一种令人目眩神迷的美，我再一次被这种美所击中，骚动的空气让枝叶推来撞去，如同翻滚着的银色与紫红色相间、淡紫色与白色相间的浪花。但是，面对花园和远处吉拉尔多先生的天才劳动，德拉克斯太太并没有什么反应，吉拉尔多先生正从观赏池塘里捞出一团团滴着水的水藻。她的眼神一片空洞，她还没有准备好走出痛苦。我该如何解释她的痛苦对孩子并没有丝毫帮助呢？又该如何解释，让自己从这份痛苦中解放片刻，看看瓢虫，闻闻夏日的玫瑰，并不是对儿子的背弃？我要怎样做，才能让那紧绷的可怜面容舒展出一个微笑呢？真是庸人自扰。我心中浮现出苏菲无声的讥笑，于是我清了清喉咙，稍稍退后，从滚烫热风的牵引中抽身而出，重新理了理脑海中的思绪。

“雅克利娜，我刚刚是在和德拉克斯太太说路易这种情况，恢复概率真的不高。”

雅克利娜点点头，遮住眼睛，抵挡阳光。我看得出来，她和我一样，还没有彻底了解德拉克斯太太的为人。“但我们要保持乐观，”她说，“为了所有人，也为了我们自己。乐观主义对健康大有裨益。在这里，我们会尽一切力量保持乐观。”

再过一会儿，她就会和德拉克斯太太说说自己的儿子保罗。不是为了让她失去信心，而是为了让她一点点地接受，有时候，只有死亡才是离开这里的唯一方式。雅克利娜是因为保罗才做了护士。二十五年前，保罗十八岁，出了非常严重的摩托车事故。他昏迷了八个月，而后死去。当时她和所有来到这里的患者家属一样，忧心忡忡，似乎被判了一种名为悲伤的缓刑。在我们俩人之中，她更擅长与人打交道。但是德拉克斯太太似乎对雅克利娜并不在意。在她眼中，我才是专家。

“可是达纳切特医生，你的办法！（她陡然提高声音。我并没有料到她变脸会这么快。）——你的那些革命性的方法呢！”

我和雅克利娜交换了一个眼神。德拉克斯太太看过一些杂志上刊登的文章，关于拉维尼娅·格拉丁和其他成功案例，这是当然的（《帕斯卡尔·达纳切特：活死人的拯救者》）。但是突然间，我似乎是否定了这些案例。德拉克斯太太看上去很受伤，仿佛遭到了背叛。我让她失望了。没错，脆弱。她相当脆弱。

“我的方法其实并没有那么革命性，”我语带安慰地说，“那些方法的应用相当广泛。但是没错，它们似乎是有用的。在某些病例当中有用。很大程度上与信仰、态度和心理因素有关。但我真的要劝你，不要太过激动，不要抱有过高期待。我会竭尽所能，我们都会。但是，在你儿子的治愈过程中，最主要的作用还是来自于他的家庭，来自于你。”

“你必须得明白这一点，德拉克斯太太，”雅克利娜温柔地说，“血脉相连，情感相系，远比我们所能提供的帮助要更深远。他需要感受到你的爱，你的存在。陪在他身边，他能感觉得到，他会知道的。”

然而，当雅克利娜触碰她的手臂，试图让她安心时，德拉克斯太太却有些畏缩，从这样的接触中稍微抽回了手臂，仿佛这种接触会让她受伤。这是痛苦情绪的细微表现，表示她的内心在挣扎。这种情况很常见，对此我深感同情，内心也随之柔软下来。最终，她努力让自己的表情重归庄重，说道：

“当然。我也是这样听说的。我也是这样希望的。”

她当然是这样了。她只有这么一个儿子。她失去了一切，看上去非常孤单。难怪她的脸就是个紧绷而空无的面具。

“太太，告诉我，”我微笑着说道，“告诉我你儿子以前是个怎样的孩子。”

“是现在，”她说道，“我想你问的是现在。不是从前。”

又来了，我和雅克利娜再一次看了对方一眼——但是病房护士坚定、善良的神态让我打消了疑虑，也缓和了我所有的不得体。一周之内，雅克利娜就会将这个心碎的女人完全纳入自己的羽翼之下，用诊所的方式好好开导她，让她成为昏迷患者家属这个大家庭的一员。我见证过她一次次的成功，即便是创伤最为深重的家属也能被她搞定。

“太太，非常抱歉。我想你是清楚的，假设病情马上就会有好转……这显然是不明智的。但是，当然了，我们永远也不能放弃希望。”

“达纳切特医生，你是否知道，实际上他是死而复生的？那难道不是非同寻常吗？我的意思是，除了《圣经》里的内容之外——”

话已至此，我立刻打断了她。我不喜欢这场谈话的走向，她语气之中的脆弱让我心烦意乱。

“确实非同寻常。但是死亡，你知道的……死亡其实从来都不像人们以为的那么确定无疑。也有其他溺水的案例……我的意思是，生死之间有一条细细的界线。这种事时有发生。”

我后退一步，万分尴尬，绝望地看了看手表。我该离开了。见面接近尾声。雅克利娜也注意到离开的必要：她还没有给伊莎贝尔洗头发。伊莎贝尔的父亲今天来了，因为他的前妻迫切需要从女儿的病床边解放片刻，休息一下，喘口气。这是一年来他第一次造访，因为他住在国外。

“我们晚点再聊，德拉克斯太太，”她说，“如果你有任何问题的话，问我就行，或者问其他病房护士也行。再一次表示欢迎。”

“这并不是侥幸，达纳切特医生，”目送雅克利娜丰满柔软的身躯回到病房时，德拉克斯太太说得非常坚定，“我希望你告诉我的并不是那些东西。不是这样的。我了解我的儿子。我知道他有怎样的能力。”

我得坦白，虽然我很想鼓励这个可怜的女人振作起来，但我也确实不愿和德拉克斯太太顺着这条思路走下去。人们的头脑里偶尔会冒出奇奇怪怪的想法。我眼看红纹丽蛱蝶从我们身边翩跹而过，迂回着穿过薰衣草丛，落在了紫色的羽扇豆上。

“是这样，请务必接受我的道歉，”我温和地说，“跟我说说路易的事，我得了解他。”

她噘起嘴巴，我认为是默许，忽然间，我们使彼此措手不及的争论似乎让她从感情上筋疲力尽。她垂眼片刻，而后目光穿过落地窗，凝视病房尽头儿子的床，仿佛是在消化这个全新的处境。她的头发在阳光下光泽闪烁，是非常漂亮的金铜色。我很好奇，抚摸这样的头发会是怎样的感觉，而后又为这种不合时宜的想法感到羞愧。为了遏制这种念头，我迅速转念去想苏菲，去想下午打算为她挑选的花朵。百日菊。我会给她买百日菊。

“路易是个不同寻常的孩子，”她柔声说，“一个不同寻常的孩子。我们很亲近。重点是，我不知道没有他我该如何生活。从他出生后，我们总是……亲密沟通，知道对方在想什么，像双胞胎一样。而现在——”她说着生生吞下了那明显的啜泣。

“然后呢？”我温和地问道。

“嗯，我开始思考——事情发生之后——”她停下了，看了看自己的双手——是一双小巧洁净的手，指甲被悉心修理过，涂了浅贝壳粉指甲油。这是个好信号：虽然她的身心严重受损，但她并没有让自己像大多数人一样彻底沉沦。我又一次注意到婚戒在手指上留下的那一圈浅白痕迹。“这话听起来可能非常愚蠢，”她说，“可能迷信而愚昧，不是你希望从别人那里听到的东西——好吧，任何受过良好教育的人都不愿听到这种话。可是，如果你了解路易，如果你知道他是个怎样的孩子，了解他所经历的一切——”

“了解的话会如何呢？”我问道。我实在忍不住：我尝试着准许自己轻轻将手搭在她窄窄的肩膀上，好看清楚她的整张脸，好看明白她的表情。

“我慢慢相信儿子身上的一些特质。听我说，达纳切特医生，他和其他孩子不一样。他和其他孩子从来就不一样。我认为——”

“什么？”

“我认为我的儿子是个天使。”她脱口而出。

说罢，她绝望的双眼瞬间盈满泪水。

男孩子不应该让自己的妈妈掉眼泪。要是妈妈真的哭了，男孩们应该在身边安慰她们，并且要说，事情出了差错，真的很抱歉，妈妈，我很难过，你整天提心吊胆，很抱歉我被危险擒获，来到一个你触不可及的地方。我知道你试图阻止这一切。我知道你说了必须得保护好他，必须得保护好他。我知道你尽力了。虽然失败了，但绝对不是你的错。

男孩子不应该让自己的妈妈掉眼泪，尤其是他们生活艰辛，外祖母又住在那么遥远的瓜德罗普岛，他们在那里种木瓜，里面的子很像仓鼠的便便。回到古斯塔夫存在之前的时间，男孩子不应该暗中窥探自己的妈妈，因为他们会得出完全错误的结论，会开始想一些奇怪的事情，会虚构出很多东西，好给人留下深刻印象，可最终只能以眼泪收场。但有时候你又忍不住，因为你必须得了解事情的真相，而真实事物又不是光驱，你点击图片，里面的人就能自己施展拳脚，你就能了解他们的习惯，营养来源，生命周期，如何养育后代等等等等。我还没有搞到讲人类的这种光盘，可能没人做过吧。所以我必须得偷偷观察他们，偷听他们悄悄做一些不可告人的事情，比如做爱（唔——唔——唔），哭泣，吵架，或者秘密讨论一个问题儿童。

使用婴儿监护器是个好办法，谨防你半夜三更又突发婴儿猝死，哪怕你已经不再是个小婴儿了。而你可以反向利用它，这样一来，当你在自己的卧室里吃混有覆盆子干的麦片时，就能听到他们在说些什么，他们正在厨房里进行一场秘密谈话。你可能不知道覆盆子是怎么变成这种果干的。他们将覆盆子进行冻干处理，是一种非常特殊的工艺。

“我们应该如实告诉路易，”爸爸说，“我很抱歉，娜塔莉，可我最近总是在想这件事。”

“然后伤害他一辈子？”妈妈反问。

“你也太夸张了。他有权知道，所以我更愿意他是从我们这里听到真相。他知道有些事情不太对劲，他对事情的理解程度非常不可思议。你想想，他竟然能感受到你所有的情绪。而且，他会接受的。他知道我有多爱他，这不是问题。”

我放下勺子。穆罕默德正在滚轮上跑步，所以我放了根铅笔进去，堵住转轮，消灭噪音。我必须得听清楚，但我可能根本没听清楚。

“他会问个不停的，”妈妈说，“你是了解路易的。一个问题总是会跟着另一个问题，再一个问题，还有一个问题，直到你无法回答，他才肯罢休。”

她的声音有些犹豫。必须得保护好他，必须得保护好他，她在想。此刻她很可能在看着那面小镜子，就是水池旁边的那个。她在思考的时候就会看镜子，那是她的思想之镜。

“所以让他知道吧。有佩雷斯呢，他会帮路易接受的。”

“显然你所说的并不是将全部的事情都告诉他？比如让·吕克和……”

思想之镜中映出她的脸庞，充满恐惧。

“不。当然不是。显然不是和盘托出。”

爸爸很可能是坐在了厨房里的餐桌边，清洁着去年圣诞节奶奶送给他的瑞士军刀，他称之为“大男孩的玩具”。有十八种刀，其中有一半你都不知道是干什么使的。妈妈背对着他，但他能从思想之镜中看到她的脸。

“那要说多少呢？说说他是怎么来到这个世界上的？说说你和我是怎么相遇的？上帝啊，皮埃尔，我真不敢相信你竟然想做这么狠心的事情。难道你觉得这个可怜的孩子碰上的麻烦还不够多吗？你知道在学校里别人都叫他什么吗？怪胎。”

“所以我才提议找个心理医生啊！”

“可是带他去看医生的人是我，不是吗？你提议完了，之后却都是我带着他一起面对，我都快要疯了！”

然后呢，我猜她不想再看思想之镜中自己的脸，因为她又开始哭了。她每天至少哭一次，有时候哭两次，因为，做一个问题儿童的妈妈可不是什么容易的事。

“对不起，皮埃尔。我这么说只是——不，我还是坚持，皮埃尔，我还是坚持——我们还是不要谈这个了。他不知道是最好的，不然他只会迷惑不解，焦虑难安。想想所有那些自我憎恨的情绪。我们就此打住吧。”

在卧室吃东西是不允许的。或许我是因此才停止咀嚼，也是因此，我才瞬间无法吞咽任何东西。或许因此，我才把嘴里的东西都吐进了恶魔岛，然后才拿出滚轮里的铅笔，让穆罕默德能再次奔跑。但是之后，当我再度回想，实在看不出有什么大不了的，因为我已经知道我是从哪儿来的。医生们切开她的肚皮，就像切开凯撒大帝母亲的肚皮一样，用挂肉钩把我给取出来，我们俩差点因此而死。所以不过就是诸如此类的事情而已，甚至都不值得偷听。但我有点好奇让·吕克的事情。让·吕克是谁？自我憎恨又是什么？

许多人——当然不是妈妈，因为她知道我绝对不是个谎话连篇的人——但是其他人，认为那些事故都是我编出来的。然而并不是我编的。虽然并不是所有人都这么想。不管怎么说吧，我都很幸运，因为我从来不在乎人们是否相信我，尤其不在乎胖子佩雷斯信不信。

每周三放学后，其他人都在做艺术功课，进行教理问答，或者看电视，我则要去拜访读心者胖子佩雷斯，他一点也不擅长读心，为了惩罚他，你可以用信封给他寄点仓鼠粪便，不过也有可能，他觉得那些都是木瓜子，于是把它们种在罐子里，因为他真的太蠢了，他会等啊等啊，等它们长大，但它们永远也不会长大。有时候我大声数数，只是为了让他抓狂，用法语，un deux trois quatre cinq six sept huit neuf dix onze douze……或者用英语，one two three four five，但数到这里我就得停下来，因为我不知道英语的五后面是什么了。

“这周有什么事故吗？”

“我被一根火柴给烧了，因为我当时在点蜡烛。妈妈讨厌我玩火，她很怕火，她讨厌蜡烛和火堆，但我非常喜欢。然后我的膝盖擦伤了，是在操场上摔倒了。然后昨天，我手上起了水泡，差点就感染了破伤风。我差点就得破伤风了啊。我这儿有个创可贴，你看。”

“你是怎么贴上这个创可贴的呢？”

我学过用舌头顶着口腔顶——也就是所谓的上颚——弹一下，感觉现在就是做这个动作的恰当时机。我弹出了非常大的声音，可他什么也没说。“用铲子的时候受伤了，我当时正在挖坟。”

“啊，那就跟我说说坟墓的事儿吧！”嘎吱嘎吱，“或许，是为了安葬你找到的什么小动物？”

“要是找到了什么小动物，我是不会杀了它的。反正不会马上杀掉。”

“我的意思是——”

“我会让它活着，活在恶魔岛，和穆罕默德一起。如果是老鼠的话，那我可能会给它喂蛆，之后可能会杀掉它。可能过个十六七天吧。”我又弹了一下舌头，这一次声音更响亮。

“所以，跟我说说，坟墓是干什么用的？”

“给一个人的。”

“一个人。什么样的人？”

“一个大块头的胖子，住在马勒塞布街。”

“啊。那会是谁呢？”

呸！胖子可真是迟钝！

“你所遭遇的这些小事故，”胖子佩雷斯若有所思地看着我，说道，“还没有那么糟糕，不足以让你进医院，不是吗？我是说，小小的烧伤，一点点破皮，轻微划伤。”

“所以呢？我是个极容易出事故的人。有时候是大事故，有时候就是小事故。”

“那我们就来聊聊那些大事故。让你进医院的那些事故。我想问你些事情，路易，你喜欢待在医院吗？”

“我不喜欢急诊室，我讨厌那地方。但是恢复的时候还不错。”

“怎么不错了？”

“你不用去学校，他们对你无微不至。她坐在床边，和你说话，好像你又变成了小婴儿，你可以就那么躺着，静静听她说话。你想要什么她都会为你做，危险没能夺走你的性命，她欣喜若狂。”

“危险？”

我又弹了一下舌头，不过这次声音没那么响亮，搞得我舌头发麻。“总是有危险存在。如果没有危险的话，你就不会出事故。然后爸爸会给你带乐高模型，这也不错。他们还会给你带来清凉的食物，这要取决于你住在哪个医院。最好的医院是里昂的。在爱德华-埃里奥医院，你可以吃到比萨和千层面，如果你想要的话，还有冰激凌当点心，因为里昂是法国的美食之都。”

“大家都这么说。”佩雷斯说。

“还有，他们一般都会有 PS 或者任天堂游戏机。”

“那你愿意再次回到爱德华-埃里奥医院吗，路易？医院可能是充满慰藉的地方，不是吗？如你所说，不用上学，许多人对你关怀备至。”

我又响亮地弹了一下舌头，这一次我的舌头完好无损。

“你是否觉得，有时候，当你最终进入医院时，心里甚至有那么一点点雀跃？”

“你是说我是故意进医院的，是吗？”

“不是的，路易。我从来没这么说，我也不是这个意思。”

就是在那一刻，我想要打碎桌子上盛了水和贝壳的碗，亲眼看着它们和破碎的玻璃一起散落满屋，也顺便瞧瞧他那张胖脸上的表情。

“告诉我，佩雷斯先生，我是个典型的问题儿童吗？”

他哈哈大笑。“根本就没有这种儿童，路易。”

他用簸箕、刷子和灰色刷碗布清理掉水和碎玻璃，往伤口上贴了个创可贴，然后给妈妈打了电话，说我们要提前结束这次交流。于是我问他：“那现在呢？”

“你在砸碎那个碗的时候，想到的人是谁呢，路易？”等妈妈来的时候，他问道，“你是在生谁的气？”

呸，又来了！他总是纠结于“生气”“你的怒气”，他怎么就不能从字典里找个别的词呢？他为什么就不能用个类似于“憎恨”之类的词呢？

门铃嗡鸣，意味着时间所剩无几，我就是在这时候开口问他的。

“有一种药，女人吃了以后可以不怀孕，这是真的吗？你每天从绿色的板子里拿出一颗吃掉，里面一共有二十一颗药，然后你把它们都藏在秘密的地方？”

他看着我，好像我是个怪胎似的。

“是的，路易，是有这种药，叫避孕药。你为什么要问这个？”

“我只是想知道，只是打了个赌。”

“和同学？”

“和我的老师，齐达内先生。我说有一种药可以阻止宝宝来到世上，他说没有。”

佩雷斯思索片刻。

“你有没有可能吞下了你找到的这些药，路易？”

于是我也假装想了想。想啊，想啊，想啊。然后，我又弹了一下舌头。

“可能吧。要是吞下去了会怎么样呢？”

妈妈说小孩子要有规矩，需要明确的规定。

人们应当对孩子说实话。孩子也应当说实话，他们应该永远对医生诚实，实话实说自己到底是怎么出的事故。他们永远也不应该编故事，只是为了让事情更戏剧化，让人目瞪口呆。你肯定无法相信，身为极易出事故的孩子的父母，有多么艰难。你一天到晚都要提心吊胆。大人们有时候也会做坏事。如果有个大人对你做了不好的事情，你就应该告诉另一个大人，一个你信任的大人。我永远都会在你身边，路易。此时此刻，我就坐在你床边，当我像这样捏紧你的手，或许你能感觉得到。

“你没必要非听她的话不可，”古斯塔夫说，“你可以和她一刀两断。再多跟我说一点你的故事，年轻的先生。”

“有一天发生了一件事。”

“在哪里？”

“巴黎迪士尼乐园度假区。”

那是个冬天。天气预报说当天早上的平均气温只有十二摄氏度，到了下午会升到十五摄氏度，但是会有强风自南部而来，在法国北部与低气压狭路相逢。这就意味着明天及星期一有百分之六十五的可能要下阵雨，所以千万不要忘了带伞。巴黎迪士尼乐园度假区以前叫欧洲迪士尼乐园。但是所谓欧洲的部分并没有什么用，爸爸说，只有迪士尼乐园才有用。所以他们抛弃了欧洲，改名为巴黎迪士尼乐园，然后他们又说，不如叫巴黎迪士尼乐园度假区怎么样，这样还能让你在里面喝酒。紧接着，阿布拉卡达布拉[①]，人们蜂拥而至，因为小册子里说，这是一个有着许多王国的魔法领域，尤其是有着太空过山车的明日世界，这种过山车带来的体验独一无二。对于全家人来说，这就是个魔法般的梦境，即便你们并不是真正的一家人，只是有个爸爸，有个妈妈，还有个带仓鼠的小男孩。我和爸爸从里昂搭TGV[②]到巴黎，整个周末我们都住在桑塔斐酒店，让妈妈和奶奶休息一下，因为我们

① 表演魔术、施魔法时所念的咒语。

② TGV，全名为“train à grande vitesse”，法国的高速铁路系统。

俩都是男人，而男人这种生物一到周末就有可能给你帮倒忙，让你头疼不已。

手册上说，在冒险世界，你可以在阿拉丁世界中的东方市场漫游，尽情享受异国情调，跟随邦戈鼓的节奏来到加勒比海中心，于是我们就这样做了，到处都是圣诞装饰，虽然我块头很大，很重，可爸爸还是把我扛在肩膀上扛了一会儿。阿拉丁世界里不知被什么人不小心撒满了爆米花，于是我们在冷风中排队，想排到冒险岛上瑞士鲁滨逊家族[①]的那棵大树跟前。他们是困在热带岛屿上的一家人，不得不在树上建造房屋。就在我们刚刚开始爬楼梯的时候，忽然传来一个女人的声音，“皮埃尔？是你吗？”

我马上感觉到爸爸握着我的手缩紧了，就好像那个女人是要把我或者别的东西偷走似的。他将另一只手搭在我的肩膀上，我们停下脚步，没有再爬楼梯。那个女人是和一个男人一起，他们身边有两个中国女孩，比我年纪小，看起来像双胞胎，婴儿车里还有个肥肥的小婴儿，但不是中国人。我们全都挤在一起，其他人从我们身边走过，沿着楼梯继续往上爬。

“嗯，”爸爸说，“好巧啊。”

---

① 出自瑞典作家约翰·怀斯的著名冒险小说《海角一乐园》（*The Swiss Family Robinson*），小说主角瑞士人鲁滨逊一家在海外的航行中遭遇风暴，又被船上的水手所遗弃，之后这家人漂到了一个荒岛，靠着船上留下的物品，凭借坚定的意志和勤劳的双手，开始了简单而充实、奇异而有趣的新生活。

爸爸看起来就快吐了，可他还是和那个女人相互亲吻了对方两侧的脸颊，仿佛一切都很正常，然后我们就全都退到一边，好让其他人通行。

“这肯定就是路易了，”她说，“你好啊，路易。”

她弯下腰来，我也亲吻了她两侧的脸颊，她也同样吻了我。她身上弥漫着香草味。她的嘴唇很柔软，因为寒风而冰冷，忽然间，我觉得圣诞节好像是明天，或者后天，而不是两周后才来。

女人用浅蓝色的眼睛望着我，那颜色仿佛游泳池里的水，但我什么也没说。我以前没有见过她，所以不明白她怎么知道我的名字。也许在我还是小宝宝的时候她见过我吧。她穿了件红色外套，戴着红色耳环，她有一张漂亮的脸蛋，一头黑色头发，但是没有那两个中国女孩的头发那么黑，两个女孩正咯咯咯笑个不停，好像有什么人很滑稽似的，也许是在笑话妈妈让我戴上的这副傻兮兮的手套，于是我把手套脱下来，塞进了口袋里。接着，她们的爸爸和我爸爸握了握手，她们的爸爸也不是中国人。

“亚历克斯·富尼耶。”他说。

“皮埃尔·德拉克斯。”爸爸说。

我很想知道，如果爸爸妈妈都不是中国人的话，为什么这两个女孩是中国人。

“所以你就是大名鼎鼎的皮埃尔·德拉克斯了？”

“大名鼎鼎的皮埃尔·德拉克斯”这个说法似乎并没有让爸

爸很高兴。

“我都不知道你很有名，爸爸。”

“只是开玩笑。”爸爸马上说。

那个男人一直盯着爸爸看，然后又看向女人。他还点了点头，仿佛搞清楚了什么事情，可能是一块很难对付的乐高，于是他说：“好吧，对我而言，你的名字真的是如雷贯耳，我没法否认，皮埃尔。”

“这是我们的孩子，”女人握住亚历克斯的手，面带微笑，明朗地说，但这明朗是装出来的，“这是梅，这是洛拉，小家伙是热罗姆，有十三个月大了。”

“恭喜你们。”爸爸说。

“你怎么样？”女人问，“你们后来又要孩子了吗？”

“没有，只有路易。”爸爸说。他们彼此对视了很长时间，直到女人的丈夫清了清喉咙，张了张嘴，仿佛要说些什么，但最终还是什么都没说。

“路易妈妈怎么样？”女人问。

“娜塔莉很好，谢谢关心，”爸爸回答，“她今天不能跟我们一起来。”

“因为我们让她头痛，”我说，“因为男人有时候总是帮倒忙。”

“太遗憾了。”女人说，她死死盯着爸爸。爸爸让我把手套戴上，不然我的手会冻僵的。我说，他们的孩子怎么会是中国人呢？爸爸说我不应这么莽撞。但是女人说这并不莽撞，他只是好奇而已。她们出生在非常遥远的中国，我有没有听说过收养？她希望我听说过，她希望妈妈和爸爸给我清清楚楚解释过收养是怎么回事。但我告诉她，他们没说过，这话让两个中国女孩又咯咯咯笑起来，就好像我不知道收养是怎么回事很好笑一样。女人看了看爸爸，然后又看了看我，而后飞快地说，好吧，反正呢，两年前她和亚历克斯收养了这两个来自中国的女孩，然后，他们马上就得到了一个可爱的惊喜，热罗姆降临了。

“就像神迹一般。”她说，因为开心而满脸通红。

“我们一点时间也没浪费，”男人也很开心，说道，“一年三个孩子！”

他看上去很骄傲，就像赢了超级大乐透一样。他好像是在对我爸爸说，看到没？我有三个孩子，而你只有一个，我有两个女儿，人人都知道可爱的中国女孩比问题男孩好多了，再加上我们还有个超级可爱的小宝宝，脸蛋红扑扑的，怀抱布偶，戴着有兔耳朵的帽子。

“所以我们现在是一家五口了，”女人说，“目前的公寓确实有点挤，不过我们有希望尽快搬家，因为我在兰斯有了一份新工作，而亚历克斯也刚好在昨天得到消息，他也可以调去兰斯，所以今天我们算是稍微庆祝一下。”

“好吧，真高兴你一切顺利，”爸爸说，“你值得这一切，凯瑟琳。”

她看起来人不错，我不明白为什么爸爸一副很反感她的样子，她说得越多，越开心，笑得越大声，爸爸的脸色就越不好，突然他看向手表，仿佛被现在的时间震惊了。

“我想我们该走了，我的小宝贝。”爸爸说。

没错。“那瑞士鲁滨逊家族的大树怎么办呢？”我问道，“我们可以跟他们一起爬上去啊。”

两个中国女孩依然对着我咯咯咯笑个不停，但我不在乎，她们只是蠢姑娘罢了，再说她们还是中国人，眼睛的形状像叶子一样，反正我也不想跟她们一起玩，女孩们都很差劲，我知道她们是在嘲笑我的手套，哪怕它们被我揣进了兜里。

“队伍排得太长了，”爸爸说，“我们得走了，先去吃点饭。我好像看到那边有卖棉花糖的，吃过饭你可以吃棉花糖。遇到你们很开心，”爸爸对女人说，“看到你一切都好起来了，我很高兴。一切顺利。再见了！”

这一次他们并没有亲吻，而是握了手。他和她，然后是他和他。那个男人看着爸爸，就好像爸爸是个小偷，打算从他那里偷走什么似的。虽然那两个中国女孩还是咯咯咯地嘲笑我的手套，虽然她们就是愚蠢透顶的姑娘，但我还是愿意留下来，和她们一起爬到树顶上去，可是爸爸把我给拽走了——他确实是用力扯着我的胳膊，所以很疼。要是脱臼的话，我就得去医院了，最好还是别去，因为我向妈妈保证了，如果感到危险靠近，就要告诉一个大人，一个可以信任的大人，无论何时，只要你觉得不安全，就应该这样做。当我回过头去，看到有个中国女孩在挥手，女人和男人则手拉着手。爸爸和妈妈不会手拉手，也不亲吻，因为亲吻太傻了，明明还有其他表达爱的方式，比如，成为有责任感的养家之人，不要让家人失望。可有时候，我却希望他们能亲吻，拉手。

前方出现了一个垃圾箱，于是我趁着爸爸没看到，把傻里傻气的幼稚手套丢进了垃圾箱。午餐我们吃了名叫塔可的墨西哥快餐，吃起来像是盛着油炸薯条和番茄酱的硬纸板，爸爸面色很古怪，一直在要啤酒。他握住我的手，说他爱我，我说我也爱他，但我知道情况不太对劲。

“那些人是谁？那个女人是谁？”

“只是我以前认识的人，”爸爸说，“我们以前是……朋友。很好的朋友。事实上——”他拉过我的手，“我以前没有告诉过你。妈妈觉得你没必要知道，但是……好吧，我不明白你为什么没必要知道。我曾经跟那个女人结过婚。”

“结婚？”

“没错。三年。很久以前。”

“哦。”

“路易，很抱歉告诉你这样的事情，你很难过吧？”

“没有啊。我为什么要难过？你现在已经和妈妈结婚了啊。而且，要是你没有和妈妈结婚的话，你们就不会有我了，不是吗？你会有中国孩子，还有抱着布偶、顶着兔耳朵的傻宝宝。”

他什么也没说，只是若有所思地看着我。

“没错，可能吧。我对自己所拥有的一切一无所知。”他又叹了口气，“但是我们不要告诉妈妈遇见凯瑟琳的事情，怎么样？”

“我们不说吗？为什么？”

“这个嘛，”他拿起一根薯条，吃了下去，说道，“你了解妈妈的。”

确实。妈妈总觉得爸爸和其他女人很可疑。她不喜欢爸爸和别的女人说话。这样会招致麻烦。*男人让女人失望，一次又一次。他们生来如此。*我们用手捏着炸薯条吃，我给他描述了我想要的新飞机模型，翼展有一米，比画的时候我打翻了可乐，爸爸只好冲餐馆的女服务生摆了摆手。

“所以什么是收养？”

过来做清理的男人是个黑人，但是他的脸蛋上没有画条纹，那是一种特别的酷刑仪式，就像那个在里昂的超市里卖贝壳项链的人一样，那个人脸上就有。服务生拖地的时候，爸爸告诉我，收养的意思就是，如果你自己生不了孩子，就把别人的孩子带回家来，而这个孩子的亲生父母无法照顾这个孩子，因为他们太穷了，或者养不了，所以就把孩子给那些无法生出自己孩子的夫妻。他们之所以收养了那两个中国女孩，就是因为凯瑟琳认为自己无法怀孕。但是呢，她和丈夫收养了中国女孩之后，却怀上了属于自己的孩子。

“所以她生不了孩子不是因为吃了那些阻止人怀孩子的药？”

“不是的，她想要孩子。你只有在不想要孩子的时候才会吃那种药。”

“所以妈妈才会吃的？”

爸爸看着我，皱起眉头。

“她没有吃那种药。她吃的是维生素之类的药，叶酸，各种各样的保健品。你看到的可能是这些东西。不一样的。”

“那你和妈妈为什么没有再生一个孩子呢？我受够了仓鼠，受够了家里人这么少，只有你、我和她。我为什么就不能有个弟弟呢？”

“我们也希望这样，”爸爸说，“我们真的很想要个弟弟。相信我，我的小宝贝。我们正在努力。”

可是他面容失色，蜡黄蜡黄的，像中国人一样，看起来很不舒服。

如果有什么事物未能按时抵达，那可能就意味着坏运气。回里昂的 TGV 推迟了四分半钟。而坏运气降临前，你对此是毫无察觉的。

“没有任何事故！”爸爸在厨房里和妈妈提起迪士尼乐园的事情时这样说。她正在食物搅拌器里做油酥糕点，如果有任何人说她不会做饭——比如露西尔，那么那个人就是个大骗子。

妈妈愠怒而古怪地看了他一眼，有中国孩子的那个女人和她的丈夫非常恩爱，可妈妈和爸爸并没有这么爱彼此。或许他们痛恨彼此，或许他们唯一想做的事情就是离婚。但是他们不能离婚，不是吗？他们不能，因为我。

他们不能离婚，因为我是不会让他们离婚的。你等着瞧吧。

“我们在迪士尼遇到了一家人，”我说，“爸爸认识那个女人。”

她绝对吃了那些避孕药。我亲眼见过她从化妆台的抽屉里拿出那些药，挤出一片来吞下去。那种药她有好多，多得数不清，还有多西拉敏和月见草油之类的。如果一个男孩吃下那些药，可能会像女人一样长出胸部来，因为胖子佩雷斯说那些药里都有一种激素，是雌激素，可能会让你像电视上一样发生性别转变。我看过一个节目，上面说有一种手术可以让你变成一个女孩，这样你就没法再当个强奸犯了。你花上五千欧，他们切掉你的小鸡鸡。

“跟我说说那家人，路易。”妈妈说，语气冰冷。那是她的“冰冻之声”，爸爸起的名字。冰块叮当碰撞的声音。“爸爸认识的那个女人是谁？”

爸爸从桌边站起来，打开洗碗机，把盘子叠进橱柜里。

“她有两个只知道咯咯笑的中国女孩，这些女孩是收养的。但是宝宝不是收养的，戴着个蠢头蠢脑的兔子帽子，上面还有一对蠢头蠢脑的兔耳朵。”

“是我的一个前同事，”爸爸说着拿出了刀叉，“法航的人。”

他把盘子撞到了一起。

“哪个部门？”

“哦，呃，人事部。”

“是个漂亮女人吗？”妈妈继续问。

她问的是我，却用充满质疑的目光看着爸爸。但是爸爸背对着她，把更多盘子给撞在了一起，或许他是在想着冰块叮当相撞的声响。

“是的。特别漂亮。但是我们得走了，爸爸说我们得走了。其实我们没必要走的。我并没有很饿，可是我们还是去了那个餐厅，应该是个墨西哥餐厅。”

“我知道了，”妈妈说，“墨西哥。”

她仍然看着爸爸，但爸爸正在检查玻璃杯有没有彻底洗干净。

“去看会儿动画片怎么样，路路？”爸爸问。他看着我，眼神沮丧，要不是他不亚于一台杀人机器，你肯定会以为他是个胆小鬼。

我也不知道我为什么要告诉妈妈迪士尼乐园的那个女人。我并没有说出她是谁，没有说她叫凯瑟琳，没有说爸爸和她结过婚。可她搞不好知道，因为他们马上就要吵架了。就在我看《玛德琳》的时候，妈妈冲爸爸大喊大叫，而他正努力让她平复下来。

“是她，是不是？你撒谎！你为什么要撒谎！”她吼道，“看在上帝的分儿上，你为什么就不能跟我说实话？”

他非常小声地说了些什么，声音太低，所以我听不见。

“你会再去见她的，是不是？让自己拜倒在她脚下。好吧，去吧。去吧，如果那就是你想做的事。我和路易不需要你。”

他又小声说了些什么，想让她冷静下来，然后我又听见了她的声音。“如果你真觉得那么内疚。亲爱的。你敢！真希望我从来没有。真应该让你们两个全都得偿所愿。流血的心……让你开心。必须负重前行。不要责怪我。是你的错，不是我。”

当我把这一切都告诉古斯塔夫时，他什么都没说。你永远都不知道古斯塔夫是要回答你，还是仅仅打算猛咳一通，直到咳得呕吐起来，或者咳出水藻。可是他什么也没做，连动都没动一下。今天他过得不怎么样，比平常流血更多，鲜红的血从绷带里渗透出来。我猜绷带之下的他可能在哭泣。我有没有跟你讲过，他的整个脑袋都像木乃伊一样缠着绷带？我有没有跟你讲过他没有脸？我有没有跟你讲过，他生活在我的头脑之中？

他的状况越来越糟。他一直在跟我说他被困在幽暗之地的那些时光。他越来越饿，但是一点吃的也没有，而且他根本就没有嘴巴，因为他的整张脸都被吃掉了。鲜血从绷带里渗出来，顺着脖子流淌下来，像一条鲜红的河流。绷带之下，他正在死去。

“再多跟我说一点你的故事，年轻的先生，”他说，“在我离去之前。”

于是我就告诉了他胖子佩雷斯的肮脏秘密。

有一次，在他位于摩天大厦区那个令人毛骨悚然的公寓里，我和他在一起，他去充满乐趣的厨房给我拿可乐，因为我总是要喝可乐。没有可乐我就拒绝配合，有时候没有甜食我也拒绝合作。他去厨房的时候，我开始四处寻觅，看看有没有什么新鲜玩意儿。我查看了每一个抽屉，还有每一张垫子下面，有时候你会在这里找到一些硬币，有一次是十块钱纸币，也有可能找到一些高级电池，你可以私吞下来，他绝对不会注意到。反正这一次，我找到了绝对新鲜的东西。双筒望远镜。

太酷了。

我把望远镜对准窗口，一点点调整，直到里面看到的东西不再那么模糊不清。外面正在下雪，你能看见雪花像撕碎的纸片一样缓缓飘落。我想搞明白音乐从哪里来，因为每当我们玩“别说话”的时候，总能听见响亮的音乐声，还有一个女人高声喊着：“一、二、三，绷紧臀部的肌肉，小姐们，我们想还是不想让我们的屁股变得坚挺？”

“你在做什么呢，路易？”胖子佩雷斯挺着巨兽般的身躯回到房间，手里拿着我的可乐，他问道。

“你放冰了吗？告诉我你都用望远镜干什么，然后我才能还给你。”

“放了，三块冰。用来看远处的东西，比如鸟。”

“什么鸟？”

“这个嘛，在城里你能看见鸽子，椋鸟，有时候也能看见鹭，”他说，”它们是为了池塘里的锦鲤而来。”

我看着他，他整个人一团模糊。但是我稍微调了调望远镜，就看清楚了他的脸。他在微笑，他伸出手来，想拿回望远镜。但是我还没用完，不是吗？

“你是个变态，不是吗？”我兴师问罪，”你是为了看那些不穿衣服做运动的女人。你看她们的屁股和胸，不是吗？”

“路易，我觉得我们应该开始了。”

“你偷看光着身子的女人，然后自慰，你就是个强奸犯。”

“是个什么，路易？”

“强奸犯。”

他坐下来，看着我，好像我是个怪胎，就像学校里那些人说的那样。他和他们的眼神是一样的。当我看向他，他的脸又变成了一团模糊，一大片肥肥腻腻的模糊。但是我看得出，他正对我露出让人不寒而栗的微笑。

“再多跟我说说强奸犯，这不是你第一次提到他们。关于强奸犯，你都知道些什么呢，路易？”

他应该去字典里去查，不是吗？我还只是个小男孩。窗外，雪花还在不停地落啊落啊落啊，有时也会往上升，那是因为遇到了所谓的上升热气流。盯着这些雪花会让你头晕目眩，它们看起来太像撕碎的纸张。一旦你头晕眼花，就会摔倒。电视上曾经说起过一次强奸犯，当时我还不知道那是什么人，但是妈妈的脸色变得很古怪，她和爸爸彼此对视，同时伸手去拿遥控器。爸爸先拿到了，于是他关掉电视，接着他们都看着我，样子有点滑稽。

“强奸犯是什么？”我问。

“是坏人。”爸爸说着脸红了。而妈妈则什么也没说，她只是去了厨房，开始切洋葱，把自己搞得掉眼泪。

“我永远也不会变成一个强奸犯，”我对胖子佩雷斯说，”因为我要么会长出胸部来，要么就会死。”

但是关于胸部的事情我搞错了，因为那些你揣进口袋，并在早餐、午餐、晚餐和野餐时吞下去的女性药片，即使把它们咬得碎碎的，也尝不出任何味道来，它们根本就没用。因为，过了一周，你仍然是个男孩，你并没有胸部，连一点点小小的起伏都没有。所以胖子佩雷斯又骗人了。他是在玩“满口瞎话”的游戏，是大人们玩的秘密游戏之一。他们有很多很多游戏，像孩子们一样，有着自己的秘密规则。比如“沉默之誓”，很像是成年人版的“什么都别说”，还有“极刑”，还有“假装你并不恨他”。这些游戏都很难玩。你必须得非常擅长“情绪工作”才可以。

“爸爸不是我真正的爸爸。我是收养来的。我是个被收养的孩子，就像有些中国人一样。”

“啊，”胖子佩雷斯说，“这想法很有意思。孩子们一般不会有这种想法。那你妈妈呢？”

“她是我真正的妈妈。”

“你是怎么知道的？”

“因为我出生的时候她差点死了。他们得打开她的身体，把我拽出来，我们俩差点就要死在一口双人棺材里了，你可以从网上订到这种棺材。”

“所以妈妈是你的亲生妈妈，但爸爸收养了你。是有人告诉你的吗，还是你自己想出来的？”

“没人告诉我。”

“那你是怎么知道的呢？”

“我就是知道。他收养了我，就像有些被收养的中国人一样。就像有些中国宝宝的父母没有办法照顾他们，所以他们就来到法国，和别的家庭一起生活，并且嘲笑其他孩子傻兮兮的手套。”

“我明白了。那么你认为谁才是你的亲生父亲呢？”

“我不认识这么一号人。”

“每个人都有亲生父亲，路易。”

“反正我没有。”

他眯起小猪一样的眼睛，思索良久。“如果你可以选择一个爸爸来代替你的爸爸，有没有什么人是你可能会选的呢，路易？”

我也假装思考了一分钟，也像他一样把眼睛眯成小猪的一样。想啊，想啊，想啊。然后我说：“是的，有，佩雷斯先生。是你。”

他看起来像是要吐了一样。

“真的吗？”他问道，声音虚弱而沙哑。

我简直要把头都笑掉了。我不停地笑啊，笑啊，笑啊。

“你这个小家伙！”

我没办法停下不笑，我越是笑，他就越是反感，可是他什么也不能说，因为他是收钱办事的。你了解胖子佩雷斯吗？我可不觉得他能对付得了一个怪胎。妈妈来的时候，他们把我留在客厅，让我看《数字与字母》，而他们则在厨房里谈话。在他说了一会儿之后，她开始用“冰冻之声”说话。于是我用遥控器调高了音量，因为我很讨厌那种声音，我必须得不断调高音量。当她来到我跟前时，仍然处在盛怒之中，嘴角发了疯一样抽搐。有时她就会那样。

驱车回家的路上，她说她和佩雷斯先生稍微谈了谈，因为他有了些奇怪的念头。我就是在那一刻确信胖子佩雷斯在撒谎。他明明跟我说过，无论我对他说什么，我们的谈话内容都不会离开那个房间半步，因为这是他跟我之间的秘密。

但是你看，他都告诉她了，不是吗？所以他就和他们所有人一样是个骗子，玩着和他们一样的游戏，比如“假装你并不恨他”，就像电视上的节目一样。他们全都在表演，而我原本应当对他们深信不疑，就像我应当深信爸爸就是我的亲生父亲。可他只是在玩“假装你是他爸爸”这个游戏，而这让他成了最可恶的赝品，这就是为什么他再从巴黎打来电话时，我再也不同他说话了，我也是因此不再给他写信，并且开始痛恨他，因为他做了非常可怕的事情，非常丢脸，让我失望透顶。

还是小孩子时，我习惯梦游。妈妈经常在奇奇怪怪的地方发现我。第一次梦游的时候,我才四五岁，她发现我在屋外的花园里找什么东西。当她问我在找什么时，我说我在找“它”。从那以后，我在睡梦中寻找着这个不确定的“它”——在花园里，在邻居的田地里，或者附近的海滩上。这种小插曲让爸妈非常担忧，而等到第二天我听说这些事后，他们的表现也反过来让我心绪不宁。但是，说来奇怪，我觉得梦游这事儿很迷人，在我本人缺席的情况下，一部分的我竟然可以给我的身体下达命令。醒来后的我从不记得那些梦境，但总觉得昏昏沉沉，筋疲力尽，仿佛我为了造访地图之外的某个地方，承受了生理和精神上的残酷折磨。梦游逐渐成了我人生中的固定习惯，而且越来越频繁，青春期时，这个频率达到峰值，这段时期我的头脑和身体都迅速进化成型。青春期时，日复一日的是那些自我惊讶、性幻想、床单之下的偷偷自慰，我几乎每晚都要梦游。我再也没有去过海滩那么远，但有时候我会醒过来，发现自己在邻家田地的谷仓里，或者在父母保存待修复古董的储藏室里。令人惊讶的是，在梦游的过程中，我一次也没出过事故。我的梦游似乎完全是良性的，所以我们都将它作为一种特殊习性接纳了下来，深信总有一天，我一定会从中走出来。可以肯定的是，我最终确实走了出来。在我离开家、作为医学生开始自己的人生后，梦游症成了心灵风景的遥远部分，像我小时候的宝丽来相片一样，成了褪色的鬼魅。

但是梦游所带来的刺激却永远不会离我而去，无论那些记忆有多么模糊——一种好奇驱使着我想重访地图之外的那个国度，我曾于睡梦之中追溯过它的轮廓，在不安之中寻找那个“它”。就像每一个对神经病学精神病方向感兴趣的人一样，我在医学研究所跟随弗兰克教授学习。但是最终，比起有意识的精神故障，还是完全无意识状态持久吸引了我，所以离开巴黎时，我决定专门研究深度昏迷。我就这样留在了普罗旺斯。除了同样钻研神经学领域的菲利普·默尼耶，我的同侪们——尤其是外科医生——有一个这样的理论，照顾神经错乱的家伙完全就是费力不讨好的工作。他们将我的工作视作与变态仅有一步之遥：照顾那些只剩一具空壳的男男女女，那些活死人。然而他们大错特错。就连损坏的大脑也能建立连接，人的头脑远不止是各个部分的组合。

从德拉克斯太太身边离开后，我马上回到了自己的办公室。我从诺埃勒工作的附楼穿过，冷不防发现自己出现在她挂在墙上的小镜子里，稍稍震惊于我的脸看上去竟然如此严厉、如此教条，被太阳穴处稀疏的头发所包裹。怎么会显得这么顽固不化呢？我深深凹陷的眼睛突然一沉。我还拥有能被人称之为英俊的特质吗，还是年龄已经对我下手了呢？

突然间我想到，总有一天我会死去。死去，离开。

那四个盆栽是个名叫拉维尼娅·格拉丁的病人送我的，其中一盆是我的最爱，是樱桃木，看起来需要做些修剪。于是，在给维希的菲利普·默尼耶打电话时，我拿起修枝剪修整起来。据他的秘书说，菲利普结束了短暂的康复休假，刚刚回来工作。

“身体没事了？”她帮我把电话接过去时，我问道，“你怎么了？”

“米歇尔跟你说了什么？”他怒气冲冲地问。他的声音听起来比平时更暴虐，于是我又感觉到了往常那种仇恨。

“你请病假了。”我回答，我希望他听不到我修剪枝丫的声音。

“只是需要充电，”他说，“就是病毒感染后综合征。”

显然他并不想谈论这个。一旦谈到自己的健康问题，医生们总是讳莫如深。坦白说，我们不愿屈服于任何东西，而疾病总让人感觉到某种挫败。

“路易·德拉克斯的案子。”我一边说一边检查一片小小的、闪着光的完美叶片。

“他平安转过去了吗？”菲利普沉重地问，“我相信，肯定一切正常。”

他似乎很生气我来打扰他，而且是比平常更生气。

“没什么问题，他已经住进病房了。”

出现了片刻寂静，在这个间隙我思考了一下我的艺术技巧。拉维尼娅·格拉丁一开始给我这些盆栽树的时候，我记得自己无比震惊，她从持续六年的深度昏迷中醒了过来，这些盆栽是她送我的感谢礼。是不是，我问她，有点像是得了个宠物？可她只是微微一笑，让我等一等。她说它们就像是深度昏迷的病人，它们需要很多时间，欲速则不达，然而，一旦它们开花……

她是对的：它们克制的美感慢慢在我身上生根发芽。但这是一种奇怪的激情，苏菲经常这样提醒我。她说这些盆栽是我老年得来的宝贝。

“所以他怎么样？”菲利普单刀直入地问。

“表现非常奇特。满医院上上下下地跳，还唱着《马赛曲》。”

又一阵沉默，一种截然不同的沉默，从菲利普那端传来。

“好吧，你有什么期待？”我问道。菲利普真是开不起玩笑，我有点生气。男人到了五十岁就会发生点什么改变吗？“你把他送到我这儿，还有什么话要说吗？”

依然是沉默。

“事实上，我之所以打电话，是因为，我有点好奇造成他这个状况的源头。他的那次坠落。”

“沙维福尔没有简单告诉你吗？”

“他是什么人？”

“负责德拉克斯案子的女警探。斯蒂芬妮·沙维福尔。”

“还没。我想，她打过电话来。”

“好吧，你没读材料吗？家庭野餐化作悲剧一场？甚至都上了《世界报》，我猜。也上了电视。”

真烦人，菲利普现在占了上风，我尴尬地放下修枝剪，伸手去拿纸笔。

“那我肯定是错过了，”我说，“跟我说说。”

“好吧，”他嘟嘟哝哝地说，“简直糟糕透顶。跟我比起来，沙维福尔警探能给你更多细节。但是，总而言之，路易的坠落似乎并非意外事故，尽管他总是意外缠身。应该是由于没有确诊过的羊痫风，我猜，但是谁知道呢。反正根据他母亲的说法，他并没有跌进溪谷。他是被推下去的。”

我的喉咙突然发干，干得难耐，而后出现了短暂的停顿，而菲利普似乎并不想填补这个空白。“被谁？”最终，我违背自己的意愿，问出口来。

“他爸爸推的。”

“他自己的爸爸？”

“没错。现在你都知道了。”

这一刻我语尽词穷，菲利普似乎也无话可说了，因为我们都沉默了一会儿。我摆弄着钢笔，看着七叶树盆景里带刺的荚果，旁边就是槭树的盆栽。它们在秋季开花，结满光彩夺目的果子，像念珠一样小小的。而七叶树的另一边则是我的柳树。

“所以这位爸爸人在何处？”最终我问道。

菲利普重重叹了口气，仿佛重新将重担扛在肩膀上。“显然是在逃亡。有人在追踪，但是我最近一次听说这件事时，他还没有被找到。我不知道最新情况如何。娜塔莉·德拉克斯在这边时，很害怕孩子的爸爸会追杀自己。她甚至养了条狼狗。”

可怜的女人，我心想。菲利普肯定明白我的想法。

“所以她怎么样？”他的声音还是那么紧绷。（他的情况是不是比病毒更严重呢？婚姻问题？和路易的“死亡”有关的纪律处分？）

“我猜，应该跟你料想的差不多。有点紧张，但是……好吧。我可能会用庄重这个词来形容。她在镇子里找了栋房子。”

“她有提过维希吗？”他问。

“严格说来，没提过。她应该提吗？”

“不，当然不是，”菲利普说，“我只是好奇。”

我们又聊了一会儿预后，都不太看好。

“她始终否认。”他说。

“是的。我也有这种印象。好吧，或许也没有那么惊讶，鉴于他之前有过……”我的声音渐渐弱下来。

“复活？”我们都笑了，笑得有点神经质。“她有没有在吃什么药？”我问道，眼前浮现出她凄凉、空洞的面容，幽暗火焰般的头发勾勒出她面部的线条。

“我建议她吃一点抗压力的药，”菲利普说，“路易刚到我们这里的时候，她状况很差，有点妄想症。整件事都太反常了。他竟然像那样活了过来。这种情况我也就遇到过这么一次，对我和医院而言都没有任何好处，我可以这么跟你说。是我们遇到过的最难忘怀的一出戏。需要相当的应变能力。”

他感觉到娜塔莉需要精神病学方面的帮助，他说。可是她拒绝接受咨询，理由是她想要陪在路易身边，万一他从昏迷中醒过来呢。之后他顿了一下，虽然我刚刚注意到槭树和柳树都需要浇水，但心里有个声音告诉我，在将手伸向浇水壶之前先等一等。我绝对可以肯定，等菲利普再开口，绝对会是截然不同的语气。

“但事实上，帕斯卡尔，还有些别的事情。你知道的，医生们总是面对进退两难的窘境。”他的声音低沉了许多，讳莫如深，并且语速很快，“我们都有这样的困境。但有时候这种困境……好吧，并不是你在文学作品中所看到的那种困境。不是你能轻松去谈论的困境。”

“困境。”我缓缓重复了一遍这个词。窗外，排列不规则的海鸥在空中盘旋，雕刻出了一条破碎的白色螺旋。

“至于最佳的方案。我所说的并不只是患者，我是在说他们挚爱的人，亲戚，朋友。”

他的语调之中有些古怪，听起来像是有那么一丝丝恐慌。忽然间，这样一种假设就占据了我的脑海，菲利普爱上了娜塔莉·德拉克斯，而她并没有回应他的好感。所以他们之间是在私人层面上出了问题，而他不得不在她和其他什么之间做选择。这就是他所面对的窘境吗？正如苏菲经常评论的那样，我们这个年纪的男人总是像个傻瓜一样围着年轻女人转，她的语气里夹杂着确定无疑的警告。我为他感到遗憾。

“菲利普，”我小心翼翼地说，“你看，关于德拉克斯太太，你有没有什么要告诉我的？在处理这个病例时我应该有所了解的？我现在的感觉是有点两眼一抹黑。她——好吧，她是个非常有魅力的女人——”

“你这么觉得？”他厉声问道，“你发现她很有魅力？”

突然间话题就有点过于私人了。

“得了吧，菲利普！”我说道，努力克制大笑的冲动，“好了，我们经常拿这种事情调侃啊。”

这是实话。过去，我们曾经一起度过了无数醉酒的夜晚，那时我们还是学生，是朋友。但是现在，忽然间，那些日子显得那么遥不可及。

"不，是你得了吧，帕斯卡尔，"他说，"我是说真的，不要太投入了，跟他们两个都保持距离。这一次一定要接受我的建议。把路易·德拉克斯的案子当作其他病例一样对待，但是要留心他。"

"你得再多给我点信息。"

他叹了口气："你看，如你所知，他之前突发痉挛，就在我把他送到你那儿去的前几天。但是没有任何显而易见的痉挛原因。事情发生时没有一个人在场。可是，就是有什么事儿不大对劲。"

"羊痫风？"

"是一种可能。"

"你的意思是还有别的可能？"

"我不知道。问问沙维福尔警探吧，其他的我也无从知晓。这孩子身上有古怪，身体状况很古怪，一切都很古怪。"

"菲利普，你就告诉我吧——"

"不行。听着，很抱歉，帕斯卡尔——我得回病人那儿了。只是——好吧，小心点。沙维福尔警探会告诉你更多信息。一定要留心这个男孩。我得挂了，没时间了。"

在他匆匆道别之后，一大堆疑问在我脑海中聚集起来。我有点生自己的气，竟然没有坚持要求得到更多信息。但是电话里菲利普确实比以往口风更紧。或许他很高兴能从德拉克斯的案子里抽身，而我再次让这个案子出现在他脑海中——虽然只是很短暂地——似乎也让他非常恼火。与此同时，既然我了解了一些路易的事情，也了解了他的妈妈都经历了些什么，那么，娜塔莉·德拉克斯竟然有能力在如此绝境之中保持庄重，不禁让我刮目相看。我也能理解她的紧张情绪。她的丈夫是否有可能出现，一路顺着普罗旺斯追到此处？我对警察方面的进展一无所知，但我忽然间意识到，我必须得了解更多信息才行。

“维希的那个警探会在半小时内抵达，”诺埃勒宣布，同时递给我一张纸，“她想在沃丹医生的办公室和你们俩一起聊聊，要谈谈安全措施。他干了什么，那个叫德拉克斯的男人。”

“我所得到的消息是，他把自己的儿子推进了溪谷。”

“太可恶了吧，”她说着皱了皱鼻子，然后在便签本上用大写字母写下了皮埃尔·德拉克斯的名字，“最近这些家庭都是怎么了？”

“给维希那边菲利普的秘书打个电话，问问路易所遭遇的那些事故，看看她是否能给你提供更多背景资料。不管她有多少信息，都尽可能多问点出来。告诉居伊·沃丹，我认为和沙维福尔警探会面时雅克利娜也应该在场。那是我的病房，也是她的，她可以传达给其他护士。”

诺埃勒不紧不慢地掏出护手霜，开始精心涂抹自己那双手。

听到路易的故事我本不应该这么惊讶。他并不是我所治疗的第一个暴行受害者。起源多半是一种人间惨剧——打架，交通意外，溺水的小事故——这些惨剧将各种各样的患者送到我身边，脑水肿、颅骨骨折、脑出血。洛朗·冈萨雷斯、克莱尔·法夫罗、马蒂尔德·米卢斯已经在病房里住了很久，他们现在就像老朋友一样。凯文·波登萨克——血凝块，一次笨拙自杀导致的后果——已经在这里住了两年之久。其他人，比如亨利·奥杜伯特、伊夫·富兰克林、凯西·迪多尼翁，以及我的厌食症患者伊莎贝尔·马塞洛特，这些人都是最近进入病房的。

我意识到，在见沙维福尔警探之前，我还有时间把路易介绍给其他人，稍微让他为众人所熟悉。进入病房时，我发现法夫罗太太和马塞洛特先生在里面，凯文的表兄洛特和我新来的理疗师卡琳也在。雅克利娜告诉我，娜塔莉·德拉克斯刚刚离开。问候了他们所有人之后，我坐到了转椅上，挪到了病房中央。雅克利娜坐在手推车上，我在向病人们讲话时，她就坐在那里涂唇膏，搽粉。

“很高兴又有新人来到我们之中，”我宣布，“当然了，我希望他不用在这里待太久。不过，他和我们在一起时，我希望你们都能让路易·德拉克斯觉得自己是受欢迎的。”

此时此刻，有几个患者家属彼此间交头接耳，路易·德拉克斯的故事肯定已经飞快地传播开来，他们可能比我知道的还要多。我逐一介绍了每一位患者的名字，还有他们的家属，我又对路易·德拉克斯进行了一番小小的演说，主题是我们这个诊所——在黑暗年代，这里曾经是一所绝症医院，是个垃圾箱，全社会都把最没希望的病例扔到这里来。男孩的嘴巴微微张开，嘴巴一角浮现出一丝唾液的痕迹。我把唾液擦干净。“在过去，路易，人们一出生就限定了阶级。有些人天生就有严重或极其难看的生理缺陷，或者大脑发育不正常，也有所谓的歇斯底里，同时还有梅毒、聋哑和精神错乱。”我们的厌食症患者伊莎贝尔不停地抽搐，翻来覆去，摆弄自己的饲管。她的父亲轻拍她的手。“不管怎么说，我要满怀感激地说，时代变了，绝症医院最终改头换面。所以，欢迎来到地平线诊所，路易。”

我揉了揉男孩的头发（多么浓密的头发啊！），叮嘱大家都要照顾这个新来的小家伙，又向他们重复了一遍我的每日消息：他们康复的机会很大，我对他们的信心永无止境。雅克利娜轻笑出声，杰西卡·法夫罗也挖苦似的笑了笑。我们全都这样同他们说话。这种片面的正能量交谈对于深度昏迷患者而言是不能免俗的。雅克利娜滔滔不绝地讲起了家庭生活中的糗事，或者从报纸上看来的奇人异事，有些日子里她心血来潮，会唱琵雅芙或者弗朗索瓦丝·哈迪的老歌。我认为她仍然固守着一份幻想，觉得儿子保罗还活着，就活在这间病房里，只不过是在某张隐秘而不可见的床上。我能够感觉得到，我甚至注意到了自己也是共谋。这就是我们产生并维持希望的一种机制。关于希望我思考过太多，最终得出的结论是，希望并不存在，也并非不存在，甚至也不在二者之间。在一个像这样的地方，你需要浩瀚无垠的希望，所以我和雅克利娜才会在这里。

“是真的吗，他爸爸想杀了他？”走近杰西卡·法夫罗的时候，我听到她在小声问雅克利娜。雅克利娜肯定地点点头。“可怜的女人，”杰西卡小声唏嘘，“她准备好说出来了吗？”

“我想没有吧，”我叫雅克利娜去开会的时候，她低声说，“我试过了。但是行不通。”

我和雅克利娜沿着阴凉的走廊去往沃丹的办公室，路上我不禁好奇，德拉克斯太太是怎样看待这间诊所的。所有新建筑都巧妙地根植于旧建筑之上，景观花园，铬合金和玻璃，暗淡又秘而不宣的明亮色彩，她都如何看待呢？一切的设计都是为了让人平静，让人接受。可是，一个像她那样的人，真的做好接受的准备了吗？

我们进入沃丹烟雾缭绕的办公室时，他正在设计应对森林火灾殃及诊所时的撤离流程图。他示意我们过去，暗示我们赞美他的作品。那可真是令人赞叹的设计啊，各种方块相互关联，做了彩色标记，还有大量细节。

“你肯定以为可以从网上下载一个这样的东西，”他说道，浓密的眉毛下两只眼睛闪闪发亮，“只不过是建筑平面图里的一些关键点和一张当地地图。但是根本不行，必须得用铅笔自己搞出来。”

雅克利娜拼命憋着笑。过了一会儿，斯蒂芬妮·沙维福尔警探进入了办公室。她是个矮矮胖胖的年轻女人，年轻得出乎预料，有一张直率而严肃的脸，素面朝天。她的眼睛是非常明亮的蓝色，身上缭绕着聪慧过人的气息。她让我想到了喜鹊。沃丹做了自我介绍，并介绍了我们。

“我刚刚接手这个案子的时候，路易·德拉克斯严格说来已经死了，”沙维福尔警探说道，同时试图坐进沃丹那把相当不舒服的设计师椅子上，“我亲眼看过那个男孩。总而言之，这件事在医学上相当反常。介意我抽烟吗？”

“请随意，”我还没来得及反对，居伊就同意了，并表示他也会一起抽，“要是你连规则都不能打破的话，当老板还有什么意思？”

他们同时点了一支烟，同时吐出烟雾来。我一直致力于让整个诊所都成为禁烟场所，但是居伊始终坚持他的办公室必须例外。

“你们了解整个事件吗？”她问道。居伊回答说他从材料里看了一些，但是细节都忘记了。我坦诚说我还不了解，我所知道的一切都是听菲利普·默尼耶说的，大部分都是医疗方面的情况。雅克利娜说她只是听到了一些流言。

“我之所以到这儿来，就是要告诉你们，如果发生任何非同寻常的事情——接待区出现了陌生人，或者任何访客表现出奇怪的举止，我希望你们马上给我打电话。我也会把我的手机和家庭电话告诉你们。我们担心皮埃尔·德拉克斯可能会出现。还有，病房里是否全天都有人在值守？”

“有的。”我回答。

“有时候是两个人。”雅克利娜说。

“有访客来探视亲人的时候，他们进来的检查流程是怎样的？”

“我们要做登记。”居伊说，并解释了整个流程。沙维福尔警探在开口说话前将烟灰弹进烟灰缸，看向了窗外。“我听说你在忙着森林火灾的事情。”她说。居伊叹了口气，展示了一下他的流程表，她深表同情地笑了笑。

“总之，”她说，“关于德拉克斯一家，我不能把所有情况都告诉你们，但至少，我可以简单说一些公众都知道的信息。路易出事故的时候，这对父母已经分居了，但是表面上看起来，都在为了这个孩子而努力。皮埃尔·德拉克斯是法航的飞行员。据他的妻子说，他严重酗酒，但掩饰得很好。”

“如果他是个飞行员，那肯定得掩饰酒瘾。”居伊自言自语。但我看得出来，他的心思依然在那张流程表上。他老是偷偷看手表。

“不管怎么说，路易有一点精神错乱，”沙维福尔警探呼出一口烟，继续说道，“顺便说一句，我不会耽误你太久的，沃丹先生。路易一直在看心理医生。他在学校里引起骚乱，没有朋友，格格不入，大家都叫他“怪胎”。反正，那是他的九岁生日，所以爸爸从巴黎回来，他一直和自己的妈妈一起住在巴黎，他们全家人一起去山里远足。现在，德拉克斯太太是我们唯一的目击证人。所以接下来——很抱歉要跟你们说这个——她的证词不能作为证据来证明当时发生的事情。那是她的版本。也可能有其他版本。”

居伊·沃丹点点头，深吸一口气，眯起眼睛对抗他自己制造出来的烟雾。“当然了。”

“反正，根据德拉克斯太太的说法，她和皮埃尔因为路易大吵一架。就当着孩子的面。之后情况失控了，皮埃尔突然就要把孩子塞进车里，想带孩子去巴黎。”

“你是说绑架他？”雅克利娜问。

“看起来是这样。然后呢，路易明白过来发生了什么，马上开始反抗，朝着溪谷的方向跑去。父亲一直追着他，抓住了他。路易想摆脱他。皮埃尔·德拉克斯怒火中烧，把他从悬崖边扔了出去。据德拉克斯太太的说法，绝对不可能是意外事故。可能是在盛怒之下做出的举动，但我们所面对的仍然是一场谋杀未遂。”

听到这个我真的有点喘不过气，甚至还有点犯恶心。我完全无法想象这种事情。我的脑海中浮现出了可怕的画面，德拉克斯太太站在山巅，朝着虚无放声尖叫。我连忙闭了会儿眼睛。

“所以我接下来要说的是，如果路易表现出任何好转迹象——”

“很不幸，到目前为止，”我打断了她，很高兴能脱离那令人不快的恍惚，“预后还是很不好。”

“但是，万一他有好转，我们就必须得给他录口供。他可能记得一些重要的事情。”

“最终是有可能的，”我说，“但不是马上。有些人会完全失去记忆，有些人则能找回一部分的记忆。”

“对于那些有心理创伤的患者而言，”雅克利娜说，“有时候，这样反而是最好的。我们病房里有个男孩想要自杀。坦白说，要是他醒过来以后完全不记得自杀这回事，那我们会更高兴。”

沙维福尔警探点点头，看起来若有所思。居伊·沃丹有点疑惑地看着她，我明白他是在猜测她的年纪。她看起来并不比我的女儿们大多少，但肯定有三十岁了。她的举止有点粗鲁，不过看着像是个称职的警官。

“他从前的那些事故呢？”我问道。

“很难查个水落石出。”她说着将烟蒂碾灭在烟灰缸里，马上又抽出了另一支。我真想让她别抽了，并给她进行一场有关肺癌和肺气肿的医学讲座，要求她将这个不好的习惯掐灭在萌芽状态。她太年轻了，面对死亡还太早。“路易的心理医生认为，他可能会通过自我伤害来博得关注。但是有些伤害发生的时间太久远了，很难追溯。路易还太小了。他可能听说过那些事情——有些故事相当戏剧化——他还是个小婴儿时遇到过的事故，生过的病，于是对重复那些事件产生了兴趣。但是也有一种可能，那就是他的父母都涉嫌对他进行了肉体上的伤害。”

她顿了片刻，好让我们充分理解她所说的话。雅克利娜缓缓点头，沃丹不痛快地嘟哝了一声。我知道我们谁都不愿意这么想，可我只是继续盯着警探。我听见了她说的话，但不知怎的，那些话并没有抵达能让我的大脑做出反应的区域，我需要时间来慢慢消化，这方面我很迟钝。

“如果我们要着眼于肉体伤害的话，恐怕就不得不将德拉克斯太太看作一种可能性。”在随之而来的缄默中，我有点不舒服，仿佛这个房间里的空气过于压缩，紧紧包裹着我们。沃丹不可置信地摇摇头，雅克利娜的样子则很沮丧。我站起来，推开窗，让海鸥遥远的叫声和山谷里微弱的车流声传进来。“纯粹是出于程序要求，”沙维福尔说着将手里吸了一半的烟捻灭在沃丹的烟头旁边，而后站起来打算离开，“我们在工作中必须按章办事，正如我也相信，你们肯定也是按照自己的制度办事。”

可是她离开后，我深感忧虑。她确实向我们透露了路易案子里的更多事实，超出了我原本的期望。是大大超出。可是，她又保留了什么呢？

在不安的情绪之中，我和雅克利娜一起回到病房。我们并没有讨论沙维福尔警探刚刚说的事情。我们聊了聊伊莎贝尔，还有她父亲的到来。他很爱自己的女儿，这一点毋庸置疑，但是他来的次数不多，每次来都间隔很久很久。伊莎贝尔的妈妈满腹怨气，神经过敏，总是热衷于把你拉到一边，向你报告她的前夫有多么不重视女儿的病情。有时我甚至怀疑伊莎贝尔现在这样深陷昏迷，是不是在躲着他们俩。无论是和父母哪一方一起生活都需要小心翼翼——但是我们认为还是马塞洛特先生更能接受建议，那就是，为人父母，还是要装得团结一些。

雅克利娜打开落地窗，微风吹入，白色的窗帘涌向病床。几个患者家属围在一起，房间里充斥着低低絮语。我和杰西卡·法夫罗还有马蒂尔德·米卢斯的姐妹伊薇特相互问候了一番，然后向马塞洛特先生做了自我介绍，他看上去积极乐观，但是这个地方如此苍白，让他有点不舒服，还有点胆怯。他坐在伊莎贝尔旁边，轻轻抚摸她的头发：深红色的鬈发散落在洁白的枕头上，很像蕨类植物的叶片。

“她的头发总是那么有活力，”他温柔地说，“无论她病得多重，头发依旧坚挺，从来都不受影响。是不是很奇怪，头发明明离大脑那么近？”

我微微一笑。我不愿意在伊莎贝尔能听见的范围内讨论任何细节，所以我建议他和我约一个时间，专门讨论一下女儿的病情进展，说罢我将转椅挪到了路易的病床旁边。我拉起他干净的小手，捏了捏以示问候。他戴了耳机，连着一个随身听。据雅克利娜说，德拉克斯太太热衷于为他灌制新磁带，她来的时候就已经准备好了一盘能播放数小时的磁带。大多数患者家属都用磁带和病人说话，就像人在床边一样。我觉得，他们都不愿让病人们感到孤单，感到自己被抛弃了。德拉克斯太太显然在路易的磁带里录了一些音乐进去，我能听到耳机里隐隐传来的微弱旋律。就在这微弱音乐触碰到我的意识时，我忽然想起德拉克斯太太说过的那些话，关于儿子的那些话。我认为他是个天使。或许，在应付这种程度的惊吓时，你需要一点点的妄想。太困难了，我心想，对于德拉克斯太太这种处境的人，他们选择编造一个神话故事作为糖衣包裹真相，你真的无法指责他们。但是，或许还不止于此——不仅仅是对她，对其他人也一样。是策略也好，迷信也罢，或者二者兼而有之。这都是同样的冲动，让你不要说死者的坏话。在孩子最为脆弱的时候指责他，很可能会杀了他。而告诉自己他是个天使，那么他就可能永生。

但是关于天使的那种说法还是让人困惑。事实上，在出事之前，路易是个调皮好动的孩子：有行为问题，在学校捣乱，还出过一系列事故。我试着描绘出这个小家庭去野餐的情形，而那位父亲突然冒出了绑架孩子的念头。想到德拉克斯最终对自己的儿子做了什么，我不得不短暂地闭起眼睛——这是出于纯粹的愤怒，是从道德层面上感到晕眩。想一想他的懊悔。多么迫切，多么彻底，多么严重。我们都曾做过那样的噩梦，在梦里我们会做出丑陋的举动，醒来之后，皮肤因为恶心而汗津津、湿漉漉。然后，我们的内心又涌出纯粹的解脱感，因为那只是梦——随之而来的是一种潜在的愧疚感，为自己竟然想象出了那么惨无人道的恶行而内疚。总而言之，那不就是真实欲望的无意识表现吗？对每一位父母而言，要承认这一点实在是丢人，但是却有那样一些时刻，从我们身上掉下来的那块肉，这世上我们最爱的那个生命，会令熊熊燃烧的怒火填满我们的心扉，甚至是仇恨。路易的父亲是否就是这样呢？电光石火间，在儿子拒绝他时，愤怒出离了控制，因此那个男孩才摔下悬崖，粉身碎骨？

德拉克斯太太走了进来，浅草莓色的头发高高绾了个发髻，深色唇膏让她的面容显得很有戏剧性。她稍微笑了笑，快速点了点头，算是和其他的患者家属打招呼，然后就没有更多表示了。没错，这个女人的存在感很强，自带某种冷淡气场，那是一种傲慢，人们很可能简单将这种傲慢认定成是优秀，如果他们不曾设想过——正如我一样，我觉得自己已经对她有了些许了解——事实上，只是纯粹而痛苦的孤独让她远离了其他人。所以她要把头发扎起来，涂上暗血色的口红，好让自己不要崩溃，不要失常。她还没有准备好面对世界。

“重点是，永不言弃。”一个小时后，在我的办公室里，我告诉她。我说服她和我一起喝了杯咖啡，然后我再次动笔写要在里昂进行的演讲。我一直在重复讲述绝症医院的故事。“相信我，我们在治疗不治之症方面取得了长足进步，”我劝她放心，“在地平线诊所，我们甚至都不能接受不治之症这个观念。无论路易的情况看起来有多绝望，德拉克斯太太——我能叫你娜塔莉吗？——我们一定会竭尽全力寻找他，追踪他，把他劝回来。”

语毕，我微微一笑，眼睛漫游到了挂在墙上的那幅颅相图。记忆，道德能力，推理，精神力量，语言，爱……

“你觉得他是藏起来了？”她柔声细语地问，目光游移到我的盆栽树上，“我觉得你并不是那么看待的……”

“有些人是藏起来了，”我说，“其他人只是……迷失了。你要像修剪枝丫一样修剪主根，”我对她说，“它很脆弱。”

“它们真美，”她说，“是那种有点恐怖的美。”

“一点也不恐怖。与其说是园艺，不如说是艺术。我妻子说它们是我老年得来的孩子。但照顾它们还是比照顾孩子容易得多。”

“也更有成就感？”她微微一笑。

“有时候是。”

“你有孩子吗？”

“两个女儿。都长大了。”

“大脑和灵魂是一回事吗，达纳切特医生？”她忽然问道，“我是说，如果路易的大脑受损，那他还是路易吗？”

“他还是路易，”我说，“只是个形式问题罢了。你知道，在某些食人族的社会里，他们会吃掉仇人的脑子。真的是吞下器官——他们认为人的灵魂贮藏在那里。我们的文化并不相信灵魂存在。我们认为头脑是一种社会构造，或者说是能思考或者会讲故事的一块肉，并且它发明了像“灵魂”这样的概念来，以供自我安慰。我们已经排除了魔法的存在。”

“但我没有。”她坚定地说。她从手提包里拿出了一个信封。“你问我路易是个怎样的男孩。”说罢她将成打照片铺在我的桌子上，“现在你就会知道了。我有好几百张照片，我带来的只是一小部分。”

在我浏览照片的时候，她聊了更多关于她儿子的事情。他强烈的感情，他不同寻常的思维，他对动物、飞机和各种各样英雄的兴趣。我深受触动。你能从这个男孩的眼中看到某种清醒，看到对事物认知的渴望。大部分照片都是路易的单人照，肯定都是她拍的。但是有一张照片击中了我，那张照片里有母子俩。路易还是个小宝宝，被她紧紧抱在怀中，她的眼神很悲伤，显得精疲力竭，还有一点警惕，好像哪怕在当时，她也正保护着自己的孩子，免遭别人都看不到的东西威胁。我心想，和我们家旧影集里苏菲的样子太不一样了——苏菲虽然也很疲惫，但看起来没心没肺，兴高采烈，狂喜不已，流露出难以掩盖的骄傲之情。还有一张路易稍微长大一点的照片，三岁，从树上掉下来后，他的腿上打了石膏，冲着相机咧开嘴巴，笑得格外灿烂。

她把最近的一张照片一直留到最后才展示出来。“我还没有整理这些照片，”她说，“实在太痛苦了。都是皮埃尔拍的，在——”她顿住了，“——在奥弗涅山。”

照片里是路易和妈妈一起坐在野餐布上。她坐在儿子旁边，双臂环绕住他，前面摆着生日蛋糕。九根蜡烛。多么幸福。

娜塔莉解释说，皮埃尔的工作性质导致他经常不在家，她的生活非常孤独。她也想过去工作——她在巴黎学习过艺术史，在画廊里工作过——但是路易太需要人照顾了。

“他不断生病，不断出事故。就好像他身上有诅咒一样。人们都说，闪电不会两次都击中同一个地方，可它总是落在路易身上。”

“关于路易的那些意外事故，我很想再多了解一些，”我对她说，同时想起了菲利普的羊痫风理论，“诺埃勒有没有跟你谈过背景资料的事情？我希望能看到所有资料，所以我需要知道有哪些医院治疗过路易，还有医生的名字，如果你能记住的话。可气的是，我们国家到现在还没有一个集中管理的医疗系统。过于注重隐私了。”

有那么一会儿，她看起来很茫然，而后又重新调整了一下表情。“是的，当然了。”就在那一刻，我又闪现了这个念头：她知道他可能会死——就像我一样，就像菲利普一样。这个时候，我分散了一下她的注意力——至于我自己，我也并不愿意承认这种感受——跟她讲了一遍我们打算对路易进行的治疗方案：进行按摩、水疗，使用一般物理治疗进行理疗，防止肌肉萎缩，每周他要去两次健身房。

“大家都很享受这部分治疗，气氛非常好，你会感受到的。患者家属们——尤其是年轻的兄弟姐妹——常常开怀大笑。每个人似乎都解脱了出来。他们甚至能开始看到好玩好笑的一面。效果非常显著。”

“即便并没有什么好玩好笑的时候？”她带着紧绷的笑容问道。她的直接和情绪的摇摆让我慌乱不已。

“我并不信奉悲观主义（在我的职业生涯中，这个词我用了多少次？每一次我都能感觉到它让人束手束脚。）——我相信，希望是这套方案的一部分。”

“可我只知道情况究竟有多糟糕，医生。”此刻她的声音低沉而疲惫，语调和音高没有任何起伏变化。我简直无法想象她笑起来是什么样，就好像是发生在她身上的那些事麻痹了她表达愉悦的全部肌肉。“不管发生什么，我都会在他身边，我会看着整个过程。可是我希望你能告诉我一些事情。我知道每个病人都不同，取决于受伤情况不同，还有其他情况——可我想知道的是——”她顿了一下，确定我是在认真听：在那个瞬间，她的眼神似乎醒过来一点，闪烁出些许光彩，我终于明白，那光芒或许是希望，抑或是恐惧？“——如果他醒过来的话，有多大概率可能记得当时的事故？”

鉴于预后情况，这个问题其实很荒谬，但我还是努力保持得体。

“对于自己遭遇的意外事故，病人记得什么，不记得什么，通常都是人们最不担心的，如果他们真能醒过来的话，”我告诉她，“你永远也无法预判记忆情况，在任何病例里都是这样——你看，我已经听说了发生的事情，我和菲利普·默尼耶聊过了，也和警探谈过。”

“那他们怎么说？”她问。她顿了一下，我趁着这片刻的空白，研究了一下她的脸庞。有一阵不易察觉的肌肉抽动，我之前就注意到过——但是在提到菲利普时并没有什么尴尬的表情。

“只是——好吧，就是那天发生的事情。那场事故。我不知道，我真的非常抱歉。但是很显然，鉴于这个故事，他还是不记得最好吧？”

“没错，”她说，“确实。我不希望他记得，我宁愿他的记忆全部抹除，也不愿他在回忆中不断重温。我是主要嫌疑犯。他们告诉你了吗？你能想象那是什么感觉吗？”

“无法想象。但那是他们的办案流程，你不必太往心里去。你还是……”我正要问起她的丈夫，但是她打断了我，情绪激动。

“我亲眼看着路易掉下去。我看到了他的脸，就在他——”她顿住了，深吸一口气，决定把话说完，“他并不是径直坠落下去的。他不停地撞上崖壁，不断被弹起来，直到——仿佛永远不会停止。”

娜塔莉·德拉克斯叹了口气，将整张脸侧向我。硕大的泪珠在她的浅褐色眼眶里打转，我情难自抑：我站起来，绕过办公桌走到她身边，然后张开双臂，打算给她一个拥抱。

她没有犹豫。她站了起来，朝我走近一步，靠在我胸口。我闭上眼睛，感到我们俩都深深松了一口气。她用力抱住我，像孩子紧紧抱住父母。我心中涌起巨大的同情。而后，让我恐惧的是，突然间，一切都朝着性的方向推进，我绝对没有弄错。我在羞耻与不安之中意识到，事情正在往错误的方向发展。在我抱住她，让她贴在我混乱心口的那一刻，我感受到她在回应我的心跳，这才真正注意到医学同情与违反职业道德之间的那条细线。我知道，在我的职业生涯当中，这是我第一次跨过了那条线。

而当时我不知道的是，一去便不能再回头。

我不是个天生有城府的男人，所以很不擅长掩饰。而苏菲又是个非常敏锐的人，不会错过任何蛛丝马迹。很久之前，这或许是我爱上她的原因之一，但是随着我们的婚姻日渐牢固凝滞，这种敏锐就变成了问题所在——至少对我而言是这样——我在她面前几乎是透明的。

“跟我说说你一直都在期待的那个新病人。”第二天吃早饭时她问道。我们正在阳台上吃早餐。天气炎热极了，但是天阴多云，地平线上密布着低垂的云朵。和往常一样，她手边堆着高高的一摞书，非常吓人。克尔凯郭尔、约翰·勒卡雷、马尔克斯的作品，还有一卷普鲁斯特的书、亚历山大·雅尔丹的新书和《互联网与你》。她是个杂食动物。

“他叫路易·德拉克斯。九岁，目前是 PVS 状态。你能给我一本《动物世界：超凡脱俗的风景》吗？据说是他最喜欢的书，我想给他读读这本书。”

“他妈妈和他在一起吗？”苏菲一边倒咖啡一边问道。

“德拉克斯太太？是啊，当然在了。她是妈妈呀。”

“穷吗？”她眯起眼睛。而我则恼怒地抬眼看向天空。

“还行吧。”

“丈夫呢？”她继续盘问，给自己的咖啡加了糖，给我的加了牛奶。

“不在。”

“为什么不在？”

“因为他正在逃亡，想躲避法律制裁。”

很好，这个回答似乎让她心烦意乱。她的指尖在普鲁斯特那本书上逡巡，目光越过松林，仿佛是在搜索下一个问题。我平静地喝着咖啡，海鸥在阳台上振翅，寻找面包屑，我用报纸将它挥开。

“哦？你不打算跟我说说他都做了什么吗？”

我不紧不慢地又喝了两口咖啡。“他好像是把自己的儿子从悬崖上扔了出去，企图杀死他。”我说。

话音刚落，她脸上的微笑便一扫而空。震惊持续得并不久，她总是能很快从小小的震惊中恢复过来。

“在奥弗涅？我可能读到过新闻。说是进行了搜捕。”

“现在仍在搜捕，我们必须得加强安全措施。”

“所以，”她说着伸手去拿牛角面包，“她是个悲惨的独身女人。”

就在这一刻，我叹了口气，合上报纸，站了起来。

“她只是需要我的帮助。”我不耐烦地说。

“也可以说是你的救世主情结。”

最后这句评论——救世主情结——深深激怒了我。我有很多次都对这个想法暗暗生气——那个词组里的曲折委婉——那种同情是懦弱和颠倒是非的一种表现。而事实真的截然相反吗？当有人无声地乞求帮助时，有谁忍心不施以援手呢？

但是苏菲没有再提起我们结婚纪念日的事情，过了一会儿甚至用几乎是要和解的口气说，如果图书馆里有《动物世界：超凡脱俗的风景》，她就给我带一本。她向来赞同我给病人读书，并且还要确保每一个单词都被恰当地存储进了有声读物里。与此同时我还注意到她已经料理好了花朵——一大束百日菊——漂漂亮亮地插在我们最大的花瓶里，摆在门厅桌上。

第二天热极了，但是空气没那么凝重，还有一丝奇异的刺激感。海鸥似乎也有所感觉，因为它们的叫声更加尖厉，不知怎么比平日更加刺耳，盖过了下面山谷里那条国道上的车流声。我穿过橄榄树林去上班的路上，感觉到一股模糊的兴奋。整个上午我都集中精神准备在里昂的讲稿，然后和居伊·沃丹一起在餐厅吃了午饭。不得不对全楼进行人员疏散的可能让他越来越寝食难安，并且热衷于解释他最终确定的流程表，之后还要再和消防队长碰面，讨论后勤组织工作。虽然他窝了一肚子火，满口抱怨，但我能看出，他的心里有那么一块区域——让他乐于管理这么一个地方的区域——对于这种精心安排相当起劲。他金属般的浓眉下的蓝色双眼一动不动地盯着我。

“德拉克斯这个病例，”他说，“必须得提供额外安保措施，而这是我们最不需要的东西。你怎么看那个警探？”

“她抽烟太多。就算森林火灾没有点燃我们诊所，她也会把这里烧了。”

居伊微微一笑。“她好像很年轻，”他说，接着像有什么阴谋似的压低声音，“我感觉她是同性恋。他们大都是，你知道的。”

我忍不住笑了。

诊所的伙食很好，员工、病人及访客都赞不绝口。我吃了肉酱和烟熏鲑鱼，然后又吃了蘑菇烩饭和一些李子克拉芙缇。吃完这些，我准备好坐进路易床边的高背转椅上，好好进行一番对话。我一贯很享受这些时刻里的安宁。轻抚孩子凉凉的额头，内心受到了触动，这不是第一次了，我这些不省人事的病人总能让我倍感平静。我是他们的疗愈，他们也是我的。和路易在一起时，如果说有什么情况让我警惕的话，那就是，这仿佛是和他妈妈在一起的另一种方式，我连忙赶走了这个想法。

“如果你愿意的话，可以叫我帕斯卡尔，”我对他说，“或者也可以叫我达纳切特医生，随你高兴。你正在深度昏迷之中，路易。就像睡着了一样，但是睡得更沉。你在一个非常迷人的地方，但是我们不希望你永远留在那里。你知道的，路易，对于你目前的情况，我有一大堆的理论。不光是你，还有伊莎贝尔、凯文和其他人。我认为呢，有些人持续昏迷是因为他们不愿醒来。他们恐惧自己可能发现的真相，或者不愿回忆，所以他们就一直睡着。或许，只有当他们鼓足了勇气，才会醒过来。可是，这个世界是个好地方，路易，充满光怪陆离的事物。我很愿意带你去巴黎，带你看看我在报纸上读到的东西。一只浸泡在福尔马林中的巨型乌贼，有十五米长。拉丁学名是 *Architeuthis*。”

有时候苏菲会问我脑中都在想什么，这些问题往往很难回答，我发现自己答不出来。当我坐在病人身边时，我在想什么，我的思绪漫游到了何处？深度昏迷最为吸引我的是什么？当然了，她有自己的理论，这些理论非常苏菲，而且对我充满了悲观怀疑。比如：我可以尽情给他们上课说教，想说多久就说多久，而他们永远也不会顶嘴；我可以提出各种荒谬绝伦的、我的同侪们绝不会赞同的理论。又或者，她争辩（正相反），其实身在另一重世界的人是我自己。或许最后这条更趋近于真相。在我有梦游症的那些年里，我了解了另一重维度的存在。如今我不再栖居于那个维度。但是不知怎的，那一重维度却仍旧栖息在我身上。

德拉克斯太太来了，从外面带入了令人眩晕的刺激气息。今天她的发丝更加凌乱，脸色不再苍白黯淡，而是隐隐闪现出蜂蜜般的微光。更多的雀斑暴露出来，像细小的沙粒一样散落在额头。普罗旺斯对所有人都有好处。紧接着我注意到了她的指甲，比我上次瞧见的时候长了许多，涂成了明亮的红色。是假指甲，我女儿常用的那种贴片指甲。这些情形莫名令我震动。她握了握我的手，亲了亲路易，俯身在他耳畔低语问候，我听不见她都说了些什么。

“所以，”她说着稍稍转过身来，一只手来回摩挲路易的小臂，“有什么文件要我处理吗？”

“诺埃勒正在准备。只是需要你在今天离开前签一些就行，其他的等到下周就可以。为什么不四处看看呢？”我提议，“有个白天营业的休闲区，有些家长偶尔会聚在那里，喝喝咖啡；我敢肯定，很快你就能见到这里的全部常客。法夫罗太太是所有妈妈里资历最老的——她会让你融入这个大家庭。她女儿克莱尔和我们在一起快十八年了。”

结果我又一次说错了话。

“十八年？”

“确实。但是其他病例——好吧，去年有那么一个。只住了一周，第二周就康复了。看，看到我们的花园了吗？随时欢迎你去花园里走一走，”我飞快地说，内心近乎绝望地指向了窗外，“当然了，镇子里也有很多事可以做——莱拉克有电影院，当然也有高尔夫球场，如果你有这个爱好的话……”

我努力想从失言的尴尬中摆脱出来，结果发现自己语无伦次，而且停不下来：我的嘴巴完全跑在了大脑前面。我解释说像莱拉克这样的退休社区也有大量的足科诊疗师、医疗中心、渔猎专营店，以及为宠溺孩子的祖父母准备的玩具店。可能会有点缺乏夜生活，但绝对是个宜居的城镇，还有个超棒的游泳池……我又以同样的方式东拉西扯了一会儿，然后话说了一半就被打断了。

“我知道我肯定能安顿下来。”她说，但语气里的不对劲背叛了她。我有时候真的很盲目，我就是看不见一些东西。到现在为止，我一直没能注意到的是，每一次我说话含含糊糊时，她都用眼泪来回击，此时此刻，她再也忍不住了。她沉入路易床边的椅子里，猛地伸出双臂抱住他，亲吻他的脸庞，抚摸他的双手，毫不掩饰地在他面前啜泣。这一幕令人心碎。虽然我有铁律，在我的病房决不允许哭泣——你必须得理解，痛苦的情绪是可以相互传染的——可让她离开病房的话我实在说不出口。所以，为了让她离开，我拉住她的胳膊肘，小心翼翼地让她站起来。我们缄默着走到病房另一头，穿过落地窗，迈入了夏日花园的炽热之中，我们来到月桂树撑起的荫凉下，我掏出纸巾，轻轻擦拭她的泪水。

“我每天晚上都在做梦，”她低声说，“同样的梦，一遍又一遍，像电影一样。梦里的人总是剪影，我看不清他们的模样，就好像是我刻意抹掉了他们的样子。两个人在摔跤。一个很高大，一个瘦弱，在远处。他们离边缘太近太近。我冲他们尖叫，可他们听不见我的声音，我离他们太远了。我无能为力。完全无能为力。然后，他就掉了下去。而我就在这时醒过来。”

她目光呆滞，忽然间，又好像恢复了自我意识，摇了摇头，眨了眨眼。

“原谅我，”最终我开口询问，“可是，那件事发生时——你先生做了什么？后来呢？”

“皮埃尔？”她顿了一下，咬了咬嘴唇，而后转过身去背对我。她深深垂下头，用空洞的声音说：“他走了过去，看了一眼自己都干了什么。但当时，路易已经在水里了。什么也看不到。”

我们虽然在室外，病房里的人听不到我们在说什么，但我们还是不约而同地压低了声音。那一瞬间，在月桂树深绿叶片的映衬下，她显得那么瘦小，看起来是那么脆弱。她的头发宛如镀了铜和蜂蜜的金色纺纱。我能感觉到太阳将我整个后背炙烤得滚烫。

“他逃跑了。他就那么把我一个人留在那里，尖叫着求救。”

她的声音如往常一样波澜不惊，毫无情绪。她稍微偏过头来，我能看见热血涌上了她的脸颊。透过玻璃门，我们能看到病房里的床，包括路易的床。我们也能看见那个孩子，是被子下隆起的小土丘。仿佛眼前的场景感染了她，她忽然转过身来面对我，眼中泪光闪烁。

“你看到我嫁给了怎样一个胆小鬼了吧？”她脱口而出，“谁会对自己的儿子做出这种事，然后就那么逃跑了？”

我打算说些安慰的话，告诉她并不是所有男人都这样，她的丈夫肯定是——

但是这些话我都没有说出口。我捧住了她橄榄般完美的面庞，吻了她。她并没有反抗，反而是以相当甜蜜甚至感激的方式顺从了我，以至于我怀疑之前从她身上感受到的抵抗——某种冷漠、内向、难以接触——都是我自己想象出来的，是我的良知编造出来的，好让我免于犯错。她身上的香水味是我之前在她身上闻到过的。从来没有换过，非常性感。抑或是因为我背后的阳光吗？我怎么会做出这种事？我怎么敢？我陷入这极度愉悦的吻中，如同梦游一般。我彻底淹没其中。

“我从没这样做过。”我稍稍离开她，说道，依然为自己的举动惊诧不已，不知道我是否吓到了她，是否做了错事。

“亲吻病人的母亲？”她温和地说，脸上依然挂着湿漉漉的泪水，我温柔地抹掉那些泪水。

“没有过。”

“我猜我应该感到荣幸才是。”

“我控制不住，总觉得你魅力非凡。”

“控制不住？”

“我一直在做思想斗争，”我坦白，“我是否应该——继续呢？”

“什么？是觉得我魅力非凡，还是做思想斗争？”

“做思想斗争。”

“没错。显然是做了片刻斗争。我确实还没有做好任何准备。我肯定你是明白的。”

然而，当我再度俯身吻她时，她并没有拒绝。这一次吻得更深，我又一次进入了另一个世界，在那里，我不断下沉。下沉——

直到有什么东西阻止了我。那是一种很糟糕的感觉，我无法解释那是什么。这种全然无形的恐惧缓缓靠近了我，告诉我有些事不太对劲。是菲利普·默尼耶的警告吗？是那遥远的噪声吗？还是一种本能直觉？不管是什么，在亲吻之际，有种力量迫使我睁开眼，让我看向落地窗，看进病房，在那里我看到——最远处的那张床上出现了迅疾而果断的动作，阻止了我继续下去，并且让我倒吸了一口气。我稍稍离开娜塔莉，心脏痛苦地拉扯着。

“怎么了？”她警觉地问。我张了张嘴，却说不出话。我的目光死死钉在了病房里。

路易·德拉克斯坐了起来。

你看到我嫁给了怎样一个胆小鬼了吧？谁会对自己的儿子做出这种事，然后就那么逃跑了？

这句话像电流一样传遍全身，我坐了起来。

他们在接吻。

他们不应该那么做，不是吗？会发生不好的事情，最终将以眼泪收场。太阳过分刺目。若是直视太阳，你会瞎的。

“我爸爸在哪儿？”

在我小时候，比如说五六岁，所有小婴儿玩的那种傻兮兮的玩具我全都有。别笑，那会儿我还只是个小孩子，所有小孩子都有傻兮兮的动物布偶，尤其是他们还经常进医院，他们不喜欢机动人，因为他是个失败的同性恋。等我长大一点儿，差不多七八岁吧，我用它们来玩死亡游戏。我会把它们排成一排——企鹅先生、兔脸先生、分别叫琵夫和琶夫的袋鼠、名叫椰子的驼鹿、名叫米内特的黑白花猫——它们会轮流接受死亡。有时候它们会像与邪恶势力作战的英雄那样死去，其他时候，它们会遭遇一些不幸的事故，比如淹死、被勒死，或者它们也会查一下那些让它们丧命的东西的名字，比如危险药品、毒药之类。如果你有合适的书，那你也可以做这种事。真菌类书籍，《医学百科全书》。胰岛素、氯仿、砷、沙林毒气，吞下任何一种，你都必死无疑。

有时候琵夫和琶夫决定一起死。最棒的时刻就是琵夫把琶夫揣进袋子里时，它们坐进我的飞机模型，破窗而出，在院子里坠亡。酷毙了。它们很是享受，因为这是真正意义上的自杀式表演。

当玩具动物死去时，我们会举办葬礼。其他动物把死去的动物装进鞋盒做成的棺材里，并且发表感言。有时它们会说说自己有多么悲痛。我很悲痛，我真的悲痛欲绝。但其他时候它们会哄堂大笑。当椰子把企鹅先生塞进一个假想的微波炉，谋杀了它时，它说：如果可以的话，我会从头再来一遍，因为企鹅先生就是个魔鬼，我恨它。它罪有应得，应该阉了它才对。

“为什么只有琵夫和琶夫？琶夫的爸爸在哪儿？”等我和动物们结束整场葬礼闹剧后，我问妈妈。

“琶夫没有爸爸。”妈妈说道，又开始看起一本《丽人》杂志。

“为什么没有？人人都有爸爸。”

“事实上并不是这样哦。”妈妈说。她放下《丽人》杂志，看向爸爸。他正在看报纸体育版。

“为什么不是？”

“因为有些爸爸没资格拥有孩子，”妈妈说，“其他人呢，只是假装成爸爸而已。如果他们真的是男人，就会照顾自己的家庭，而不会去追寻那些永远也不可能成真的旧梦。”

爸爸折起报纸，走了出去，而后我听见摔门声和汽车引擎声。

“他要去哪里？”

“去机场，”妈妈说，“然后上天。”

爸爸又离开了我们。很长一段时间他都没回来，因为他在巴黎，和名叫露西尔或者奶奶的恶魔妈妈一起生活。她对爸爸产生了非常糟糕的影响，完全把他当个小宝宝，百般宠溺。爸爸很可能相信她说的所有关于妈妈的废话和诽谤，因为她讨厌妈妈，觉得妈妈配不上她的宝贝儿子，她就是这么跟爸爸说的，给他洗脑，给儿子洗脑是身为母亲最为邪恶的举动，没有一个正派的母亲会想这么做，会去操纵孩子的感情。

爸爸离开后，我们把电视搬到厨房，妈妈允许我在吃饭的时候看电视。妈妈不吃饭，因为她总在节食减肥。因为是卡通时间，电视上正在播《高卢英雄传》，妈妈则在看杂志，里面有一男一女结婚的照片，上面说，“多米尼克，事不过三”。

“多米尼克是谁？”

“一个有名的演员。”

“为什么说他事不过三呢？”

“因为这是他的第三次婚姻，当人们试图做什么事情，结果前两次都不成功时，大家就会说事不过三，希望他们这一次有好运气。”

“那你结过几次婚呢？”

她哈哈大笑：“只有一次呀。”

“那爸爸呢？”

她把“事不过三”杂志放到桌子上，看着我。

“露西尔跟你聊过了吗？”

“没有。可能吧。”

这是我们的秘密，爸爸说过。过了很久妈妈才开口，而她一开口便语速飞快地把事情说完了。

“他以前结过一次婚，时间非常短，他从来没有真正爱过那个人。他只是以为自己爱她而已。那是个误会。然后他就遇到了我，我才是他爱的那个人，比爱那个人要多得多。”

“那个人是谁？”

“无名之辈，没什么好说的。他离开了她，那是很久以前的事了。他们离婚了。好吗？”

“那他为什么为此感觉很不好呢？”

妈妈盯着我看了良久，仿佛我是个怪胎。

“我有说他感觉很糟吗？”

“没有。”

“那你为什么这么说？”

“我不知道。”

我还是觉得自己像个怪胎。你看不到她眼睛里正在发生怎样的变化，它们看起来总是那样，仿佛里面什么都没有。她就是这样向你隐瞒一切的。

“好吧，如果他到现在还很难受的话，那就应该回到她身边，不是吗？他无法应付我们，无法应付自己的愧疚。你有一个没担当的爸爸。”

她又开始快速翻看杂志，我们安静了一会儿，什么话都没说。我在思考，他是不可能回到她身边的，因为她现在已经嫁给了另一个男人，他们收养了两个中国女孩，还有个亲自制造出来的胖小子。但是我不敢把这些告诉妈妈，因为男孩子不应该让妈妈伤心落泪。《高卢英雄传》放完了，开始播《猫和老鼠》。正播到汤姆试图抓住杰瑞，但是杰瑞逃跑了。哈哈。

“在爸爸之前，你爱过别人吗？”

她的笑容消失了，所以这个问题或许不怎么样，她看了我一眼。

“我想是爱过的，但是我错了。”

“为什么？”

“因为他让我失望透顶。”

汤姆的叔叔给他写了一封信，说他想到汤姆这里来小住几天，但是有一件事他必须要提醒汤姆：他很怕老鼠，所以他希望汤姆住的地方一只老鼠也没有。

“他是怎么让你失望透顶的？”

她叹了口气：“你听说过名誉吗，路路？名誉就是做正确的事。但是他做了错事，做了非常可怕的事。”

汤姆在叔叔到来前努力赶走了杰瑞。然而，杰瑞一明白过来汤姆的叔叔害怕老鼠，就使尽浑身解数去吓唬它。然后一遍遍地，和往常一样，汤姆被熨斗烫伤，穿墙而过，在石膏上留下一个猫的形状。我想问问她，那件玷污名誉的可怕的事情究竟是什么，可是我问不出口，因为她看着我的样子就好像我又要把她惹哭了，男孩子不应该让自己的妈妈伤心落泪，这让我非常不好受。然后杰瑞哈哈大笑，笑个不停，因为它又赢了。然后圆圈出现在画面中，里面出现了英文字幕，剧终！

对于独生子来说，死亡游戏是个相当不错的游戏。如果小孩子没有一个朋友，而他们的妈妈又整天在公寓里忙着看杂志，看看怎样把公寓布置得更漂亮，在家里穿什么衣服，同时因为爸爸再一次抛下我们而哭泣，那么独生子女就必须得自给自足。有些家庭真的太不同，太特殊，和别的家庭都不一样。但这并不意味着他们就比别的家庭糟糕。事实上——这可是个大秘密，这绝不是你可以在学校里四处散播的秘密，尤其不能告诉老师——这或许还意味着他们比别的家庭好那么一丁点儿呢。

所以，嘘。

胖子佩雷斯说对父母怀有复杂的感情很正常，因为爸爸不在身边而恨他也没什么。恨人就是爱人的一部分。一个小孩子所感受到的东西都是应当感受的，没有任何问题。所有感受都应当被允许，因为世界对孩子们来说是个安全的地方。但是在内心深处，你知道爸爸妈妈有多么爱你。所以他们才愿意再次作为一家人共度周末，带你去野餐，不是吗？

一次充满惊喜的野餐。

发生在那里的事情真是丢脸，因为我可能差点就完成了用轻木做的迷你螺旋楼梯，或许我的老师齐达内先生会因为这个楼梯模型做得很好而奖励我，在游戏时间带我出去踢踢球。他有时仍然踢球娱乐，他说。你看，他感兴趣的并不只有钱而已。

好事马上就要发生了，结果却永远也不会发生了，因为我们困住了。

那是山上一处凉爽的地方，有灌木丛，下方就是一条巨大的溪谷，是你绝对不应该靠近的那种。我们一起唱了生日快乐歌，我和妈妈切了蛋糕，爸爸拍了照片，我们都许下了秘密的愿望。我知道她的愿望是什么。她的愿望很可能是我永远都是她的小宝宝。我的愿望则是，希望爸爸是我的亲生父亲，如果他是的话，我一定会想方设法留住他。

而后，一切霎时天翻地覆。跟我的秘密糖果有关。爸爸看见我在吃糖，我试图藏起来，但是没成功，他就一直大吼大叫地质问我，他们就大吵起来，不是平时那种争吵，比平常严重得多，这全都是我的错，因为那些秘密的糖果，他们都说起一些拗口的话，然后大吼大叫，妈妈开始进行“情绪工作”。她疯了一样大声尖叫，不停地叫啊叫啊，放开他！你怎么敢碰我的儿子！然后我就自由了，我一直跑、一直跑，可是然后——

可是然后。

如果闭上眼睛，那么看和思考就没什么不同了。一个充斥着明亮光线与医生喊叫的房间，人们像脚上有轮子一样匆匆来回，有时候我看得到太阳、月亮或者钟，有时候则看到爸爸妈妈开开心心在一起的画面，还有吸血蝙蝠的画面，有时候能想起来一点乘法表里七的部分，比如七七四十九，想起胖子佩雷斯的双筒望远镜，还有他们夜里做爱的声音，唔——唔——唔，还有照片里被拖拉机轧断腿的尤吉，口香糖，卢米埃尔兄弟，想起七八五十六，雅克–伊夫·库斯托，飞天小女警和星辰，想起七九六十三，然后我想到了一栋白色的楼，我像热气球一样高高飘浮在建筑物上空，七乘十等于七十，在地面之上浮动，向下俯瞰白色的砂石道路，一辆救护车沿路开来，尘土飞扬，都是白色的烟尘。救护车停下来时，出现了一个担架，上面躺着个小男孩，看起来已经死了，孩子的妈妈努力克制眼泪，接着出现了某些声音，听起来就像是从水面之下发出来的，紧接着你看到了白色的云朵，那是被风吹起的窗帘，还有更多的声音——

“我们在尽全力抢救。”

“十毫升就行。”

“绝症医院。”

“男孩们把他们的爱——”

“一个大，一个小……”我朝他们尖叫。尖叫。但是他们听不见我的声音，或者说根本不听——完全无能为力。然后他掉了下去——他就那么把我一个人留在那里，尖叫着求救……

“你看到我嫁给了怎样一个胆小鬼了吧？”

然后我坐了起来。他并不是个胆小鬼，我想大声尖叫，但是我叫不出来。我睁开眼睛，我知道她就在那里，那一刻正在吻一个男人。一个并非爸爸的男人。他们离得很远，好像在电视上一样，太阳明亮得刺眼。他正抱着她，她也抱着他。然后他推开了她。

“妈妈！”我放声喊道，却没有发出声音，因为我卡住了。我一动不动地盯着他们，直到自己什么都看不见。突然间，我的耳边同时爆发出一千种声音来，有人伸手托住我的后脑勺，我睁开眼睛，但还是什么都看不见，妈妈在尖叫。“那不是他的错！

那不是他的本意！那只是个意外！”

声音那么高亢刺耳，灌进我的耳朵里。

“路易，你能听到我说话吗？我是达纳切特医生。你人在医院。”

医院真恶心。你亲了我妈妈。

“你出了事故，陷入了深度昏迷，就像睡着了一样，但是睡得更沉一些。”

走开。不要再亲她了。

“但是你挺过来了。你醒了。”

不，我没有。我还在别处。离我远一点，你这个恶心的讨厌鬼。我爸爸在哪儿？我想要爸爸。

他的手就像十万伏特的电流。他正在电击我，我想冲他喊，从我跟前滚开，你这个变态，就让我一个人待着，但我发不出任何声音。我的脑袋像一颗沉重的皮球，重力让它过于沉重，我的脖子已经担不动了，它可能会滚下来，把我的脖子掰断，然后我就更麻烦了。你觉得有个我这样的小孩能让我妈妈舒心吗？

“我说路易，你能听见我说话吗，你在医院里。在普罗旺斯。”

不。不，我听不见你说话，因为我找到了关机按钮。关机是最佳方案。

我按下了按钮，他们全都消失了。

所有人都消失了，只留下一个。

“你好啊，年轻的先生，”他说，“欢迎来到你的第九次人生。”

他整个脑袋都缠着绷带，他的声音如吞下了砂石一样嘶哑低沉。

路易诡异的发作并没有让事情在表面发生任何变化——但是不知怎的，它却仿佛一次强烈的震动，以始料未及的方式剧烈撼动了我们所有人。事后我想，整段小插曲里最糟糕的部分就是他妈妈的反应。我本应该马上就能通过她的反应看出来，事情并没有以它们应有的方式组合起来。有些事情完全不对劲，而且无法补救，令人震惊的真相就困守在她心中，叫嚣着要冲破防线。可我却什么也看不见。我们都是如此盲目。

当我看到床上的路易坐了起来时，我甚至还没来得及意识到路易可能是醒过来了，内心瞬间充满了有点迷信般的罪恶感。*他听见我们说话了。他看见我们了。他什么都知道。*我飞奔过花园，跑上小径——白色尘土在脚下滚滚飞扬——我径直跑上露台的石阶。我注意到娜塔莉就跟在我身后，喊着让我等等，希望我解释一下发生了什么——

但是没时间了。我一阵风似的穿过落地窗，发现病房里一片混乱。护士们都跑了过来，所有人都围拢到床边，包括一些访客，其中还有伊莎贝尔的父亲。我来到的时候他们让开了一条路。当我看到路易仍旧坐在床上时，心中期望高涨。

他小巧清瘦的面颊像釉质一样苍白，闪着沼泽般湿漉漉的光泽，那是发烧产生的汗水。他漆黑的眼眸——比我想象的还要大——直愣愣地盯着前方。我坐到床边，温柔地伸手捧住他的脸庞，目光与他平视。然而，当我看进他无限放大的瞳孔，看进那两个深潭，看到的仿佛是通往无尽黑暗的洞穴，除此之外，别无他物。无论路易能看到什么，也肯定不是此处和此刻事物。他凝滞的目光一眨不眨，什么也看不见，仿佛某种荒唐的内视，在经历过痛苦折磨的受害者身上常常能看到这种深深的疏离效果。我强烈地哆嗦了一下，完全是下意识的。我们谁都没能预料到，路易·德拉克斯竟然能够做出这么大的动作，并且是如此关键的动作。或者说，对于接下来发生的事情，我们谁都没有做好准备。

这孩子说话了。是非常微弱的声音，几乎是耳语。

“爸爸在哪儿？”

这几个字似乎静静回荡了片刻，然后他妈妈便开始尖叫。我猜这是一种延迟的惊异反应。大家几乎都没有时间来确认自己听到的声音是不是来自路易，直到娜塔莉·德拉克斯突然间冲着他尖叫起来，粗暴地伸手抱住男孩的身体，近乎疯狂地抱住了他。

“那不是爸爸的错！那不是他的本意！那只是个意外！”她

恸哭哀号。

“快走开！你想杀了他吗？”我吼道，同时一把将她拉开，“他头上有伤！别碰他！”

我抓住她的上臂，猛地拉开她——非常粗暴——将她扔进了床边的椅子上，她蜷缩起来，双手抱住脑袋，像被电击的动物一样抖个不停。刚刚如此粗暴的表现让我感到一阵尖锐的懊恼，但现在不是担心这些细节的时候，路易需要我的关注，他妈妈则需要自己顾好自己。此刻雅克利娜已经迅速评估了目前的状况，和我结论一致：以娜塔莉·德拉克斯眼下歇斯底里的状况，她绝对是个大麻烦，必须得离开病房才行。与此同时，雅克利娜和贝尔特不知用了什么方法说服娜塔莉跟她们一起，站在远离路易病床的地方。

“路易，你能听见我说话吗？”我问道，仍然不敢相信他竟能开口说话，“我是达纳切特医生。你人在医院。”

男孩仍旧直挺挺地坐在床上，床边七七八八地围满了设备和显示器；我屏住呼吸，等待回答。然而没有回答，连一丝表明他可以说话的叹息都没有，唯独他的嘴唇仍然微微张开，嘴唇看起来很干。我伸手捧住他的脸，全心全意去看他的眼睛。有那么一刹那，它们似乎闪烁出了生命的光芒。

“振作点，路易！”我呼出一口气。

然而，当我感觉到他的脑袋在我手中逐渐变沉时，希望的火花瞬间破灭。我立刻变换了姿势，好保护他的后脑勺，这样做的时候，我感觉到——非常明显——随着进入体内的能量再度衰退下去，他的颈部出现了一系列快速的肌肉抽搐，就像海水被沙滩吞没吸收。他重重地倒了回去，眼睛完全闭上。都结束了。他又回到了他来的地方。我大概估算了一下，整个小插曲持续不超过两分钟。无论刺激他身体活动的这种无法解释的发作究竟是怎么回事，都已经结束了。我异常挫败。似乎有什么事情眼看就要发生，结果却什么也没发生。而后，愧疚感又在我内心不断翻涌。如果我能尽好专业人员的本分，将时间花在病房里，和路易相处，而不是在外面的花园里亲吻这孩子的妈妈——看在上帝的分上，吻他的妈妈——现在的结果会不会不一样？

那个微弱的声音，寻找爸爸的声音。陷入深度昏迷的人通常不会那样。在这二十年里我从未——

我神思恍惚。

与此同时，从客观上讲，娜塔莉对儿子这次发作的反应也非常怪异。事后我想，她表现得就好像看见了鬼魂一样，或许她真的以为自己见鬼了。

“等你能够安静下来之后才能回来，”给路易调整点滴的时候，我对她说，“但是现在，请务必回家去。”

“我要和儿子待在一起。”

“不行。”我坚决地说，雅克利娜则轻轻拍打她的手臂。我再一次注意到娜塔莉从身体接触中脱身开来，仿佛是被人鞭打了伤口一样。“相信我，这是最好的选择，”我说，“你必须得信任我们。现在，试着放松。”

“放松？”娜塔莉发出嘶哑而粗粝的低语，“我儿子差一点就第二次醒过来，而你却想让我放松？”

她的面庞和她儿子的面庞如出一辙，变得煞白恐怖。在苍白脸色的映衬下，涂了口红的双唇仿佛伤口，是脸上鲜血淋漓的刀伤。

“现在跟我来，”雅克利娜说，她的语气和善但坚决，不容置疑，“我们去食堂喝杯咖啡。我们去那里聊聊路易，我会把你介绍给其他患者家属。是时候和他们聊聊了，太太。听我说。他们全都经历过这一切。我也一样。我还没有跟你讲过保罗的事，没讲过吧？我想是时候该跟你讲讲我的儿子保罗了。”

她就这样领着这个心碎的可怜女人离开了。

虽然娜塔莉·德拉克斯的反应让我大为惊骇，但从某种程度上来说，我也可以理解。人的大脑非常脆弱，而她的大脑一次次地被难以置信、出乎预料、无法解释的事情与不公冲击。此时此刻，我要坦白，这次小插曲里有一些超现实的元素，也让我同样想要尖叫。我想，我有一种强烈的感觉，路易就好像是个傀儡，他的身体被一个陌生人操控了。

从他干燥嘴唇里发出的那些声音就好像并不是他自己的声音。

如果你想要躲起来，那这地方相当合适。

“我叫古斯塔夫，”那个面目骇人的男人说，“你叫什么？”

可是，除了“怪胎”两个字之外，我什么也想不出来。“不关你的事。”我对他说。

“我一直在等你，”他说，“我一直都希望着你能来。这里非常孤单。”他把手伸给我，想和我握手，但我一动不动。别动别动别动，什么都别说什么都别说什么都别说。你绝不能去触碰一个陌生人，也不能让他碰你，因为他很有可能是个变态或者恋童癖，再加上他就像个木乃伊，那是一种被腌渍过的人类，他身上的味道还特别臭，就像妈妈清理花瓶时的味道。我能看到的那部分嘴巴是微笑着的，或者他只是饿了。

“那我们应该叫你什么好呢？”古斯塔夫问，“这里的每一个人都必须得有个名字。如果你不记得自己的名字，他们就会给你一个名字，或者你自己给自己找个名字。你觉得古斯塔夫这个名字跟我般配吗？我可是越来越喜欢这个名字了。”

你能看出来，他身上遍布微生物和细菌。妈妈如果看到他的话肯定会尖叫。她会尖叫着说他是个让人作呕的大变态，离我儿子远点，不许碰他，不许靠近他。他不是你的，从他身边滚开，你这个混蛋。

“布鲁诺？”他继续说。

“你肯定是开玩笑，”我说，“先生，比起叫布鲁诺这个名字，你肯定知道我更愿意自己怎样吧？我宁愿死掉。”

于是他又试着给出了其他更蠢的名字，比如让-巴蒂斯特、查尔斯、麦克斯还有卢多维克——最糟糕的是这个——路易。

“路易也太烂了吧！门儿都没有，我永远也不可能叫这么个名字！我宁愿别人叫我怪胎！”

“冷静点，年轻的先生，”他说，“只是个名字而已。我挺喜欢的，我觉得这是个好名字。我可以把你看作是路易。”

就是在这时，我回忆起了一些事情。路易·德拉克斯身上的古怪谜团，这个容易出事故的惊人男孩。肯定是我读过的一本书。

“路易·德拉克斯，”我说，“曾经有个叫路易·德拉克斯的小男孩。”

在你的第九次人生里，事情会变得不大一样。第九次人生比第八次人生更遥远，是个全新的地方，不是妈妈在的地方，“那是个美丽的地方，”她说，“风景怡人，阳光明媚，天气炎热……有时候热得过分，几乎每年都有森林火灾。是人们点燃的。那些纵火犯。”她不断对着我的耳朵窃窃私语，“回来吧，路路，回来吧。”可我实在离得太远了。“我爱你，亲爱的。妈妈就在这里，我亲爱的甜心宝贝……还有一个不错的医生，叫帕斯卡尔·达纳切特，是他负责照顾你……”她总是低低絮语，仿佛那是什么秘密，而我和她是这世上仅存的人类，她还给我唱糟糕透顶的婴儿歌谣。跟我这样做，小木偶们。跟我这样做，做完三遍就走吧。

“你没必要听的，”古斯塔夫说，“你可以切断她的声音。”

“我很想见见纵火犯，”我对他说，“我愿意看他放火，或许还能帮上忙。”

过了一会儿，她说我们可以到外面的花园去。他们要把我绑在轮椅里，由她推着我往前走，和我坐在婴儿车里的那段日子差不多。那是个漂亮的花园，其他人也都出来了，因为今天有阵阵微风，你能闻到大海的味道，也能闻到树林里松木的味道。帕斯卡尔·达纳切特是个好医生，是最好的医生之一，他知道自己在做什么，而且对你充满期望，亲爱的，他知道你一定会回来，我也知道……

最棒的就是，我们安安全全在这里。没人知道我们在哪里，没人能找到我们……又只有我和你了，像以前一样。

什么以前？乱七八糟的。

“别听了，”古斯塔夫说，“和我说话吧。和我讲讲故事。”

所以我就告诉了他胖子佩雷斯的事情。我告诉他，在胖子佩雷斯的房间里，有一个装满水和贝壳的巨大玻璃碗。就放在你面前的桌子上。你可以看到里面的样子，假装你溺水了。如果你变得特别小，那你就能像寄居蟹一样，钻进一只贝壳里，需要去什么地方的时候，只要把腿露在外面就行，比方说从碗的这一边到那一边去。

“所以你怎么看，路易？”胖子佩雷斯问。

但是我没有回答，因为我太忙了，忙着把整个身子都塞到一只贝壳里去，一只黄色的小贝壳，这样我就能集中精神看《飞天小女警》的最后一集了。机器鲨鱼发动攻击之后的那部分，他们还没有意识到毛毛并没有被吞下去，因为她一直都在实验室里，配置颠倒“时间法则”的药水，并且把陆地还给动物。我能听到他的声音，但是听不清他说的话。我现在就在自己的贝壳里。我在这里很安全，只要我愿意就可以去想毛毛，忘掉他说的那些话。

他担心我们的谈话没什么效果。

“这不是任何人的错。但是和你在一起非常开心，路易。我学到了很多，我想你肯定也多少学到了一点东西。但是你妈妈认为应该到此为止了。很抱歉，路易。我习惯于取得进展，而你妈妈认为我并没有什么进展。或者至少，她期待我能让你出现的进展并没有出现。此时此刻，我发自内心想要做的事情是告诉你，你妈妈认为我无法再帮助你了。”

当他说这些的时候，你肯定不会认为我要哭吧，你会这么觉得吗？你肯定认为，终于能摆脱这个愚蠢透顶的大胖子我肯定打心眼里高兴，绝对不会是个懦弱痴傻的哭包，一遍遍叫喊：“不！求你了，佩雷斯先生！不！”

可是他说他很抱歉：“这是你妈妈的决定。都结束了，路易。你不会再来了，你不再需要我了。”

“不，我需要。”

“你会明白的。”

“不，你才是那个需要明白的人。”

在和《飞天小女警》里的毛毛一起爬回贝壳里时，这是我对他说的话。

第二天我给胖子佩雷斯写了封信，并且放了一些穆罕默德的便便在里面。一共八粒便便，因为那会儿我还是八岁，还放了点锯末。我从爸爸的书桌上找来了信封和邮票，写上了他的名字，马塞尔·佩雷斯，还写了他的地址，里昂摩天大厦区马勒塞布路八号。第二天一早去学校的路上，路过邮箱时我说："妈妈，看那边。看到那条狗了吗？"

我指向了路的另一边，在她扭过头去找狗时，我从口袋里掏出信，塞进了邮筒。

"你看到狗了？"

"是的，特别可爱。"

"你真的看到了？"

"但我认不出来是什么品种，可能是爱斯基摩犬？"

"或者是杜宾犬。我猜很可能是只杜宾。"

这就是妈妈好笑的地方。就算没有狗的时候她也能看到狗，哪怕都是你编的。

你真是个超级肥球大骗子，胖子佩雷斯。是你告诉她你再也不想见我了。是你对她说你受不了我了。她是这么告诉我的。而且你还说过，我们之间说的任何话都不会离开这个房间，这句话也不是真的。所以你真是个烂人。我希望你马上就死，或者得重病。

路易·德拉克斯

我总是能感觉到古斯塔夫的眼睛透过绷带的一条缝隙向外凝视。如果有人盯着你看，而他们的脸却蒙在绷带里，你根本就无法知道他们究竟是想成为你的朋友还是想杀了你。他是不会停止看我的，就好像我是他的敌人，他的儿子，或者像他生活在我的脑海里一样，我也生活在他的脑海里。

“嗨，路易，”达纳切特医生说，“外面天气很不错，至少有点小风。我知道你能听见我说话，路易。我希望你努力，再一次来到我们身边。你在努力，是不是？我知道你在努力。我能感觉到。”

什么都别说什么都别说什么都别说。

“你妈妈在等你呢。你是不是一直在听她给你录的磁带？我希望你在听。我期待着你醒过来。我太太从图书馆里拿了一本书给你，《动物世界：超凡脱俗的风景》。我才刚刚读到蝙蝠的部分。我知道你很喜欢蝙蝠，我猜你肯定对蝙蝠这部分了如指掌，是不是？而我真的为它着迷。”

于是他开始读蝙蝠那部分内容。

“你知道蝙蝠是唯一会飞的哺乳类动物吗？其他哺乳动物可以在树木之间滑行，但是蝙蝠却是和鸟类一样使用翅膀。它们的翅膀实际上是一层皮，叫作翼膜，它们靠手指、前肢、后肢和尾巴来支撑身体。全世界都有蝙蝠的踪迹，除了南北极，但是绝大多数种类都……”

可是他的声音越来越遥远，越来越遥远，渐渐听不清楚了。“热带或者亚热带。有约一千种已知蝙蝠种类，其中约三十种——全都吃虫子——分布在欧洲……”

人来人往。你不知道你会见到谁，也不知道谁会突然消失。墙上有个钟，但时间不太稳定。有时候夜晚太过漫长，白昼只有一分钟，而其他时候，则是永永远远。

“你之前在做什么？”我问古斯塔夫。他还是让我感到害怕，但我知道他无法伤害我，也不可能触碰我，因为他并不是个真实存在的人。

“我不记得了。不完全记得。我们没有人能记得。我有个妻子，她的名字是……有时候我能想起来，但今天想不起来。我只记得在一个漆黑的地方。一个洞穴里。”

“有人来看你吗？”

“没有，只有我一个人。我肯定是干了什么坏事，可能是什么恶毒的事情。你呢？”

“我妈妈在这里，不过我爸爸是飞行员。他来的时候会给我带乐高模型和其他东西。他很快就会来了。他在路上了。”

若是换成胖子佩雷斯，他肯定就要问我问题了。古斯塔夫不问，我很喜欢他这一点。我很好奇他对自己的妻子做了什么。或许他是个强奸犯。或许他强迫妻子做了她不愿意做的事情，结果搞出一个孩子来，而她宁愿那个孩子死掉。强奸是非常可怕的，你可以在字典里查到。会让你万劫不复。

突然间夜幕降临，雷声隆隆，钟上显示三点。

大人有时候会干蠢事，你必须得相信我，亲爱的。你爸爸真的很爱你。做出那种事并不是他的本意。妈妈们总会陪在孩子们身边。总有一天，我们会自由的。他会离开我们的人生，我们可以永远开开心心地生活在一起。

我很好奇古斯塔夫是不是也能听见我听见的声音，或者他听到的是别的声音。

“你怎么了？你的脸怎么回事？”

“我不知道，”他说，“我甚至都想不起自己长什么样了。”

“我爸爸和你一样手臂上有好多毛。你站起来的时候个子高吗？”

“我想应该非常高。”

“我爸爸也是。”

“那你妈妈呢？”古斯塔夫问，“你妈妈什么样？”

“没有我的话她会发疯。她身上发生了一些很糟糕的事情。她无法信任男人，因为有些男人很坏。我看得出来她会变得多么疯狂，但是医生却看不出来，没人能看出来，甚至雅克利娜也看不出来。如果爸爸在的话，他就能看出来。他和我一样了解妈妈。她整天在我耳边说悄悄话，都是一些复杂拗口的言语，说的都是不是他的错啦，我不应该责怪爸爸啦。她还给我唱儿歌。”

“为了什么事责怪你爸爸？”古斯塔夫问。

“我也不知道。但是他肯定干了什么很糟糕的事情，他肯定让我们失望透顶了。”

我说了那个吗，还是仅仅想到了那个？当你和古斯塔夫在一起的时候，永远也分辨不清楚。然后我们可能都去睡觉了吧，因为当我醒来时，他正低低絮语，我几乎听不清楚。

“到处都是水，像个游泳池，或者湖，但是太黑了，看不清楚。我的脸受伤了。我能感觉到它被划伤，并且撞伤，鼻子撞碎了。我的腿动不了，只有一只胳膊还能动。当你孤身一人在山洞里时，就会产生一些极其怪异的念头。除了她的名字之外，我想不起从前的任何事情。我妻子的名字。我用血写在了墙上，这样我就不会忘记了。我不断地想，若是我能回到那里，就能看见了。我会再度想起她的名字，然后所有事情都可能随之想起来。我也写下了宝宝的名字。我们有个宝宝。”

“宝宝多大？”

“我不知道，就是个宝宝，我想。一个小宝宝。”

“它有一顶带兔耳朵的傻帽子吗？”

“我不知道。”

“好吧，那是男孩还是女孩？”

他还是不知道。“或许你是个洞穴探险家，你迷了路，没有了补给。所以你才会这么饿。”

“可能。”

“或许我是个掉下来的男孩，因为我总是遇到事故，是个‘容易出事故的惊人男孩’。”

“没错，你的确是这样。”

我打算问问他是怎么知道的，但是他又消失了。但我知道他还会回来。噩梦总是如此，不断继续，叫停的权利并不在你。

又过去了一段时间，达纳切特医生过来，大声朗读《蓝色星球》，古斯塔夫看着他，什么都没说，但我知道他在想什么，因为我也在想同样的事情。他已经累了。我们知道，因为能从他的声音、皮肤和骨头里感觉到。而且他还吃了安定。事情轮到自己身上的时候，医生们有时就会吃安定。如今事情就轮到了他头上。

现在他正读到管虫怪兽的部分，这种虫子非常恶心，根本不忍直视，因为它们的整个身体就是由泥浆一样黏糊糊的肉组成的管子，又大又长，比成年人的手臂还要长。一头有张嘴，另一头是屁股，但是只有水下世界的专家或者另一只管虫能分得清哪头是哪头。它们生活在四千米以下的深海海床上，那地方充满有毒物质。发生在那里的事情绝对无法发生在陆地上。有些本不应该有生命存在的地方竟然有生命活动，毕竟生物没道理能在毒性环境下存活。但是这种毒性对它来讲却不是毒性。它已经完全习惯了，它在那里出生，如果你试图把它从那里带走，它可能会死掉。

“看啊。”古斯塔夫说。

达纳切特医生突然停止了诵读，你能听到书掉到地板上，而他却没有捡起来。

“现在是你的机会了，”古斯塔夫说，“你知道你该怎么做，年轻的先生。现在就做，在你还有这个能力做的时候。他什么都感觉不到的。”

“你会帮我吗？”

“帮不了。现在我得离开你一段时间，年轻的先生。你得自己做。”

他走到房间一角，那里一切都是白色的，他开始不停地咳嗽、咳嗽、咳嗽，直到咳出血和呕吐物来。当他在那个角落里看着我时，我做了我们一直想做但没有说出口的事情。一旦你说出来了，那就不灵了。

雅克利娜信守承诺，不知道用了什么方法，反正确保了娜塔莉·德拉克斯那天没有再回到病房。那天晚上，我在办公室待到很晚，写完了在里昂的演讲草稿。苏菲又和居伊·沃丹的老婆丹妮尔一起出门了，还有其他几个闺密，她这么做是为了增强自主权，或者是为了别的，反正就是女人对丈夫有敌意的时候就会做类似的事情。我不想穿过燥热的橄榄树林回家，回到一个没有女人的空房子里，我坐立难安，百无聊赖，于是又回到了昏迷病房，探望我的无声班底。

夜班护士告诉我，伊莎贝尔又变得非常活跃，于是我在她身边坐了一会儿，握着她的手。她第一次出现在我们面前时，指甲已经被咬到活肉部分了。但现在，它们很长，很漂亮，有赖于雅克利娜的精心修剪，还涂上了指甲油。一个睡美人。她翻了个身，短暂地睁开眼，打了个浅浅的呵欠，而后重新陷入麻木状态。

和她聊了一会儿后——我告诉了她我对新来的理疗师卡琳的

看法，我刚刚雇用了她，并且对她很满意——我在床与床之间逡巡，坐在转椅上滑来滑去，最终来到了路易·德拉克斯的床前。我看着他温软的脸蛋，光滑的皮肤，微微张开的嘴唇，长长的黑色睫毛。我轻抚他的头发。头发光滑而厚重，似乎已经比刚来的时候长了一些。他一动不动。看在他妈妈的分儿上，今晚我会坐在他身边。这个女人悲伤、可爱的面庞固定在了我心中，奇怪而尴尬，我要努力成为他的好医生。陪在他身边，告诉他他在哪里，我们打算为他做哪些努力，甚至可能要进入他的头脑。他做出了巨大的努力，尝试与我们连接。他甚至说出了微弱而令人震惊的话来。那样一次突如其来、意想不到的反应并非无中生有。是否一直以来，路易·德拉克斯都比我所期待或者想象的要更清醒呢？

除了伊莎贝尔之外，病房非常安静，伊莎贝尔时不时就会弄出点小动静，或者稍微翻个身。在我的病人当中，她是身体上最为活跃的一个，我估计也是最接近于恢复意识的一个。护士报告了她父亲来后她的睡眠/睡醒周期出现了明显变化。这种情形通常不是巧合，或许我们即将看到点什么。

我仍然处在一种紧张的兴奋之中，于是我吃了一片安定，在路易身边安顿下来。我大声为他读《蓝色星球》，是苏菲帮我弄来的，作为库斯托的狂热崇拜者，我在路易这个年纪的时候也是读这类书。但是我累了，当我追踪一种名叫管虫的深海生物的生命周期时——这种生物可真是令人相当不适——我能感觉到自己的声音越来越微弱，越来越模糊。我不记得书从我的手上掉落到地板上。

我觉得自己应该没有睡很久——仿佛连几分钟都没有，只是几秒钟而已——我醒来的时候，伴随着极度痛苦、极度不舒服的感觉。我做了个噩梦。一条巨大的虫子挖了一条隧道钻进了我的颅骨，那条虫子包裹在鲜血淋漓的绷带之中。这是那种非常荒谬但又相当真实的梦，你从梦中醒来，不知道自己是不是真的逃离了梦境。我转动椅子，快速站起来，就在我这样做时，我听到夜间服务台的年轻护士倒抽一口凉气。我吓到她了。

“抱歉，达纳切特医生，”她小声说，同时蹑手蹑脚地走到我身边，“你吓了我一大跳。你刚刚很快就睡着了。”

“现在几点了？”

“四点半。我本来应该把你叫醒的，但是我不敢。”

“到底为什么不叫我？我没想睡到这么晚。”

“抱歉。只是那个，好吧——之前，差不多两个小时以前，你梦游了。我听说过不能叫醒正在……”

“什么？”我瞬间浑身发热，而后缓缓冷却下来，“我去哪儿了？”

“其实我也没看到，但是你离开了病房。大概是两点钟左右。我得去换便盆，然后在厨房煮了杯花草茶。等我回来的时候，你正沿着病房走回来，回到路易的床边。我以为你醒了，但是当我跟你说话的时候，你什么也没说，样子看起来有点古怪。我是那时候才意识到的，于是我就扶着你回到椅子跟前，你就坐了下来，继续睡觉。”

“太奇怪了。我是睁着眼的吗？”

“是的，但是你好像看不见任何东西。你看上去……好吧，看上去就像盲人，达纳切特医生。什么都看不见。”

没人喜欢失控，尤其是在年轻雇员面前。我对紧张兮兮地看着我的护士玛丽–埃莱娜·沙约说，她做得很对，绝对是完全正确的操作，正如所有教材里所给的建议一样。我试着开个玩笑，但却心烦意乱。是什么突然触发了这种症状？难道是我自己莫名退化了吗？

在这半梦半醒的状态下，我试图寻找一些原因，我吃了两片扑热息痛，谢过了沙约护士，走出病房，踏入茫茫夜色。一走出凉飕飕的病房，温暖的空气令我为之一振，我立刻感觉到白昼残余的热量重重压在我的肩头。今天近乎满月，橄榄树在月光下闪烁着诡谲的光芒，我的鞋子踩上映照出点点繁星的露水。我转过身去，看着诊所，它在小山丘的顶端，低矮，平坦。它散发出的荧光似乎比平日更加明亮，让诊所笼罩在某种光环之中，光环沿着诊所的轮廓躁动流淌，渐渐消融于星光灿烂的空中。诊所看起来像一座寺庙或者某种神圣建筑——一个能够容纳奇迹的地方，奇迹在这里孵化，奇迹属于这里。但这一次，这种想法并没有让我得到安慰。我深深吸入浓郁芬芳的夜晚空气，试图抖落影响到我的奇奇怪怪的浊气，无论这种浊气是什么。但这股浊气似乎已经悄然侵入了我的肺部，深入肌理。我筋疲力尽，因而头晕目眩。

等我回到家，苏菲醒了，在被子下面翻了个身，睡眼惺忪，浑身滚烫。我们的空调系统去年就坏了，之后一直凑合着用电风扇，此刻电风扇正在床边懒洋洋地转着，与其说是冷却空气，不如说是将热空气搅得气势更甚。

“美妙的夜晚？”她喃喃抱怨。

“我在诊所。”我对她说。

“给德拉克斯太太介绍详细情况？”她打了个哈欠，“擦干她的眼泪？感到无比兴奋，因为她被你说服了，相信你是全世界唯一能救她儿子的人？”

我并不想吵架，我依然觉得看不清楚东西，脑袋昏昏沉沉。

“我得睡觉。”

“好吧，客房给你准备好了。”

她的身体必定能像往常一样给我安慰，但我实在太累了，没有力气去争取我的应有权利。我想着要告诉她今天晚上梦游的事，但是有些东西阻止了我——不是她当前对我表现出的敌意。阻止我的究竟是什么呢，我想不明白。就是想不出来。即便是在最理想的状况下，我也不理解自己，而在路易发作之后那段动荡酷热的日子里，我离自己越来越远。

我睡得不好，而且我感觉，那一点可怜的睡眠提供给我的东西恰恰是营养的反面。第二天早上，我和居伊·沃丹又给路易加做了两组脑部扫描，将两份结果进行交叉核对，但是看不到任何有意义的情况。我们都同意，他身上出现的状况根本就不应该出现，在身体规律上是完全不可能的。就好像路易在维希综合病院离奇地死而复生一样，完全不合逻辑。

“反正得写下来，”沃丹说，“你永远也不知道究竟会怎样。与此同时，我认为我们应当弱化母亲的希望。”

我同意他的想法。她在路易的病床边突然爆发后，我就越来越担心她的精神状况，而我最不愿做的事就是鼓励她对儿子的“天使”论。

“昏迷的人并非对环境改变完全没有知觉。”那天晌午时分我告诉她。她又回到了路易的床畔，带着恰当的悔意，但是脸上则流露出无声的绝望。还有恐惧。没错，她在恐惧什么。或许是恐惧自己的希望？也不是没听说过这种事。在浅浅的棕褐色下，她的脸色同我昨天看到的一样苍白骇人，仿佛那出小插曲让她失尽血色。她素面朝天，这是我第一次注意到她眼周的细纹。她看起来瘦弱，病态，我不知道是否该建议她做个体检。“换到一张新的病床上之后，短时间内出现细微的无意识动作，这种情况也不是说多么罕见，”我对她说，并且努力让自己的语气显得权威严肃，“这并不能说明什么，不应该误解这种现象——认为那是什么怪异的反常现象。”

她能听出我声音背后那一点点不确定的颤抖吗？抑或她拒人千里的脸庞只是一张指示牌，说明她的思绪已经飘到了十万八千里？“否认”，菲利普·默尼耶用的就是这个词吧？

“很抱歉，帕斯卡尔，”娜塔莉说，她的声音是低沉而忧愁的耳语，“关于我昨天的反应。我太震惊了。你明白吗？我是那么确定他回来了。当他开口说话——”

“很抱歉我推了你，我并不想那么做，希望没有伤到你。”

“你可真是不晓得自己有多强壮。”她说着卷起衬衫袖子，给我看她的上臂。我在她的皮肤上看到了一块丑陋的紫色伤痕，惊讶地屏住了呼吸。

“是我干的吗？”我压低声音，惊恐不已，“我还从来没有伤害过女人呢。”

惭愧之情瞬间将我淹没。

她悲伤地笑了笑：“没关系。我受过更严重的伤。我丈夫有时会变得非常暴力。”

我闭上了眼睛。

“他打你吗？”

她看向了别处，满面通红，我将这种反应视为肯定回答。是什么特质让一个人可以吸引另一个人呢？我从来就不理解，也不懂情意绵绵的爱怎么就凝结成了毒药。虽然有时候是因为生病，惩罚和征服的平衡被打破，最深的恐惧抛头露面，最糟糕的冲动得到了喂养。我感到自己与苏菲之间的婚姻是坚固而健康的——多年来也不过是处于寻常的潮汐回环之中罢了。我们目前所处的阶段如同一条彼此忽视的缓和弧线——也是最近才出现的。但是，我心中是否早已画下了这道弧线呢？

“我不是那种人，”我脱口而出，“你得相信我。”

“我知道。”她慢声细语地说。随后她体贴周到地转移了话题，这让我充满感激。“你看，我又给他录了一盒磁带。”她说着拿给我看，上面用整洁的笔迹写着“妈妈 3”。

“不错。”我说，努力让自己的声音听起来没什么异样，但是，一看见那个瘀伤我心中就泛起隐隐的痛苦。“给他放这个，跟他说话，你永远不知道会发生什么。”

她给路易戴上耳机，按下播放键，然后坐下来，握住他的手，轻轻抚摸他的头发。所有妈妈都喜欢肢体接触。我好奇这是不是他们之间的一贯形式。就在我这样想时，男孩的脸微微抽搐了一下。这个抽搐可能没有任何意义，但是娜塔莉·德拉克斯不这么想，因为她冲我露出了一个微笑，面带一丝不确定的胜利感。抛开我自己，抛开我的自我厌恶，抛开她昨天的反应仍然让我心中残留一丝愤怒，我内心对她的好感又恢复了一些。在那短短的一瞬间，我想起了我们的亲吻，以及花园里那个爆炸般的片刻她所展现出的脆弱，我原谅了她的一切，内心也隐秘地乞求她原谅我断断续续的心血来潮，因为，某种焦虑难安的想法开始在我心中搅动起来：我是有意想伤害她吗？就在此时此刻，我内心或许有着某种微弱而病态的念头，疑惑着，若她散落点点雀斑的光滑肌肤有更多瘀伤的话，看起来会是什么样？这想法让我不寒而栗。

“谢谢你，”她呢喃低语，“谢谢你为路易做的一切。”

“我并没有做太多。”我说。内心隐秘的想法仍旧让我觉得自己私德有亏。

“比你自己知道的要多。”她说道，在起身准备离开的同时伸手轻轻摩挲了一下我的手臂。

这一小小的举动深深触动了我，径直抵达了愧疚感的核心。至少她主动把手伸向了我，就在我想到自己可以滥用她的信任时。我看着她轻盈的身体走过病房，进入走廊，想到她手臂上的瘀伤，我意识到，不为她怀抱强烈的同情是不可能的——同情如果不是某种扭曲的钦慕之情，那又能是什么呢——毕竟这个女人一无所求。我不得不说，她似乎毫无所求。她的骄傲可能让她无法明确表达自己的需求，而她的灵魂却始终在尖叫，渴望从内心深处的地狱之中被解救出来。同情难道不是最高等级的爱吗？我的心渴求她，渴望带走她的痛苦，包括可能由我亲手酿制的痛苦。可以叫我中年傻瓜，但在那一刻，我对她的情感似乎无比神圣。

周末温度持续升高，令人难以忍受。在普罗旺斯我们总是过着危险的夏天，人类的疯狂引燃火种，干燥易燃的森林则提供源源不绝的燃料。两年前，离诊所只有一公里远的整片山坡被烧成一片焦黑，烟雾过了好几天才散尽，消防直升机像暴走的蚊子一样在大面积烧毁的山坡上方不断盘旋。夏天的这个阶段，温度过高，白天几乎没有办法待在室外。我不知道娜塔莉在她的小屋子里还能不能应付得来。或许她已经和某些患者家属成了朋友。我希望如此，却展望不出那个场景。虽然我并没有紧盯着她的来访，但还是觉得她陪伴儿子的时间有些过长，已经不太健康了。或许正如此，事情才失控至此吧。他们非常亲近，她说。她抚摸他的方式——痴迷地轻抚他的头发，在他突然发作后猛地扑到他身上——都证实了我的感受。“我不知道没有他我该如何活下去。”令人同情，但也同样令人担忧。患者家属们很容易就会表现出与所爱之人的亲近，并且完全忘记了自己的需求。

整个周末我都昏昏欲睡，在这种状态里处理杂务琐事，数着时间计算什么时候才能回去工作，才能再次见到娜塔莉。与此同时，我和苏菲进入了相安无事的休战期。我们一起吃饭，讨论国家大事，其他时候却彼此避开。有个电工过来修空调。我剪了头发，理发师向我保证是个显年轻的发型。苏菲料理植物，和在蒙彼利埃的女儿们没完没了聊了好久，读小说。而我呢，则想着娜塔莉，想着她所经历的那些事情，想着她此刻肯定还是很痛苦。她手臂上的瘀伤一遍遍浮现在我眼前。那块瘀伤仿佛丑陋的秘密，在我脑海中盘桓不去。

周一，我处理了一堆文书工作，为周三在里昂的演讲准备幻灯片。我要求诺埃勒不要打扰我，但是四点钟左右，响起了犹犹豫豫的叩门声。

“有一通找你的电话，好像非常紧急，”她说，“是路易·德拉克斯的妈妈。”我马上告诉诺埃勒，她冒险打扰我的做法非常正确。我接了电话，娜塔莉在哭，几乎说不出话来，听上去整个人慌乱异常。

“帕斯卡尔，我在家。我——”她哽咽了，“我真的很需要你帮忙。你能——”

而后她抛弃了所有克制的假象，完全崩溃了。

“求你了，帕斯卡尔！”她尖叫着，“发生了一些可怕的事情。你得过来，现在！我需要你！”

我抓起钥匙，飞奔出门。

当我打开娜塔莉家的前门，一条狗疯狂地冲我吠叫。之前我一路跑过热浪滚滚的橄榄树林，跑到村子里来，满心恐惧，生怕自己来晚了。娜塔莉或许比我想象的更脆弱。若你孤身一人在这世上，和那些身边有家人、朋友、同事环绕的人相比，你会更迅速更轻易地崩溃。她身边什么人也没有。她有个深度昏迷的儿子，一个虐待自己的丈夫，丈夫此刻正在逃避警察的追捕。她干了什么蠢事吗？如果是这样，我是否早就应该发现苗头？

门锁是打开的，我一进门就听到了她沉闷的啜泣声。娜塔莉·德拉克斯正坐在厨房的地板上，紧紧抱着电话和一封信，一条巨大的德国牧羊犬站在她面前，不停用爪子扒地。我进门的时候狗又叫起来，她试着让狗冷静下来。

“没事的，乔乔。安静，他是朋友。”

她环抱住狗，轻轻拍打它。我不喜欢狗，但我也照做了。我猜，给我打电话的时候她就坐在这里，到现在也没有动过。我检查了一下她的脉搏，而后慢慢把她拉起来——她轻若无物——我扶着她走出厨房，来到简朴的小起居室。狗跟在我们身后，明亮的大眼睛看起来焦虑不安。边桌旁有个笼子，里面有只仓鼠，正在小小的滚轮上疯狂奔跑。那肯定是路易的。

“怎么了？你没有吞下什么东西吧，没有吧？”

“什么？”

我的问题让她由衷困惑，反倒让我自己松了口气。

“我以为……”

“看一下这个。”她说着把那封信塞给了我。邮戳是当地的，信封上潦草地写着她的名字和地址，我从来没见过这么怪诞的笔迹——字很大，字迹乱七八糟，四仰八叉地占据着信封，几乎像是盲人写的。字迹里隐隐透露着某种幼稚，某种艺术上的原始主义，瞬间一股寒流沿着我的脊梁蹿了上来。

“我回到家，然后……”

她顿住了，恐惧且厌恶地盯着这封信。她紧绷而轻浅的呼吸和狗狗刺耳的喘息一唱一和。我想知道她这个样子有多久了。我拉着她和我一起并肩坐在沙发上，从信封里拿出叠得乱七八糟的信纸，只有一张。信纸是纯白色的，写在上面的字迹和信封上一样硕大无比，给人的感觉歪七扭八，醉醺醺的。无论这是谁写的，肯定都煞费苦心地隐藏了自己真实的笔迹，可能是为了让看信的人担忧至极吧。

亲爱的妈妈：

我很想你，我也很想爸爸。但是我恐怕需要一个新的爸爸了，不是吗？达纳切特医生很想跟你做爱。但是你知道我怎么想吗？我认为你应该离他远点，他也应该离你远一点。你应该远离所有男人，比如达纳切特医生。我是在提醒你，妈妈。别让他们靠近你。别让他们亲你。会有危险的，会发生可怕的事情。

我爱你，妈妈。

路易

那一刻我完全没有办法理性思考，因为我的第一反应是既惊讶又困惑。他是怎么做到这种事的？他怎么可能坐起来，抓起纸笔，给妈妈写信，而病房里却没有一个人注意到他的动作？即便他出现过一次那样的发作，那也有悖常理，难以想象。然而，读完这封信后的最初几秒钟，我实在想不出别的解释来。我的心里充满希望——直到我看见娜塔莉的脸色。

“一开始我也觉得是他写的，”她直接说了结论，“但是我很快明白过来，不可能是他——他怎么可能坐起来，写封信，把信寄出来，还没有一个人看见他……但我还是骗自己，是他做的。不知怎么的，有那么几分钟，我很高兴。喜出望外。但不是他，对不对？”

“这是他的笔迹吗？”我温和地问，“和他的笔迹有任何相似之处吗？”

“不。完全不像。”

“所以……”

“不是他写的，”她的声音毫无起伏，如一潭死水，“不可能是他写的。是别人。”我与自己内心的困惑抗争着，陷入了一段长时间的沉默。“上帝啊，你能想象到他有多变态吗？”最后她低声呢喃，将脸埋进狗狗的皮毛里，“做出这样的事情来？假装是路易？”

从她的声音里，我听出了痛苦、恐惧和厌恶。确实很变态。然而，无论是谁选择搞这么一出令人苦恼的闹剧，这个人可以说惊人地了解我内心某些不道德的念头。达纳切特医生很想跟你做爱……真是尴尬至极。我惊慌失措。该死的，到底怎么回事？

“可是，是谁呢？”我开口了，然后又顿住了。

娜塔莉的头发胡乱地垂落在脸周，像浅色的瀑布，将面庞遮蔽起来。她小巧的双手正无法遏制地颤抖着。我注意到人造指甲不见了，真正的指甲参差不齐，残缺不全。

“三个月来都没有皮埃尔的踪迹，”她突然说道，“自从野餐之后就没再见过他。回到维希，到处都能看见他——好吧，是我觉得自己能看见。那时我情况非常糟糕，多疑偏执。但是过了一段时间——他好像是真的从地球表面消失了一样。我开始希望他已经离开了这个国家，我甚至希望他可能自杀了。”她顿了一下，“好吧，是希望过，事实上。可是，只有非常了解路易的人才知道他可能会说出那种话。”

可是，到底为什么，一个男人要这么大费周章地乔装成自己不省人事的儿子，来警告妻子远离别的男人呢？为什么不直接威胁她呢？他显然知道她住在什么地方。这时，一种古怪的感觉突然沿着我的脊梁缓缓爬升上来，说不定这就是接下来会发生的事呢，此刻他很可能就在监视我们。

我的心脏因为恐慌而剧烈跳动起来。我飞快地瞥了一眼朝向前院的窗户，院外是窄窄的乡村小路，铺着鹅卵石。我瞬间松了口气，意识到，但凡有人企图暗中偷窥这个小屋，掩蔽自己首先就是个大难题。不过我还是站了起来，放下了窗帘。突然间我很高兴有狗狗在我们身边。

“可是我不明白。他想要什么呢？”

她就那么坐了一会儿，在椅子里有规律地来回摇晃身体。你能看出她的下颌骨在用力。

“他想吓唬我，”最终她说着抚了抚乔乔，把它拉向自己，它舔了舔她的手，“他也想吓唬你。他肯定一直在监视我们。”

“你给沙维福尔打电话了吗？”

“当然没有！她简直连废物都不如！”

“什么？”

“如果说有什么事情是我知道的，那就是警察找不到皮埃尔！他们到现在都没有任何线索，跟之前相比没有任何进展。他在耍他们。斯蒂芬妮·沙维福尔对路易案子的调查完全就是一场灾难。他们没有任何进展。沙维福尔唯一做的事情就是审问我，几乎等于控诉是我亲手把路易从山崖边推下去的。我太了解她了，她就是要控诉是我干的。她就是那么不值得信任。”

她愤愤地拍打着信封。

“你是说，除了我之外你没有给任何人打电话？”

她坚定地点点头。

“但你还是得把她的号码给我。我们得让她知道这事。”

惊吓过后，娜塔莉正处于一种麻木呆滞的顺从之中，她离开客厅，乔乔紧跟其后。养条狗真的是明智之举，我心想。从某方面来说，她了解别人可能不太了解的真相。回来的时候她手里拿着个红色地址簿，里面都是小字记下的电话号码。她把地址簿给我时，狗狗低声咆哮起来。

“好孩子。”她拍着它的脑袋，紧张地说。

虽然娜塔莉想要表现得沉着冷静，但她显然抖得太厉害了，根本没办法打电话，所以只能由我来打。当我终于接通维希警察局后，却得知沙维福尔警探此刻正出庭作证，可能要到很晚才能回来，但是我可以给她的手机留言。于是我留了言，然后给莱拉克当地警察局也打了电话。我见过纳瓦拉探长很多次，都是在当地的一些活动上。当我把信的事情和背景情况告诉他时，从他的声音里我能听出来，他非常兴奋。这里确实不是什么会发生重大犯罪案件的地区。除了季节性的纵火案之外，他一直都在处理毒品、交通违章、奇奇怪怪的非法枪支、房屋失窃现场等等。但是现在，突然间，在他的辖区内出现了在逃杀人犯。

“所以你们绝对肯定不可能是那个男孩写的？路易？”

“他已经深度昏迷三个月了，连话都不能说，更别提是写信了。但是很显然，这封信完全是按照他的风格写的。所以无论写信人是谁，这个人都非常了解路易。”

“信里有没有什么威胁？”

我简单交代了信里的内容。

“我会设法同沙维福尔警探取得联系，”纳瓦拉说，“但是，除非我们能够确定这封信就是皮埃尔·德拉克斯写的，否则必须得把它看作是个独立案件。”

我告诉娜塔莉纳瓦拉在过来的路上，还有一个警察会负责盯好诊所，这时她才放松了一点，但仍然心神不定。在等待纳瓦拉时，我试着让娜塔莉再多跟我说一些她丈夫的事情。但是她不愿意。很显然，她不喜欢这个话题，一旦提到丈夫，她的情绪就混杂着恐惧、嫌恶和轻蔑。遇到他的时候是她人生中颇为艰难的一段时光，她刚刚从故乡巴黎搬到里昂——她必须得离开故乡，在那里，她的人生出了很大问题。他看上去像是个不错的男人，结果却是个自私鬼，极其自恋。他和路易一直关系不好。他酗酒，作为飞行员，他确实尽力克服了，但是当他控制不住的时候，就会狡猾地找到某种方式来克制并隐藏。有时候他很暴力。

我瞬间脸红，想起了那片瘀伤。我的目光缓缓挪向娜塔莉裸露的左臂。那块伤痕的面积似乎比之前大了一些，呈现变质般的深紫色。

乔治·纳瓦拉过来看信的时候，娜塔莉依然神思恍惚，纳瓦拉是个和善的人，有一双锐利的棕色眼睛。他问候了我们俩，抱怨天气太热。“戛纳附近着火了，”他说，“要是你注意听，能听到直升机的声音。”他拍了拍狗，问了狗的名字。很奇怪，那只狗好像很快就喜欢上了他。纳瓦拉在桌边坐下，花了很长时间研究信封。

“本地邮戳。”他自言自语。

他读了信的内容，非常专注地研究了一番，和我检查大脑扫描图时差不多。自始至终他都在轻轻抚摸着那只狗，狗狗的尾巴热烈地摇动着。

“太奇怪了，”他说着再一次把信对着灯光举起来，“还是用墨水写的。如今谁还用墨水写东西啊？”

“很多医生都用。”我说。

“你丈夫有钢笔吗？”他问娜塔莉。我发现他注意到了她的瘀伤，心中隐隐有些无地自容。

“什么？”她的声音好像是从远处飘来的一样，“我不知道。有吧，可能。他写字不多。”

他还问了更多问题，娜塔莉全程心不在焉，很显然她的思绪正在别处漫游。没错，她怀疑这封信就是失踪的丈夫所写，因为他是唯一可能做这件事的人，或者想这么做的人。不，跟他的笔迹完全不像，也不像儿子的笔迹。说话间纳瓦拉将信塞进了一个塑料袋，接着开始简单记录信息。在他这么做时，我想到了纳瓦拉小心翼翼没有去提的那部分内容。

达纳切特医生很想跟你做爱。

简直没法解释，宛如酷刑。事实上，我确实放胆去想象了一番——但此刻，这个念头似乎变得严禁触及。

相当严重的不当行为。不道德的淫秽之举。洞察我的心理是否有可能就是皮埃尔·德拉克斯的狡猾之处呢（或许是任何男人的心理，又或者是困窘的心态）？是他阻止妻子和其他男人之间发生点什么的方式？如果说其他理由很没道理，那这一个就说得通了。太痛苦了，我不得不提升对他的评估。他是在暗中影响我吗？偷窥并偷偷笑话我？

纳瓦拉写完了，沉默地静坐片刻，牙齿不断咬着圆珠笔。

“我认为，今晚最好还是别睡这里。”他对娜塔莉说。

这话让我松了口气，看得出，她也同样松了口气。如果丈夫正在偷偷接近她，显然不能留下她一个人。我建议她去诊所，有两间额外为家属设置的卧室，其中一间最近住了伊莎贝尔的父亲，但德拉克斯太太可以住另一间。我们达成一致，等她收拾好行李我就带她过去，明天早上她再回小屋来喂狗。到那时候，沙维福尔警探肯定已经了解了情况，她会从维希赶过来。乔治·纳瓦拉离开后，娜塔莉浑身发抖，叹了口气。

“我还是无法相信他竟然做了这种事。毫无意义啊。完全是矛盾的。但是，如果真的是他……我是说，还能是谁呢？”

她无须继续说下去。眼下，他很可能就在这里，在这个村子里，或者在莱拉克。意识到这种可能性的存在让人非常不安。

而更让人不安的是意识到我也在被人暗中窥视。我和娜塔莉的事情，德拉克斯究竟知道多少？

“我去收拾一下行李。”她说。

我差点就要给苏菲打电话说我不回家吃晚饭了，但马上又把这个念头否了，我知道到时候她肯定会一口咬定我是编了个逻辑不通的谎话，让我心里过意不去。所以我决定随她去。娜塔莉在楼上时，我看到小仓鼠在窝里做着某些令人费解的事情。它似乎正将所有铺盖从笼子一边挪到另一边。不知道为什么，这种举动让我非常在意。为什么一个小小的生物会想到这样重新安排家具呢？我瞥了一眼桌子上那堆书。都是关于深度昏迷的权威文本，但还有一些别的书，都是苏菲从图书馆大量借出来的那种书：《男人来自火星，女人来自金星》《灰姑娘情结》，看起来经常被翻阅。很显然，这些书对娜塔莉来说肯定非常重要，所以才必须跟着行李一起带过来。房间里到处都是路易的照片，一整面墙上都是。或许有点太多了，我心想，她对儿子是不是有点过分痴迷？或者仅仅是出于身为人母的骄傲？还有些别的东西：完成了一半的飞机模型。对一个九岁的孩子来说，其构造相当复杂，或许是和爸爸一起做的吧。

“仓鼠叫穆罕默德，”她回到客厅，发现我正盯着笼子，于是说道，“它的家叫恶魔岛。是皮埃尔起的名字。路易很喜欢。”她说着笑起来，“恶魔岛上的穆罕默德。”

她给狗狗留了食物，然后我们坐进了她的雷诺车。空气迟滞凝重，我摇下车窗，试试看能不能透进来一丝微风，结果只能隐约闻到烟味。我们沉默地往前开了一会儿。

“如果他醒过来……”她突然说道。

“只是有可能，不要太抱希望。”

我看着她的侧脸。

“但是我必须得知道，”她说着换了挡，开得很紧张——一个城市司机发现自己身处乡下，无法度量眼前的道路，“如果他醒过来，并且记得发生的事情，对他会有什么影响？差不多一年前的样子吧，美国那个病例，你肯定听说过。有个男人小时候陷入了深度昏迷，结果二十年后康复了。他醒过来，还能记得袭击者的名字，那些人都进了监狱。”

她说这些话时所展现的生气前所未有，整个人都好像活了过来。

“那想必算是巨大的成功吧？”

“但代价又是什么呢？你没看见吗？”她瞥了我一眼，然后又继续看路，“他自己的父亲？”

我什么都没说。我们抵达了医院停车场，把车停好后，她熄掉引擎，我们沉默地坐了一会儿，从挡风玻璃看出去，看着诊所外立面泛着光的白色。混合着夜晚的空气、烟雾、松林里的树脂气味，闷热的夜晚竟然还飘浮着一丝烟草花和茉莉花的香甜。知了高声鸣叫，空气因为即将到来的暴风雨而沉闷凝重。你能感受到某种情绪从骨头缝里渐渐孵化出来，可能是狂热的激情，也可能是恐惧。

“听我说，”她说，“我知道，他坐起来问起皮埃尔的那天，我确实反应过激。我道歉。可是我的第一想法就是要保护他。如果记得那天发生的事情，他该如何活下去？”

我不得不在心里暗暗承认，她是有道理的——但公然同意她的观点并没有什么用。我仰头去看聚集起来的云朵。

“正如我所说，他可能并不会带着完整的记忆醒过来。如果他确实都记得，那么，船到桥头自然直，我们顺其自然就行。”

“我们进去吧，”她突然说，“我觉得我们不应该坐在这里。”

正如纳瓦拉警长保证的那样，接待区有个警察，取代了之前的保安，他告诉我们，那名保安此刻正在楼里巡逻。我们径直去了病房，据夜班护士玛丽安娜说，路易整个晚上都没有动过。她说警察已经来检查过了，并且每半个小时会过来一趟。

玛丽安娜看起来很忧心。“可怜的路易。”她小声说。我没听清她的话。

“皮埃尔·德拉克斯可能会打电话来，”我提醒她，“如果是他的话，或者如果有任何人接通电话就挂断，或者不愿意说出自己的名字，就马上给乔治·纳瓦拉打电话，然后打给我。但是你是绝对安全的。”

客房在四楼，我从接待区拿了钥匙，然后和娜塔莉默默不语地乘着电梯。房间很大，但空空荡荡。她看到有水壶，于是要煮咖啡。我犹豫了一下，还是同意了。她又去浴室重新把水壶接满。

“娜塔莉，”她回到房间时，我缓缓地说，“我希望你能告诉我山上究竟发生了什么。”

她转过身来面对我，满脸通红，马上就显露出痛苦的模样来。

“我其实并不愿意聊这件事。”她轻声说，同时放好水壶开始烧水，在我对面的扶手椅里坐下来。她抬起头，坦率地对上我的目光。“真的非常痛苦。”

“我知道。肯定很痛苦。请原谅我。但是——你已经告诉过警察了，所以你也一定可以告诉我吧？我认为，作为他的医生，我应当知道。他的大脑里正在翻涌的事物可能远比我们认识到的要多。如果他真的从深度昏迷中复苏过来，那么大脑的状况就会影响他的康复情况。”

我看得出她正努力将眼泪憋回去。水壶开始伴着窗外聚集起来的风声一起低吟咆哮。我深吸一口气，缓缓呼出来，等待着。

“我们吵了一架。我和皮埃尔。路易讨厌我们吵架，他想阻止我们。”

“怎么吵起来的？”

“路易口袋里有糖。皮埃尔看到他吃了一颗糖，他一下子就火了。他不喜欢路易吃糖。他说我根本就没有好好把他养大。我压根就不知道他带了糖来。只是个小失误而已。但是皮埃尔就是不肯让这事翻篇。他唠叨个不停，因为各种各样的事情谴责我，说我是个坏妈妈。路易受不了，就朝着溪谷那边跑去。我们俩都追了上去。皮埃尔先抓到的他。他非常强壮。他抓住路易，把他往车里拖，说要带他去巴黎。路易想挣脱逃跑。但是皮埃尔在悬崖边上又把他给抓住了，两个人就扭成一团，然后……我没能及时赶到。”

她与我四目相对，因为痛苦而瞪大了眼睛。

“他掉下去的时候我看到了他的脸。他张着嘴巴，好像要告诉我什么似的，可是——”

她顿住了，我闭上眼睛。我能看到那个场面：父亲冲儿子大呼小叫，娜塔莉放声尖叫，男孩惊慌失措。可是，路易是在反抗的过程中失足了呢，还是被一个怒气冲冲的男人推下去的呢？那个男人因为太生气了，所以不管不顾地踢开了出现在眼前的一切？我等着娜塔莉告诉我更多，可是她陷入了沉默。我们听着沉沉雷声，坠入了各自的思绪之中。

“路易总是站在我这边，”最终她说，“从来不向着皮埃尔。我告诉过你，他们从来都不亲密。”

“为什么呢？”

水壶里的水开始沸腾，开关弹起。窗外传来爆裂的雷声，淹没了蝉鸣。娜塔莉闭上眼睛，说话的时候始终没有睁开眼。

“如果皮埃尔是路易的亲生父亲，那他们可能会亲密一些。可他不是。”

“什么？”我难以置信地问。在她再度开口说话之前，出现了漫长的停顿。她仍然紧闭双眼，仿佛无法直面我对这些话的反应。

“是别人。”

“是谁呢？”

“另一个男人，让·吕克。幸亏他是个局外人。本来不该如此的。”

“很抱歉。所以——”

“我在路易只有几星期大时遇到了皮埃尔，然后结了婚，皮埃尔收养了路易。但是有很多问题。让皮埃尔接纳路易作为自己的儿子其实非常困难。他——好吧，感受非常复杂。有些感受非常负面。路易不断遇到的这些事故——好吧，我开始认为那可能是路易取悦皮埃尔的某种方式。我认为马塞尔·佩雷斯也开始这样认为了。治疗进展缓慢，起起伏伏，然后——就停止了。”

现在轮到我保持沉默了，我要努力理解她刚刚说的那些话。那些话很重要。之前她没有任何理由透露这些信息，但是现在她有理由了，许多疑问因此豁然开朗。首先就是皮埃尔·德拉克斯对路易的负面情绪。

“警察注意到这个了吗？”最终我问她。

“当然。”

可还是有不太对劲的地方。那不可能是仅仅一包糖能引发的激烈争吵——上帝保佑，糖！——导致了这样一场灾难。

“如果路易让皮埃尔这么生气，我实在看不出来他到底为什么非要把他带走。究竟是为什么呢？”

她睁开眼睛，很惊讶的样子，仿佛这个问题荒谬透顶。

“他想要惩罚我，惩罚我们两个，为我们俩如此亲近，为我们深爱彼此，远远超过我们对他的爱，为我们根本不需要他，为了所有精神正常的人听起来甚至都称不上是理由的理由。但它们就是皮埃尔的理由。有些人需要人质。”

我想继续问问路易和皮埃尔的关系，还有路易真正的父亲，但是我忍住了。她无法再承受更多了，至少现在不行。她泡了咖啡，我们沉默地喝着。我怀疑她究竟有没有服用过菲利普·默尼耶给她开的百忧解，但我没法再问了，今晚我已经盘问她够多了。她挺直后背坐着，浑身紧绷，目光并没有落在任何实体上，仿佛败给了世界，也败给了自己。当我轻声问起她的家人时，她说明天会给在瓜德罗普岛的妈妈打个电话，让她知道发生了什么，但不会让她太担心。

“我得走了，”我对她说，“你在这里是安全的。”

我们同时站了起来，我走到门边，吻了吻她两边的脸颊。

“和你在一起我很有安全感。”她呢喃着，气氛忽然变了。她对我露出了略显悲伤的浅笑，在暗淡的灯光里，她心中的紧张似乎消弭了。她所拥有的美并非传统意义上的美貌，在那一刻，那似乎是一种儿童般的无辜，仿佛天使般纯洁。

突然间，我们之间未曾说出口的情愫如此浓烈，一触即发，我强迫自己抽身离开。但是离开之后，我生出某种感觉，仿佛有一团巨大而脆弱的云朵笼罩在了我们俩头上，比空气还要轻盈，还要无形。

回到家时，暴风雨开始了。时间已过午夜，可空气还是热得让人窒息。我去厨房给自己做了个三明治，却没什么胃口。我冲了个澡，然后蹑手蹑脚地从卧室门前走过，打算去客房。我没想吵醒苏菲，但她肯定听见了我的动静，因为卧室门打开了。她穿了件有年头的日式晨衣，我看得出她之前一直在哭。她从口袋里掏出一个四四方方的白色东西，无言地举起来，仿佛举白旗投降。那是一封信。

“这是今天寄给你的信，”她说，“我打开了。”我深吸一口气。

“你打开了寄给我的信？”

“因为看起来很有趣的样子，”她说，“我不应该打开吗？你最近的表现就好像在隐藏什么事情一样。难道没有吗，帕斯卡尔？”

这时我才注意到她喝酒了。

“给我看看。”我说着从她手里一把夺过信来。

信封和娜塔莉收到的那封一模一样。写下我地址的笔迹也和那封信一样疯狂。我默默读了一遍信，心脏如同慌张的拳头一样握紧又张开。

亲爱的达纳切特医生：

你本应好好照顾我，结果你一心只想和我妈妈做爱。离她远一点。如果你不这么做，就会发生可怕的事情，我可以向你保证。这是一个警告。赶快离她远点。

路易·德拉克斯

我闭上眼睛，试图稳住自己的呼吸。

“我要是没记错的话，你明明说路易·德拉克斯正在深度昏迷之中。”苏菲说道，语气在酒精的作用下含混而充满恶意。我觉得自己真要动摇了。没错，我隐约感觉到了。他应该是昏迷的。“你一直跟她在一起，”她没有等我回答，继续说道，“你一直和这孩子的妈妈在一起。”

我没有否认。坦白说，我也不在乎她怎么想。

“我看得出来。我感觉得出来。我了解你，帕斯卡尔。她钻进了你那同情心泛滥的愚蠢心脏。看看你吧。简直……简直不像话。我们俩都是，我们不能再这样继续下去。我不能。我做不到。我要去蒙彼利埃，和女儿们住几天。在此期间，你把自己的事情处理好。”

我没办法给她好脸色，虽然我知道，此时此刻她需要我的体贴。我们之间的距离太过遥远，而且还在不断拉远。此刻我们之间是一条深深的裂隙，我找不到通往对岸的路。我也不想到对岸去。她醉醺醺的样子让我恶心。

“我们早上再谈，”我说着转过身去背对她，“你最好去睡一会儿，不然你会宿醉。”

我拨通纳瓦拉在警局的电话，留了一条信息。我大概说了一下事情经过，然后提议早上见一面。之后，我躺在了客房的床上，身上只盖了一条床单，听到苏菲一直在啜泣，但是我没有到她身边去。我太累了，一想到皮埃尔·德拉克斯和他寄给我的信，我就心神不宁。然而乒乒乓乓的雨声让我睡不着，最后，我近乎懊丧地想到了自己的婚姻。真相是，我和苏菲之间曾经共同分享过许多，但那些东西我们如今都失去了。我们无法再让对方开心，曾经我们在起居室里跳舞，亲吻，将对方推倒在地板上，女儿们在楼上睡觉时我们在地板上做爱，如今我们再也不这样了。梅拉妮和奥丽娅娜现在分别是二十岁和二十一岁，她们已经离开了家。当我专心去想这些时，才意识到我是钦佩苏菲的，甚至是很喜欢她的。但是我爱她吗？这似乎是个无关紧要的问题，而我也无法再给出答案。我们之间有些东西确实已经消逝了，但其过程如此缓慢而寂静，很难明确指出是什么时候，以何种方式。我猜，是因为忽视吧。都是因为忽视。忽视会让你眼里什么都看不见。

更何况，我还爱上了另一个女人。

我睡得断断续续，总觉得有什么事情出了不堪设想的岔子，这种感觉一直紧追我不放，无论是内心还是外在。不知不觉间我看到了在布列塔尼度过的童年场景，可我刚一挣脱梦境的束缚，那些梦就纷纷碎裂了。我浑身无力，仿佛全身的能量流失殆尽。我灰心丧气地意识到，虽然有路易和他妈妈的吸引，我还是非常不愿意去诊所。这是一种神经衰弱。一想到我的深度昏迷病房和我在那里进行的工作，我突然间就打了退堂鼓。为什么，我摇摇晃晃地问自己，我是否太醉心于将人们的生命从那具躯壳里哄骗出来了？究竟谁才是与真实世界之间联系最弱的人呢，是我的病人还是他们的医生呢？思考这个问题时，内心深处仿佛有什么东西紧紧缩了起来。如今回头再看，我能明白，那天早上让我不堪重负且无法解释的恐惧是一种预感，我预感到了即将发生的事情。可我已经走上了那条路，再也无法回头了。

我走进卧室，苏菲还在睡觉，怀里紧紧抱着枕头。她看起来甜美而沮丧。对她我很是抱歉，并且为昨天晚上对她的厌恶感到羞愧。我知道离开家之前应该叫醒她，可我做不到。我轻轻吻了一下她的脸庞，她开口说话的时候我正要带上门。

“我还是要去蒙彼利埃。”

“我不会阻拦你的。”

“为什么不拦？”

“因为你想去。为什么要浪费精力跟你吵架呢？女儿们看到你会很开心。我今晚会给你打电话。”

“不要。别打。在知道你自己想要什么之前，不要打给我，帕斯卡尔。我认为你还完全不知道自己究竟想要什么。”

我什么也没说。和往常一样，她是对的。

才早上八点，但昨夜暴风雨送来的凉爽业已消散，太阳拼命发光发热，就连海鸥也沉默了。爬上山坡时，我嗅了嗅空气的味道。在松木和薰衣草的味道之下，我好像闻到了烟味，还是说我的偏执多疑让我觉得处处都是灾难？走进诊所的接待大厅可真是让人如释重负。白色的空间安定了我的心神，让我觉得超脱现实，白色总能起到这种效果。我花了几分钟看了看电视新闻，新闻证明了空气中的烟味并非我的想象。虽然昨夜大雨倾盆，森林火灾却依然在持续，目前风正从海洋吹往陆地，将熊熊烈火往我们这边推来。可是，外面的世界看上去就像月球表面一样不真实。我不自觉地哆嗦起来。经历了室外的炎热过后，空调的瞬间降温给我的血液带来了巨大灾难。

我希望能做一些轻松简单的工作，以便从容度过这一天。我顺道去看了一下新理疗师卡琳，她正在为伊莎贝尔工作。我站在门口，旁观了一会儿她的工作，打算进去。卡琳工作效率很高，毫不费力，她熟练地操作伊莎贝尔的四肢，同时还能够不断同她说话，不断鼓励她，并且还一直给助理费利克斯讲解治疗设备的不同功用。卡琳在美国待了一年后，带着一些有趣的想法回到了法国。在她之前的理疗师是个脸色阴沉的男人，我一直都不喜欢那家伙。他给病人按摩时太用力，仿佛他的秘密目标就是要制造出一支不省人事的健美运动队。当他决定退休，将更多时间花在自己的肌肉上时，我非常开心他放过了病人们的肌肉。

卡琳看到了我，于是走过来，热情洋溢地说起她打算额外订购的设备。伊莎贝尔的父亲埃里克·马塞洛特过来时，我们正在讨论一个全新的按摩浴缸系统的优缺点，他的到来打断了我们的讨论。他几乎没有看自己的女儿，伊莎贝尔的手臂和肩膀正在接受按摩，而他非常坚决地径直朝我走来。我之前对他有些疏忽。我疏忽了所有人。我请卡琳原谅，走过去同埃里克握手，与此同时也向他道歉，为我还没能在日程表上腾出合适的时间给他。但是我请他放心，我们现在可以谈谈。这个可怜的男人马上就要哭出来了。他告诉我，看到女儿目前的情况，他真的非常苦恼。他所看到的情况一直都让他相信，等她的体重恢复正常以后，康复的概率就会更大，可是现在，她虽然比以前动作频繁，但几个月来什么也没有发生。他很担心她的饲管，她的营养够不够？我尽我所能回答了他的问题，并建议他同前妻聊一聊两人之间的气氛。两人之间的别扭是否阻碍了伊莎贝尔的康复？是这个意思吗？极有可能，我说。要谈论这个问题确实很棘手，而这次与他的偶遇——我处理得很不好——也让我非常烦恼。这也表明我最近有多么懈怠。我一心只有路易和他妈妈，完全没有给予其他人应有的关注。像往常一样，雅克利娜一直都在做补位工作，但我必须得再次尽到本分，以免沃丹或者其他人注意到，自从路易来了之后，这一周我对患者和家属的日常生活有多么心不在焉。

埃里克·马塞洛特出神地望着窗外，我从他身边走开，去了病房。因为突发痉挛，路易仍然处于监测之中。但是我没有去他身边。虽然我对这孩子怀有善意，但现在看来，他似乎有了瑕疵，这种感觉就好像是那封信让我怀疑每一个人——包括他。真是荒谬，我竟然无法信任一个不省人事的小孩子。但这就是我的感受。

我在病房的办公桌边坐下，做了一些常规的文书工作，并且匆匆收集了一些伊莎贝尔·马塞洛特的信息。可是同一个问题依然不断敲打我，固执到令人不安：我是疯了吗？五分钟后，仿佛是为了回答这个问题，居伊·沃丹出现了，看起来疲惫而焦虑。我马上就警觉起来。

“真高兴逮到你了，”他说着坐在了办公桌另一头的椅子上，“我觉得我们需要谈谈，帕斯卡尔，”他边说边挠了挠手背，“可能有点尴尬，但是——好吧，昨天晚上苏菲给丹妮尔打了电话。她非常难过。她似乎觉得你和德拉克斯太太之间有暧昧。”沃丹重重叹了口气，“我是否应该假设她说的是对的？”

“看在上帝的分儿上啊，居伊！当然不是！”

这个误会让我暴跳如雷。（天哪，我们只是接过一次吻。一个吻算什么？什么都不算！）现在发生的事情非常荒谬，我对他说。我向他解释了皮埃尔·德拉克斯以路易名义寄出的威胁信。

“所以，无论发生什么事，肯定都是发生在皮埃尔·德拉克斯的脑袋里。他现在就是要把这份妄想传染给我的妻子，而她毫不犹豫地就给你的妻子打了电话。警察很快就会过来，你很可能要提高警备级别。”

“没错，”他心烦意乱地说，“我知道这件事。但是你看啊，苏菲说的话里有没有可信的地方呢？她似乎相当确定啊。”

“这是欲加之罪！”

“这是为了你好。”他说着压低了声音。那一瞬间我们同时扭过头，确认没有人能听到我们说话。“情况看起来可不妙，你知道的。这会让我们士气低落，其他患者家属已经注意到你的心思在别的地方了。你知道吗，一直都有些传言。就连杰西卡·法夫罗都有微词了，我可是知道她对你有多忠心。马塞洛特也不太高兴。他是一路从西班牙赶过来的。这一周对伊莎贝尔来说可能是关键性的一周。”

那一刻，雅克利娜回到病房，看到了沃丹脸上的表情，于是马上转过身去，去病房另一头埋首忙起来。她很可能也知道了。电话响起时，我很高兴它打断了我们的对话。我表示必须接电话，示意沃丹我们可以晚点再谈。

“好好想一想。”沃丹走的时候说。

“我是维希警局的沙维福尔警探，我听乔治·纳瓦拉说你也收到了一封信？”

她的语气相当有攻击性，语速快而尖锐，说话的同时好像正在敲键盘。我给了她肯定回答。

“如果你已经和娜塔莉·德拉克斯聊过，那你很可能已经听说了，就在几天前，他又让我们大吃一惊。”我对她说，一边在便笺本上胡乱写着“沙维福尔”几个字。

“是的，我都了解了。很有意思。告诉护士，要格外小心，全天持续监控。那么，你确定，路易是绝对不可能写那封信的？”

“简直无法想象。”

“但是他坐起来了，也说话了，据我了解是这样？找他的爸爸？所以他为什么不可能写信呢？”

“我们弄不清楚他的发作。但是相信我，周围有那么多人，他不可能在没有人看见他的情况下采取行动。”

“你说病房有运转正常的视频监控？”

该死的，我的笔漏水了，我觉得自己腹背受敌。

雅克利娜已经准备好了轮椅，正鼓励家属们推病人去花园里散散步。我推着路易，他正在听随身听，播放的是他妈妈录制的磁带。空气里同时有着焦煳与潮湿的味道。

杰西卡·法夫罗发现了我，连忙朝我走来。

“我非常担心娜塔莉·德拉克斯。”她说。

“哪方面？”我问。

“她不愿跟大家相处。太奇怪了。她不让我们任何人了解她。独自一人承受那种事对她而言真的太痛苦了，但是好像——”

“那就是她想要的？”

“是的。”

“这个嘛，或许目前我们应该暂且尊重她的选择。”我说。但是我听得出自己声音里的怀疑，所以杰西卡肯定也听得出来。有些事情不太对劲，有些事情让人耿耿于怀，我忽然觉得，我之前一直没有时间去细究一些事情。我找了个借口，推着轮椅朝观赏池走去，在那里，喷泉正戏耍光线，在各个方向映射出小小的彩虹。我推着路易绕水池走了两圈，然后找了一处长椅，给他读了几页《蓝色星球》里的内容。我和路易就坐在这里，盯着喷泉，不知过了多久。可能只有几分钟，也可能是几小时。我神思枯竭，试着去想象皮埃尔·德拉克斯现在的想法，揣测他的下一步动向。他真的有可能在暗中窥视我和娜塔莉吗？

如果真是如此，他现在距离我究竟有多近？

突然间，我仿佛能感觉到他的目光就落在我的背后，我连忙推着路易回到病房。

回到办公室工作了一小时后，雅克利娜打来电话告诉我警探已经来了，正在病房里。她就在那里，像检查钉在板子上的标本一样检查路易。我在远处徘徊，远远地看着她：她穿着蘑菇褐色的亚麻西装，正脱下外套，露出白衬衫和轮廓笨重的胸部，那样的胸部似乎会影响她的行动。

斯蒂芬妮·沙维福尔警探把外套搭在椅背上，继续对路易进行全身检查，不是医学上那种检查，而是像在检查一件确定无疑的证物。我想，从某种意义上来说，路易确实算是证物吧。她试着抬起路易的手，然后松开，看看会发生什么。陷入深度昏迷的人是没有反射作用的，至少她算是对这个发现感受颇深吧。我克制了想要介入的本能，看着她继续做检查，朝路易脸上吹气，确定他没有任何反应。接着，她将嘴巴贴在他耳边，相当大声地问：

“路易？你醒着吗？沙维福尔警探在这里。你能听见我说话吗？我想问你几个问题。”

我快步走上前去，清了清喉咙，伸出手。她从椅子上站起来，明亮的蓝色眼睛又一次震慑了我，眼神是那么澄澈，并且咄咄逼人。

“那么，你觉得德拉克斯是在跟踪她吗？”握手时我问她。她冷冰冰地仰起头看我，用让人无比震惊的目光打量着我。

“我到这里来是问你问题的，而不是刚好相反，达纳切特医生。”

她和娜塔莉·德拉克斯没有一点相似之处，难怪她们会有矛盾。

“尽管问吧。”我礼貌地说。

“你认为德拉克斯太太的精神状况如何？”

我示意她我们要换个地方，于是我们走到病房另一头，站在落地窗旁，朝花园望去。

“她心急如焚，这完全可以理解。”我对她说。我能从自己的声音里听出恼怒，还能听出，没错，确定无疑的自命不凡。可我似乎也无法平息这些情绪。“我认为，对一个数月以来一直处于极端高压下的人来说，她的反应是一种很正常的反应，此刻她可能正面临着压垮她的最后一根稻草。”

她紧盯着我：“你是否认为她就快要崩溃了？”

“不。我只是说她目前很脆弱。”

“但是，是否有可能，她实际上已经崩溃了呢？”

昨天早上，跑过橄榄树林时，我担心她自杀，并且内心非常赞同菲利普的诊断，她绝对应该服用百忧解。但是我不打算将这些告诉斯蒂芬妮·沙维福尔，至少不会告诉她这些话。

“我看不出她还能再承受这种压力多久。”

“我正在尽我所能解决这个案子，相信我，达纳切特医生。”

“所以你都去过哪儿了？”

“恐怕，我们不能向公众透露调查细节。”

“这我知道。然而，如果娜塔莉正面临生命威胁——比方说，如果德拉克斯偷偷潜入我的诊所，打算袭击她，或者路易——或者我……”

她和同事们一直都着眼于安全事宜，她回答。她已经和沃丹医生谈过了，到处都有皮埃尔·德拉克斯的通缉海报，当地所有警力都已投入其中，他们已经再次发布了通缉信息。剩下的只是时间问题了。我没有必要担心，他们会抓到皮埃尔·德拉克斯的。与此同时他的妈妈露西尔正从巴黎赶过来：来信事件之后他们又去找了她，她想看看路易。但是，如果能做好安排的话，最好别让她和娜塔莉见面。根据皮埃尔母亲的观点，皮埃尔·德拉克斯永远也不应该离开第一任妻子，娜塔莉就是儿子这辈子最糟糕的际遇，娜塔莉也是原话奉还给他妈妈。结果就是，身为奶奶，她几乎没怎么去看过路易。

“但是现在她决定来看看他。”沙维福尔说完了。

“皮埃尔·德拉克斯之前结过婚？”我问道，震惊于娜塔莉之前并没有告诉过我。还有什么事情是她没有提过的？但是沙维福尔并没有多做解释。她更想听的是，路易坠入溪谷这件事，我都了解些什么。

“我想知道娜塔莉告诉你的版本。”她小心翼翼地说明。

“为什么？”

“为了确定和她告诉我们的版本一致，德拉克斯太太就在犯罪现场，除她之外没有另外的目击证人，除非我们抓到德拉克斯，或者出现奇迹，路易醒过来，并且记得发生的事情。作为一个专家，从你的立场来看，这种可能性有多少，达纳切特医生？”

“微乎其微。”

“可是在突然发作的时候……”

“那次发作是个意外。我无法故作高深地进行解释。可能是一次强力的肌肉抽搐，短暂地回到了浅表意识——但这是相当反常的发作。不要寄希望于等路易醒过来，给你一个清楚明白的说法。这种事不可能发生。”

我们沉默地站了一会儿，琢磨着这个可怜孩子的困境。她再度开口。

“所以，关于她儿子的事故，娜塔莉·德拉克斯是怎么跟你说的？”

“说的不多。因为一袋糖果发生了争吵，然后丈夫和儿子之间就发生了肢体冲突，路易一直在反抗，因为皮埃尔突然要带他去巴黎，而他不愿意。”

“她有没有描述自己当时的位置，和他们两个人的相互位置呢？”

我摇了摇头。“我应该让她给我画一张草图吗？很抱歉，警探，我认为这应该是你的工作，而不是我的。”

沙维福尔警探轻轻用脚点地。

“我之前和居伊·沃丹聊过了。我得到的情报是，你妻子给他的妻子打了电话。她目前的状态是——担心你和德拉克斯太太……好吧，过于亲密？”

我有些惊惧，居伊到底为什么觉得有必要透露这种事？

“别担心，达纳切特医生。我无权做任何评判。”

我开始出汗。“我不觉得我们很亲密。”最终我嘟哝了一句。

“或许是吧。但是——好吧，既然你和她确实关系不错，而你也是她儿子的医生，所以我期待你可能会有不一样的视角可以帮到我们。”

“没有，”我肯定地说，“我觉得我没有。”

出现了片刻沉默。“我想劝你明智一些，”她慢悠悠地说，

“如果娜塔莉·德拉克斯对你说了什么古怪或者非同寻常的事情，或者说的话前后矛盾，我希望你能告诉我。比方说，糖果。”

“糖果？”

“吵架是因为一包糖果。你不觉得这有点非同寻常吗？”

“如果这个男人发狂了，那我不会觉得反常，不会。许多家庭成员的争吵都是因为非常荒唐的小事。”我冷冷地说。

“你知道路易其实不是皮埃尔·德拉克斯的亲生儿子吗？”沙维福尔警探缓缓问了出来，同时审视着我的脸色。告诉她我不知道的念头飞速从脑海中掠过。我不知道为什么会这么想，有时候我完全不了解自己。

“知道。”最终我这样说。我的声音听起来平静而遥远，一条巨大而贪婪的虫子正在我身体里飞速挪动。沙维福尔仍旧认真盯着我的脸色，观察着我的反应，并且毫不掩藏自己的目的。如果有可能的话，她恐怕会掏出一个放大镜，戳到我脸上。

“所以谁才是他的亲生父亲呢？”我故作轻松地问。她微微一笑。

“你正一点点地了解德拉克斯太太，”她说，“或许这个问题你该问问她自己。”

“你是提议让我暗中监视她吗？”我突然怒火中烧，问道，“给你干活儿？”

“不是。但你表达出了想了解更多事实的意愿，不是吗？”一阵沉默。“如果她告诉你皮埃尔不是他真正的父亲，那她很可能也告诉了你，当路易还是小宝宝时，她是打算让他收养路易的，但后来她改变了主意。”

我双手交叉在胸前，但立即又后悔这个肢体动作出卖了我自己。

“没有。这我不知道。但是我并不惊讶于她没有告诉我这件事。这件事相当私人，你不觉得吗？”

“没错，确实是私事。”

“那个叫佩雷斯的男人，”我说，“那个心理医生。我有兴趣跟他聊一聊。”

“非常欢迎，”她说，“给我的办公室打电话，会有人给你他的号码。但是他可能会拒绝。”

“为什么？”

“佩雷斯状态不好，”她说，“路易的治疗没有成效。开头似乎还不错，但是德拉克斯太太不太开心，所以最终把佩雷斯给炒了。事故之后，她去见了他，指责他没能治好路易。他很难接受，放弃了所有工作。”

“那他现在做什么？”

“喝酒。”

我的上帝，我心中惊呼。真是越来越不堪了。我站起来，声称有大量工作要做，所以必须离开。从沙维福尔警探身边走开时，我能感觉到她的眼睛像激光一样穿透了我后背的血肉。

等我回到办公室，诺埃勒对我说乔治·纳瓦拉过来了一趟，想要一份所有和路易有接触人员的笔迹样本——所有病房里的护士，包括只见过路易一次的卡琳。诺埃勒把我写的某封信的复印件给了他，还有菲利普·默尼耶寄来的新年贺卡。所有东西都会被送到里昂的一个警方笔迹学家那里。好吧，我心想，至少斯蒂芬妮·沙维福尔警探做事还算认真细致。我发觉自己想起了苏菲。此刻她肯定已经到了蒙彼利埃，很可能正和梅拉妮还有奥丽娅娜在她们最喜欢的某个海滨餐馆里吃午饭。我在脑海中勾勒出了她们三人分享菜肴的画面：一大盘海鲜，全都是蟹爪、贝类和三角柠檬块。肯定有白葡萄酒、流言蜚语，首先必定是笑声开场。阳光照耀着她们的脸庞。我很好奇苏菲会在何时告诉她们，又会告诉她们多少。全部，我猜，她们之间没有秘密。

当天下午我决定在家写完材料。苏菲不在家，我可以将整个家据为己有，也可以比在诊所更专心。但这并不是我想离开诊所的唯一理由。我选择了穿过村庄的那条路，没有走近路。天气酷热难耐。一来到大广场，我就去了市政厅外面的布告栏。热浪滚滚，广场仿佛不真实的幻象。通缉海报展示了娜塔莉爱过并与之结为连理的那个男人的脸。黑色头发，四十出头，看得出曾经英俊的脸庞：颧骨突出，额头高耸，眉眼深沉。那张脸上有一种力量感，是我未曾想到过的力量。我挪不开眼。他目光坚定地回望着我。有那么一瞬间，我感受到一种突然并且毫无道理的嫉妒，紧跟着便是一种极度厌恶之情。不，找不到更恰当的词了。这就是我此时此刻深恶痛绝的男人，这家伙试图杀死自己的儿子，现在又来威胁我。就在此刻，他很可能正在跟踪娜塔莉，或者筹谋对路易不利，抑或两者兼而有之。他知道我是谁，并且明白我对他妻子的某些感情。他希望我停止这些感情。我汗如雨下，转过身去，瞬间将我淹没的恐惧令我羞愧难当。

娜塔莉打算在诊所里再住一个晚上。我们达成共识，等我写完论文的最后一个字就过去看她。她又将头发盘成了一个发髻，突出了清晰干净的鹅蛋脸。她涂了之前涂过的深红色口红，身上穿着中国丝绸做的绿色连衣裙。她小心翼翼地看着我，仿佛有点尴尬，并且笑得很紧张。她似乎是为了我特意打扮一番，可是，我虽然注意到了这一点——至少从某种程度上来说注意到了——但我心神不宁，并没有什么荣幸的感觉，也没有感觉到往常那种吸引力。事实上，我心烦意乱。她没有告诉我的那些事让我心烦意乱，甚至连她告诉我的那些事也让我心烦意乱。一想起皮埃尔·德拉克斯的脸我就坐立不安，那张脸似乎已经自作主张地寄宿在了我的脑海之中。同时我也很生气：生娜塔莉的气，但那些事根本就不是她的错，比如苏菲和丹妮尔推心置腹——其直接结果就是让我对娜塔莉的个人兴趣变成了令人头痛的公共事件。我知道为此生娜塔莉的气是不理智的，但我控制不了自己。在她看到我的那一刻，肯定也看到了我鲜明的情绪，因为我不擅长隐藏情绪。她示意我坐在椅子上，自己则坐到了床上，飞快地说起话来，语气里充满了歉意。

“我很抱歉，帕斯卡尔。我知道，我应该告诉你更多事情才对。只是——那段时间真的非常难熬。”

“所以路易真正的爸爸究竟是什么人？”我厉声问出这个问题，带着一丝微弱的怒气，我们俩同时吓了一跳。她扭过头，转了转项链。又是假指甲。绿色玻璃珠，和裙子的颜色一样。她为什么要为了我而打扮？不知怎的，我觉得这一举动让我既困惑又恼火，仿佛无法解决的百科填字游戏。

“是我的前男友，”她说，声音似乎在颤抖，“之前我告诉过你他的名字了。让·吕克。分手之后，我不希望跟他有任何关系，但他一直——”

她停下了，完全转过身去，这样一来对着我的就是整面后背。她的骨架是那么瘦小，那么脆弱。我究竟在做什么呀？我的怒火根本毫无根基，她根本没有理由非要把痛苦的过去告诉给我。我觉得自己柔软了下来。

“和我说一说也许会有点用。”

“没用的。你得相信我。”

“可是如果其他人知道——”

“其他人不知道，”她尖锐地打断我，“这是有理由的。”

“但是作为他的医生，”我有些无力，“作为你的朋友，我希望……”

“我确实有必要对你和盘托出吗？”她脱口而出，同时转过脸来面对我，痛苦似乎灼伤了她的双眼。

“没错。”我只能这样说，“或许你确实应该说出来。”她深吸一口气，脸颊变得通红。

“我被强暴了，行了吧？现在你满意了？”她的声音低沉嘶哑，身体忽然松懈，垂下头，肩膀绝望地颤抖。我真是个后知后觉的傻瓜，竟然没能看出来，竟然没能发现她的脆弱极有可能勾起男人心底最深的恶意，就像善意一样。

“对不起。”我说着伸出手去，紧紧握住她的手。

“现在你明白我为什么不想提了吧。我没有意识到自己有可能怀孕，”她毫无抑扬起伏地说道，依旧垂着头，“或许也有可能，但我无法面对这念头，所以无视了那些征兆。等我反应过来的时候，要流产已经来不及了。”

“你从来没有告发过这件事？”

“没有必要。永远也没有必要。如果是你了解的人，是你以为自己曾经爱过的人，那你不会这么做的。我只想继续自己的生活，所以我去了里昂生活。我在那里生下路易。独自一人。我妈妈在瓜德罗普岛，而我姐姐并不想知道我的事情。”

“你真的非常勇敢，能留下路易，”我声音柔和，说得小心翼翼，“鉴于——”我拖着长音，因为找不到合适的词。她扭了扭肩膀，呼出一口气，仿佛精疲力竭。

“谁告诉你的？”

“沙维福尔警探。”

“她无权这样做。”

很显然，回忆这一切对她而言万分痛苦。她几乎在我面前折叠起来，头发垂在脸上。我看到她瘦削赤裸的胳膊上浮起一层鸡皮疙瘩。那块瘀痕现在是触目惊心的青黄色，而我一看到那块印记就因自我厌恶而微微哆嗦。

“所以之后发生了什么？”我小声问。

她缓缓坐直身子，看着我的脸，将头发从眼前拂开，此刻她的眼睛红红的，妆都花了。她看起来很糟糕。我心中涌起了强烈的同情，或者是爱吗？我分不清，但也不重要。

“我已经准备好把他送出去了，在他只有三个星期大的时候。可是打算接走他的那对夫妇——”她顿了片刻，无法继续。我伸出手去，温柔抚摸她的头发。发丝稀疏，像密密的网一样脆弱而美好。“我改变了想法，行了吧？就是这样。你看，这种事情我确实没有办法……”

我试着探过身子，将她拥入怀中。她没有推开我。她又轻了许多，我能感觉到。她的全部重量不过就是那副骨架。

“你不喜欢他们？”

“不，不是那样的。他们很幸福，”她低声嗫嚅，“他们是对开心的夫妻，或者说，看起来是那样。因为彼此而幸福，为得到一个孩子而幸福。”她努力克制自己的声音，“浑身都洋溢着幸福，”她说，“他们拥有我想要的一切。”

我将她抱得更紧了。

“我之前根本没有好好看过路易，”她说，“没有好好观察过他。但那一刻，我开始好好看他——我的意思是，把他当作儿子那样去看他。那是属于我的小东西，是我可以对他好的小东西。无论我是怎样得到他的，都可以学着去爱他。或许，我也会遇到一个男人，他愿意开开心心地给路易当爸爸。我意识到，我根本无须去想路易究竟是怎样来到这世上的。我心想，我只要像他们一样就好了，我只要爱他就好了。而我就这样做了。我决定留下路易。”

“所以你遇到皮埃尔的时候……”

“我把一切都告诉了他。他完全把路易当作自己的孩子来看待——起初是这样。他一直都很想要孩子。”

“他在第一段婚姻里没有孩子？”

她僵住了。

“我猜又是沙维福尔警探告诉你的凯瑟琳的事情？”

“是的。”

“她怎么说？”

“没说什么，只说皮埃尔之前结过婚。”

“没说别的？”

“没有。怎么了？”

“没什么，只是觉得我的整个人生都是由——一些掠夺者在支配。”说罢她抬起头，对上了我的目光，一动不动。出现了片刻沉默。

“也包括我？”我缓缓问道，“你要说的就是这个吗？你不会以为我会——”

“我看得出你是怎么看我的，”她说，“在我带着路易过来的时候就看出来了。你看到了——我的——破碎。”

我仿佛被人打了个耳光。她所说的话中是否有一点点是真相呢？我真的是个掠夺者吗？“很抱歉你这么想，”我鼓起勇气，因痛苦而脸红，“因为我最不想的就是这样，而且我也觉得自己绝不是这样的人。”

她闭上了眼睛。

“没关系的。我可能对你不太公正。如果是这样的话，那我道歉。我一直……和男人相处都不太顺利，就是这样。”

她当然不会顺利。

突然间她露出了笑容，给了我一个爽快的假笑，我已经渐渐了解了这种笑容，她之所以这样笑是为了用勇敢粉饰痛苦的面庞，可惜并不成功。我为她感到心痛不已。在我思索下一个问题时，我们之间出现了一阵短暂的沉默，我不太确定是否还能进一步逼问她。

“所以……我想问的是，事情是从什么时候开始不对劲的？就是皮埃尔和路易之间？”

“很早以前了。路易不断生病，不断出事故，是个很难带的宝宝，也是个很棘手的小家伙——他总是——怎么说呢，他总是很难对付。这就意味着我没办法出去工作。于是皮埃尔就开始怀疑路易的行为问题是不是因为遗传。他开始对路易生气，而他越是讨厌路易，就越是想通过和路易一起玩一些男孩子的游戏来遮掩过去。但凡看到他们在一起的人都会觉得他是个完美无缺的爸爸。从某些方面来讲，他也确实是。但是表面之下，他这个人变化无常。于是我就想——我就想我必须得尽快怀孕才行。生一个属于我们俩的孩子，这样事情才能回到正轨。但是我们生不出来。”

她似乎非常难过，仿佛失去了一切，不堪一击。那一刻，我忍不住去触碰她，亲吻她。我就是忍不住。这样做之后，我感觉到我正以一种新的方式将自己献给这个女人，一种我此前一无所知的方式——有谁像她这样需要过我呢？我渴望——发自肺腑地渴望——弥补所有男人对她做过的坏事，包括我，弥补她勇敢承受的全部不公。我希望亲手将她的世界变成快乐的天堂，我想看到她露出笑容。我知道，如果我足够努力，如果我足够爱她，我就一定能拯救她。她肯定也感觉到了，因为她允许我拥抱她，而且，她似乎也在用自己的方式回抱我。我们躺在床上，亲吻着，彼此紧紧依偎。我用双手穿过她的头发，将脸埋进她稀疏的金色发丝中。一遍又一遍，我亲吻她的手臂，亲吻我自己留下的伤痕，并暗自发誓，这个女人再也不会受伤了，无论是我还是其他男人，都不能再伤害她。永远也不能。她的幸福就是我的使命。

我们缓慢、温柔而又热烈地做爱。她哭了，但那是如释重负的泪水。我觉得自己也要哭出来了。我不知道如何形容自己的感受，但那种感觉把我压倒了。我必须得离开。“我有些糊涂，”我说，“事情发生的速度——”

她微微一笑：“没关系，我也很糊涂，你走吧。”

我还是没有告诉她我爱她。我仍旧没有勇气对自己承认这一点。但我会承认的。或许终有一天，她也会打开心扉，爱上我。

离开她后，我一直留在诊所，和路易待在一起，握着他的手，思索白天发生的事情。我肯定是在某一刻睡着了，因为醒过来时，护士已经换了班。

“你又梦游了，”护士说，“我就随你去了。”

“我去哪儿了？”

她微微一笑。“真的非常奇怪。我是说，让人有点困惑。你一直坐在椅子上，就在路易旁边。然后你站了起来，走到这张桌子旁。我在桌子另一头。一开始我以为你醒了，但是你走路的样子有点不对劲。雅克利娜说过，你最近梦游过，提醒我们你可能还会梦游。”

“我都做了什么？就这么坐着？”

“坐了一会儿。然后你就拿出了处方纸，写了个处方。接着你又把纸窝成一团，扔进了废纸篓里。接着你又站起来，走回椅子那儿，一直睡到现在。”

“我得看看那个处方。”

“当然。”她顿了一下，面带古怪的微笑看着我，“我有点好奇，所以就看了。希望你不要介意。你写的完全是一派胡言，达纳切特医生。你自己看了以后肯定会笑的。”

她从废纸篓里找出那张纸，在我面前展平。看一眼就够了。我试着挤出笑声，但没能成功。

“不要告诉任何人这张纸的事情，”我低声说，“好吗？”

我努力让语气显得平静，但又无法自控地满头大汗。因为，那笔迹虽然不是我的，但那巨大的、歪七扭八的字迹却相当眼熟。

胰岛素。氯仿。砷。沙林毒气。羽扇豆种子。

我还填写了患者名字：娜塔莉·德拉克斯太太。

她说我还太小了，根本记不住，那时我只有八周大。当时的症状很像婴儿猝死综合征：我无法呼吸，双肺像两坨肉做的大口袋。吸入空气，袋子鼓起来，呼出空气，袋子就瘪下去。从出生起，我就常常睡在她的床上。小宝宝都喜欢和妈妈一起睡，大大的床上只有她和我两个人。

那时爸爸还没有出现。我以前从来没有告诉过你，是吧？但是现在你知道了。可能你都已经猜到了。有时候，我觉得你能猜到各种各样的事情，路路。在爸爸出现之前，只有我和你。你是不会记得的，因为你太小了，还只是个小宝宝。我之前没有告诉你，是因为我不想让你难过。但是现在我可以告诉你了，不是吗？我现在可以告诉你许许多多的事情。

反正，那天晚上我差一点失去你。我很多次都差一点就失去你，但那次是第一次。

可怜的妈妈，她的心肯定一直都提在嗓子眼里。

她说她忽然醒了过来，不知道为什么。正是夜半时分，一切都不大对头，然后她才意识到我正挣扎着想要呼吸，因为我发出的声音不是小婴儿的吵闹，而是在挣扎的吵闹。

我打开灯，尖叫起来，因为我知道我有可能在睡着的时候翻身压到你身上，可能是我的错，我可能不适合当个妈妈，就像我姐姐说的那样。那就是我的第一想法。你脸色发青，肺部吸不进足够空气。我马上就叫了救护车，他们过来，把我们拉走了。你差点就死在了救护车里。他们不得不把你连到一台人工呼吸机上，让你的肺能重新工作。他们把你带走，我就坐在医院的休息室里，哭个不停。我哭得太厉害了，过了一会儿眼泪就哭干了，心力交瘁。后来我给一个见过的男人打了电话，见他的时候你还特别小，只是个小小的婴儿。他过来了，安慰我，整个晚上都和我一起待在休息室里，和我一起等着，看你能不能熬过去。我们坐在一起，整个晚上他都握着我的手。

然后，医生过来时，他错以为我们是夫妻。他以为那个男人是你爸爸。我们当时都哈哈大笑起来，但，不管怎么说，他确实成了你爸爸。也就几个月之后，我们一起搬到了摩天大厦区，之后我们就结婚了。我以为那是我们身上可能发生的最好的事情，因为我们必须得成为一家人。我们需要这样一个善良的男人，需要他来照顾我们。爸爸的前妻的事的确让人遗憾，但是你也看到了，他并不是真的爱她。他只是以为自己爱她。他爱的人是我，哪怕还没有遇到我的时候，爱的也是我。是我和你。

“我不明白她在说什么，”我对古斯塔夫说，“我耳朵旁边尽是这些蠢了吧唧的废话。”

“你没必要听，”古斯塔夫说，“她又不会知道。”

“她什么都知道。”

“不，年轻的先生。孩子们总是认为爸爸妈妈无所不知，但事实上，并不是这样。”

雅克利娜在按摩我的手臂。感觉不错。雅克利娜身上有薄荷糖的味道，她想当所有人的妈妈，哪怕是那些大人她也不放过。她的儿子保罗死了，可她还是会和他讲话。大部分人不知道人能这么做。我以前也不知道，我只知道《医学百科全书》和《动物世界：超凡脱俗的风景》之类的书，其他东西我一概不知。但是我现在越来越擅长了解万事万物。

“你看起来应该去呼吸点新鲜空气，帕斯卡尔。”她说，因为达纳切特医生进来了，他的名字是帕斯卡尔。她很担心他，她觉得他有点神经不正常。“你看起来状态很差。你睡够了吗？”

“没有。”他说。

“我把轮椅推来了，等警探过来的这段时间里，带他们谁去散散步怎么样？来吧，对你有好处。”

“我也去，”古斯塔夫说，“你去哪里我就去哪里，年轻的先生。我在达纳切特医生的办公室里发现了一个洞穴地图，就在墙上。我们可以好好利用它。你看。”他说着给我展示了一副镶嵌在框子里的画。

“看起来不像是地图啊，像是什么人的脑袋。”

“是地图，年轻的先生，相信我。”

“新鲜空气。”有人说，“天气不错。很热。酷热难耐。”

“我会带他去花园里转一圈，”达纳切特医生说，“如果他妈妈过来的话，就告诉她我们去哪儿了。我会给他带着随身听。”

“轮椅已经准备就绪啦。”

“是的，”古斯塔夫说，“我们要去某个黑暗的地方。只有你和我。某个没有阳光的地方。我知道这么个地方。就在那幅地图上。那里很冷，像冰箱一样。你能听见水滴声，还能听见蝙蝠叽叽喳喳。你喜欢蝙蝠，不是吗，年轻的先生？我要带你去那个洞穴，我要给你看看我用血写下的他们的名字。那是个很不错的地方，适合死掉。”

外面很热，你能听见鸟鸣，能闻到花香和烟味。这种感觉会让你想变成一个弱不禁风还总爱哭鼻子的小宝宝。我们好像是在轮子上移动，妈妈又在我耳边说话了，说的无外乎我是她最亲爱的宝贝，她永远爱我，发生在我身上的事不是任何人的错，不要担心，亲爱的，他们会找到他的，他们会把他关进监狱，然后我们又能一起生活了，我会带你去红海，和海豚一起游泳，我们会买辆车，一辆小巧可爱的红色跑车，只属于我和你。你知道吗，我亲爱的路易，如果你做了选择，而你的选择是错的，你就得背负这个选择继续生活。每个人都要背负自己做过的事情生活下去。你做了选择了，路易。那是你的选择。

而后她的声音变得有些不同。他吓到我了，路路。他吓到我了。他好像就在这里。我能感觉到他在筹谋不好的事情。我能感觉到他在编织谎言……

“别听她说就行了，”古斯塔夫说，“你可以听我说，或者听达纳切特医生说。你可以默默数到一千。你想怎样都行。只是别听她说了，好吧，年轻的先生？”

“我爸爸喝太多啤酒、红酒和干邑白兰地，”我告诉古斯塔夫，“他危害到了自己的家人，但是我不在乎，因为我很想他。每当我想到他，就像喝下了一大口滚烫的鲜血。”

“我们就走到这里吧，坐一会儿，”达纳切特医生说，“路易，你知道吗，我收到了一封非常古怪的信，你妈妈也收到了。我很好奇，你是不是知道点什么？”

“什么也别说。”古斯塔夫低声说。

“不，你当然不知道，你怎么可能知道呢？你是不是觉得我疯了，路易？你觉不觉得，你的医生睡着以后竟然给你妈妈开毒药，这是不是有点不正常？”

“嘘，”古斯塔夫压低声音，“别说话。这会破坏规则。”

“反正，我带了《蓝色星球》来，听听这段：1998年，生物学家注意到生物对一具灰鲸尸体的掠夺。首先抵达尸体的是端足类虫子，只有几厘米长的甲壳纲动物，它们有尖锐的嘴巴，可以扎进肉里……”

他不停地念啊念啊……

“你知道什么有意思的故事吗？”达纳切特医生念书的时候，我问古斯塔夫。

“我可以给你讲《小王子》。这个故事我记得滚瓜烂熟。”

“那些太幼稚了。爸爸总是想给我读小王子的故事，因为跟飞机有关。”

“还有星球，一个男孩，一棵猴面包树。那个故事包罗万象，”古斯塔夫说，“不过，可能你现在长大了，不喜欢这个故事了。那好吧，还有个别的故事。有一个小男孩，他有很爱他的爸爸和妈妈。你想听这个故事吗？”

“不，不要听那个。那故事的结局不好。”

“结局不是一定不好，”古斯塔夫继续说，“你可以自己选择结局。你想要什么样的结局都可以。”

“它们紧随深海鱼类而来，其中许多都是食腐肉的专家，嗅觉十分灵敏。”

“做问题儿童的妈妈非常不容易，”我告诉古斯塔夫，“有时候非常危险。她无法与之搏斗。我知道她尽力了。我知道的。”

我真希望可以透过绷带看清他的脸。地面崎岖不平，空气中弥漫着薰衣草香和呛人的烟味，如果我能睁开眼，就能看见橄榄树，看见布满沙砾和鲜花的花园，那些花朵就像绽开的小小黄色烟火，或许还能看见大海，看得更深，看到海面之下的生物。

“它们当中有很像鳗鱼的蒲氏粘盲鳗，它们将自己的身体扭成一个结，借此获得额外的扭转力，从而能够撕下腐肉。下一个抵达的是格陵兰睡鲨，它们大口大口地撕咬尸体。一旦第一波美食被纵情享用完之后，另一组行动缓慢的腐食者便会抵达：海蛇尾、多毛虫和螃蟹，它们慢吞吞地剥光这只鲸鱼，只留下干干净净的白色骨架，就像插图里画的一样。

“我知道那幅图，”我对古斯塔夫说，“是海底的一些鲸鱼骨架。是被寄生生物吃干抹净的死尸。活着的东西也能被寄生生物吃干抹净。聪明的寄生者不会破坏宿主，宿主是它的生命之源。聪明的寄生者会尽可能让自己的生命之源活得长久，因为，一旦宿主死亡，寄生者就得寻找另一个宿主，如果找不到另一个宿主，它也会死的。”

“我们再走一走吧。”达纳切特医生说着推动我的轮椅，古斯塔夫也一瘸一拐地跟了上来，他沉默了很长时间。然后我们停下了，达纳切特医生说：“薰衣草，你能闻到吗，路易？”

我能，就在我的鼻腔里，但是我没办法告诉他。

“她爱你，年轻的先生，”古斯塔夫说，“她很想你。你可以试着回去，但是一切都会不同于以往。你知道的。”

“我知道。”我说，而后我们又开始往前走。

“当我在洞穴里的时候，这就是我全部的梦想，和像你一样的小男孩、和我的妻子一起走在花园里，”古斯塔夫说，“我们是个小小的家庭，我们三个人手拉手，小家伙在中间。我们会数到三，然后把他荡起来。他很喜欢那样。所有小孩子都喜欢那样。”

“我知道这个花园里每一种植物的名字，”达纳切特医生说，“每一株植物，每一棵树，每一丛灌木。都是因为拉维尼娅。她是我的一个病人，是个园艺设计师。深度昏迷了六年。我们经常一起研究植物，她送了我一些盆栽树。我想你一定会发现它们的有趣之处，路易。真的是艺术，你必须得给它们修剪根系。”

他的声音听起来好像就要哭了。我们慢慢地沿着诊所绕了一圈。前门像乐高模型一样，是纯白色的。白色的石头上写着大大的字，“地平线诊所”，下面则写着鬼魅一般的字，“绝症医院”。

“你知道这里曾经叫绝症医院吗？”我问古斯塔夫。

他什么也没说，他很擅长沉默，他开始咳嗽，有东西从他的嘴巴里喷出来，掉在了砂石地上。他好像是吐了，但其实不算呕吐，只是吐出了满是水草的脏水。

“是的，我知道，”当我们将达纳切特医生抛在身后，消失在树林时，他说，“我知道它以前叫那个名字。我是个绝症病人，年轻的先生，但你不是。”

现在我们已经把达纳切特医生远远抛在了身后。医院和花园都在远处。古斯塔夫走在我前面，我们进入森林，你能看到他的脑袋因为绷带的关系像个灯泡一样，鼓胀，苍白。到处都是树，很热，可能还有蛇，这就是蝰蛇会栖身其中的那种地方。蝰蛇的背部有锯齿形花纹，也可能是直线型花纹或者点状花纹，它只要一口咬下去，就可能要了一个孩子的命，也能重伤成年人，尤其是老人和体弱之人。

“我们搜集松果吧，”他说，“点火用。”

这主意很不赖，于是我到处跑着搜集松果，专拣个头最大的。我们把拣来的松果码成一堆，于是松果堆越来越大，你也可以把它们一个叠着一个放，它们会彼此勾连，也可以放棍子或者树枝进去，总之松果堆越来越高，直到跟我一样高。

“妈妈肯定不喜欢，”我对古斯塔夫说，“她讨厌我玩火。”

“那你呢？”

“我很喜欢。我希望终有一天能成为一个纵火犯，可以杀死所有敌人。”

他递给我一盒火柴。

“那就从现在开始。”

于是我点燃一根火柴，放在了松果堆的最下面，塞进里面的细枝和枝杈之中，火焰在松针里悄悄流窜，火星飞溅，而后呼呼燃烧起来。我们亲眼看着它带着滚滚热浪和火红的光芒爆裂开来，嘶嘶作响。

“现在它们会一路烧下去，”古斯塔夫说，“它可以完成一切你想做的事情，在这个地方，情况就是如此，年轻的先生。来吧。我们要去黑暗的地方了，是地球上最黑暗的地方。你信任我吗，年轻的先生？你必须得确定你信任我。人们会说我把你偷走了，但事实并非如此。你知道的，对吗？”

我知道，即便我看不到他的脸。于是，我拉住他的手，穿过树丛，向山下走去。

我回到办公室，呆坐了半小时，试图想明白究竟发生了什么。但我的思绪就像无脚蜥蜴一样孱弱无力，胡乱摆动，毫无头绪。黄昏降临，窗外的落日依旧热烈，向松林和远处山坡上的葡萄园投射下橘色的光线。我检查了一下盆栽。槭树情况很糟，五片叶子无精打采地垂着，病恹恹的。我为什么会在睡着的时候给娜塔莉·德拉克斯开出那些可笑的毒药呢？还写下了那两封信——其中还有一封是给我自己的？要么就是我疯了，要么就是路易·德拉克斯在利用我。可是，如果真的是他干的，谁又会相信我呢？娜塔莉显然不会相信，沙维福尔警探也不可能相信。

诊所最近重新布置了安保系统，安保部门每日会更换视频监控录像带，换下来的录像带要在相关病房锁上一周。录像带更换是在六点钟。我一直等到八点护士换班才回到病房。两名护士都在病房另一头忙着，所以我去了办公桌边，迅速打开最底下的抽屉，锁定最新的录像带和上周四的录像带，悄悄塞进了自己的口袋里。我有点头晕，可是竟然没有因为自己的所作所为感到害怕，真是太奇怪了。我在渐浓的暮色之中走回家去，四周是没完没了的蝉鸣，我闻到了烟味，比以往都要浓烈。夜晚的高温令人心绪难安。

没有苏菲的房子大而空荡。我走进客厅，倒了杯绿茴香酒，而后坐下来，看当天的录像带。虽然我也不清楚自己究竟想看到什么，但还是非常紧张。脑海中似乎有另一个我试图置身事外，嘲笑我的荒谬。摄像机是固定的广角，路易的床就在画面最中间。我看着黑白画面猛地从一帧跳到另一帧。路易像往常一样躺在床上，面色苍白，一动不动，但是你能看到其他床上偶尔有些动静，尤其是伊莎贝尔。我一直在快进，直到我看见自己进入病房，突然出现在路易床边，坐了下来。画面有点模糊，但是我憔悴的模样让我为之一震。我已经变成这副模样了吗？其他人会怎么看我？我按下播放键，仔细看着。我看到自己从公文包里拿出一本书，开始给路易读。我再次快进，直到某个瞬间，我看到我的肩膀似乎松垂下来，书从膝头滑落到地板上。我闭目坐着，但是什么事都没有发生。录像画面里夜班护士进进出出，伊莎贝尔不安地动来动去。突然间，画面跳到下一帧时，我已经站了起来。我走到办公桌边，拿起纸笔，飞快地写着什么，而后狠狠撕下那张纸，攒成一团，猛地扔进垃圾桶，再回到椅子那儿坐下。由于录像的延时性，整个过程看起来不过几秒钟。我倒带回去，又看了一遍。我拿笔的姿势有点奇怪。一开始我没能辨认出那种笨拙，直到我突然想到——

我是右撇子，但录像里我是左手拿笔。难怪我写出的字迹那么奇特。我不用再去看另一盘带子了，我知道里面会有什么。

我站起来，浑身热血上涌，直冲头顶。我摇摇晃晃地迈开步子，幸好及时走到浴室，吐在了马桶里。我迅速做了清理，刷了牙，用冷水拍了拍脸，心脏狂跳不已。

然后我给女儿们在蒙彼利埃的公寓打去电话。电话响了很久，无人应答，就在我要挂断的时候，梅拉妮睡意蒙眬地接了起来。知道是我后，她开始长篇大论地指责起我来。妈妈现在正处于非常时期，她说，甚至想着在蒙彼利埃找份工作。她希望我好自为之。这是不是所谓的中年危机之类的?

“我能跟她聊聊吗？事关重大。”

“现在是晚上一点，爸爸。再说了，她也不想跟你说话。”

“有些事情我必须得告诉她，”我说，“我可能有麻烦了。是诊所的事。”

“什么麻烦？是和让你神魂颠倒的那个名叫德拉克斯的女人有关吗？”

“不是，是和她儿子有关。那个孩子。听着，很抱歉打扰了你们，亲爱的。告诉你妈妈我来电话了，还有——转达我的爱。”

“你的爱？我们全都在生你的气，爸爸。”我听得出她的声音在颤抖，“生气，而且失望，难过，还有——”

“我知道，”我说，“请你们理解。生活如今一团糟。我正努力找一条脱身之路。拜托了，梅拉妮——”

她挂断了。我又给自己倒了杯酒，打开收音机听新闻。八处森林火灾席卷普罗旺斯的不同地区。有两处火势仍然肆虐，脱离控制，而较大的那处火灾离诊所只有十公里，就在戛纳西边。

一切都会像一场火灾一样天翻地覆，我心想。一处风光，一段婚姻，一次人生。

我不知道该怎样继续。我对笔迹学一无所知，在我眼中这从来就不是一门精密科学。那两封是我梦游时用左手写的，上面的字迹如醉汉所写、四仰八叉，那位警方笔迹学专家是否有可能将这些字迹和诺埃勒提供的日常笔迹样本联系起来？我不知道。但我必须得假定有这种可能——如此一来，我能持有监控录像带的时间就非常有限了。

第二天一早，搭车去里昂之前，我确认了一个地址和电话号码，带上了录像带、皱成一团的处方和那封恐吓信的复印件。

当天下午的研讨会在俯瞰罗纳河的索菲特酒店举办，我很难将注意力集中在“意识积聚”的演讲上。演讲不是很顺利。我的幻灯片有点混乱，好几张都错了顺序。通常我都很乐于接受挑战，当众演说，而且非常享受这个过程，愉悦程度简直让人匪夷所思。但这次却不。这是一次严酷的考验。有好几处我都讲得磕磕巴巴，说到某一点的时候还弄掉了一页讲稿。自始至终我都觉得自己好像是站在远处观望自己，站得很远，但还不够远，还能注意自己糟糕透顶的表现。就这样一个参与者甚众的会议而言，演讲结束后的掌声显然过于稀疏。之后的提问我应对得也不好，要么自我重复，要么就丢失重点。我的心思完全在别的地方。

会议结束后我四处寻找菲利普·默尼耶。我以为他肯定会来参加会议，那样我就有机会就德拉克斯的病例向他多问些内情。可我并没有看见他，于是我查看了登记名单，他的名字并不在列。我非常懊丧，同时还怀有一丝期待，他说不定会出现呢。我在吧台徘徊，直到有位女士突然过来搭讪，我在学生时代曾同她有过一段短暂的恋情。她滔滔不绝地告诉我她的事业发展，她最近的第二次婚姻，对方是个儿科专家，和他在一起非常开心。他们有五个孩子，正打算带孩子们去加利福尼亚度假。可是我难以集中精神听她说了什么，她不停摇晃的耳环也让我心烦。她整个人看上去艳俗而粗浅。我意识到，我很想念娜塔莉，我想念她悲伤的面庞。当我想到她，心脏便绞成一团，奇异地混杂着幸福与痛苦的滋味。而后我又想起了昨天晚上打给苏菲的那通电话。我站起来，觉得自己在吧台的剪绒地毯上稍微晃了晃。我到底想要什么呢？

“你的婚姻怎么样？”夏洛蒂问，仿佛是在揣测我的心思。

“非常好。”我语焉不详地敷衍道。

夏洛蒂面露微笑，仿佛是在等我说更多，但是我并不想编造更详细的谎言，也不想说出真相，所以我找了个借口离开了。我一点也不想参加会议晚宴。我脑袋里装了太多东西。

七点钟，我来到了摩天大厦区，坐上了嘎吱作响、让人犯幽闭恐惧症的电梯，这是一栋老旧的公寓楼，坐落在马勒塞布街上。我在门口等了片刻，几乎都要放弃了，就在这时，门开了一条缝，昏暗的走廊里，一个男人赫然耸立在我面前。很显然，马塞尔·佩雷斯没想到会有人来造访，还是个完全不相识的人，并且完全没有打招呼就找上门来。我没想到他会比我高，但他确实比我高。他也很年轻，刚刚四十出头。

“我是达纳切特医生，”我对他说，“我正在负责路易·德拉克斯的治疗。我能跟你聊聊吗？”

马塞尔·佩雷斯有一张娃娃脸，脸上阴云密布，油腻腻的头发垂在额前，眼睛下面挂着沉重的眼袋，胡子至少有三天没刮过。他犹豫了一下，于是我给他看我带来的东西，是来的路上从卡西诺超市买的绿茴香酒。“我给你带了这个，我们或许可以一起喝一杯？”

奏效了。我走进房间，跟着他穿过狭小厨房，他一言不发地打开酒瓶，倒了两杯酒，示意我去起居室，那里有两把扶手椅，我坐进其中一把。所以这就是路易曾来接受心理咨询的地方，看起来不是很能鼓舞人心。在我们的开胃酒之前，这里有过白日纵饮的痕迹：一瓶绿茴香酒（我猜得不错）和半杯酒。

“坐吧，”他说着将酒瓶放到扶手椅旁边的桌子上，“请。”

我简单交代了路易的情况，并且告知预后不好。简而言之，对路易从深度昏迷中醒来这件事，我并不抱期待。

“可怜的孩子。”他低喃道，迅速挪开了目光。

“我听说你停了工作。”

“是的，”他沉重地说，“我停了工作。”

“因为路易？”可能是因为他那副失败者的举止——也可能是因为喝了酒——我开门见山。这个男人的状态看上去很糟糕。

“不，是因为他妈妈。事故之后她来见了我。”他说着与我四目相对，让我有些不安。他吞下一大口绿茴香酒，咳嗽起来，我看到他的喉结在挣扎。“她说她不希望这件事发生在别人身上。”

我看到窗台上放着一副双筒望远镜。书架上有关于原始艺术和艺术家生活的书，还有一些古典名著——大多是福楼拜的著作。有一整面书架上都是心理学书籍。但是这间公寓弥漫着一种禁欲主义的气息：墙上没有艺术品，除了一堆贝壳之外，几乎没有任何装饰物。

“我已经把能说的都跟沙维福尔警探说了，”他说，“我回答了她所有的问题。”

虽然他已经喝得有些迷糊了，但我还是能注意到佩雷斯和沙维福尔警探一样，凭着职业兴趣在打量我。我微微一笑，又喝了一小口绿茴香酒。这口酒瞬间上头，但我必须保持头脑清醒。我还没吃东西，得慢点喝。

“那么你会回答我的问题吗？”我问他。

“我想帮助路易，”他说，“如果可以帮助路易……”他的声音弱了下去，但仍旧盯着我的眼睛，他是想找出些什么来，“娜塔莉说我应当能预见这一切的发生。”

“你同意她的说法？”

“虽然同意，但可能不是你所认为的那种同意。我承认我把事情搞砸了。我误读了信号。我告诉过沙维福尔。”

“你是说，关于皮埃尔·德拉克斯？”

“关于所有事，”他说，“远比你知道的多。但是，我也得为自己辩护——”

“我并不是在责怪你，”我马上说，“这不是我来找你的目的。我不知道是否有人能阻止这一切发生。但是，请继续。”

“事实上，我一直都是稀里糊涂地摸索着。有些事情娜塔莉·德拉克斯本应告诉我。路易第一次来我这里之前，我问了大量和他有关的问题，但是有些决定性的事她并没有告诉我。那些事情我后来才知道，但我若当时就知道，那么我会用截然不同的态度去倾听路易。他时不时对我说皮埃尔不是他真正的父亲，而我只把这话看作是他的幻想。可是结果呢，他说的是实话。他也不知道那就是事实，但是他无意之中零七碎八地听到过一些，于是心中就拼凑出了真相。他拥有某种直觉，而且总是想着强奸这件事。”

他停下了，目不转睛地看着我，想看看我是否知道这件事。我缓缓点了点头。

“所以谁也没料到他竟然猜到了那么多事，”佩雷斯总结道，“他是个非常聪明的孩子。如果早知道他能猜到这种事情……如果我知道有那样的事情，那许多事情就都能对得上了。可那时我根本一头雾水。”

“你喜欢他吗？”我温和地问，“我从来没有真正见过他。他是个什么样的孩子？”

“心理极度不正常，不正常至极。他很擅长编故事。我从未弄清楚这些故事里有多少是真的，或者说是夸大其词的，又有多少纯粹是他编出来的，以及他之所以编造这些故事是否只是为了取乐，为了躲避那些让他痛苦烦恼的事物。”

“可是，你喜欢他吗？”

“我收钱不是为了喜欢他。我觉得他很有意思，同时也觉得他惹人生气。他有时候会攻击我，打碎东西。结束咨询不再见面后，他给我写了一封信。”

“一封信？”

我心里微微一沉。

“他特别喜欢写信。”佩雷斯拖着沉重的步伐站起来，走到房间角落的书桌边。他打开一个抽屉，抽出一张折叠整齐的信纸。“但这是他寄给我的唯一一封信。这是复印件。原件在警察那里。”

我看到那是非常典型的儿童笔迹：整洁，仔细，值得表扬。

“随信寄来的还有仓鼠便便，”他笑了一下，神色悲戚，“非常路易。我给沙维福尔警探看了。”

你真是个超级肥球大骗子，胖子佩雷斯。是你告诉她你再也不想见我了。是你对她说你受不了我了。她是这么告诉我的。而且你还说过，我们之间说的任何话都不会离开这个房间，这句话也不是真的。所以你真是个烂人。我希望你马上就死，或者得重病。

路易·德拉克斯

字里行间的愤怒震惊了我。这孩子究竟是什么人？他究竟经历了什么才能说出这么暴虐的话来？而让他受尽折磨的人又是谁呢？

佩雷斯用袖子擦了擦眼睛，发现我看见了，于是耸了耸肩，移开了目光。

“我也收到了路易的信，”我慢吞吞地说，口舌发干，“所以我才来这儿。我并不只是想问你问题，我是来向你求助的。”

他猛地转向我，满脸痛苦。“也收到了信？可是他正在昏迷中啊。”

我掏出那封信的影印本和那张处方给他看。他仔细看着这两样东西，我静静等着。

“我不明白，”他说着抬起头来，“你最好详细说说。”

“我以前会梦游，是在很小的时候，那是少年时代，而且现在已经有很多年没再梦游过了。但是最近，路易来了之后，我又开始梦游。但我其实没有去任何地方。我写了东西。我写了这封信——还有另一封，给娜塔莉的——还有这个处方。是睡着的时候写的，我还有一盘录像带，显示我做了这些事。”

他缓缓点着头，目光始终停留在我脸上。我看得出来，他感受到了一阵突如其来的激动，思绪剧烈翻腾。

“胰岛素。氯仿。砷。沙林毒气。羽扇豆种子。”他自言自语，大声读出处方上的内容。而后他猛地敲了一下桌子，我们的酒杯晃了晃。“是路易。毫无疑问。他对各种各样的事情都感兴趣。反常医学。毒药。很吻合。是他。真让人意想不到。还有信也是。是他。”

我登时松了口气。“我以为我快要疯了。”我坦白说。

他点点头。“你当然会这么觉得。而且你还没有告诉警探，因为你觉得她肯定不相信是路易干的。”

他只是在陈述事实，并没有责难的意思。

“是的。”

“完全可以理解，”他说，“但我们还是要未雨绸缪。”

我们聊了很久。他突如其来的兴奋感染了我。我一直因为发生的这些事而惴惴不安，困惑又焦虑——这件事对我的名誉有着巨大的潜在威胁，我本无力看开这一点。但现在，我开始以另一种态度来看待这件事。这是个机会，它暗示了路易是有希望的——而对于这个坚信自己将路易推向了濒死边缘的男人，他或许也能因此得到救赎。马塞尔·佩雷斯虽然略显醉态，却比我所预料的反应更敏锐，也更犀利。

“你是他的媒介，”他说，“是他同外界交流的途径。他注意到了你心里的一些东西。他要告诉你一些事情。按照他的那些说法，现在还只是个开始。这封信，”他坚定不移地说，“也是典型的路易风格。一个有着恋母情结的问题儿童。顺便说一句，他是左撇子。”

他顿了一下，似乎在用力思索。

“所以我应该怎么做？”

“你回去，尽可能多花时间和他待在一起。睡在病房，等他再这样做。他或许离清醒近在咫尺，比你想象的更近。还要小心娜塔莉。”

“小心她？”

“没错。小心她。虽然你已经爱上了她。”他温和地说。这是个陈述句，而非疑问句。我快速起身，打算离开。“这是你来到这里的另一个原因，”他继续说，“不是吗？路易说的难道不对吗？”

“真是荒唐。”我说着伸手去拿外套。

但是他并不买账，只是面露忧伤。

“好吧，这不关我的事，”他叹了口气，说，“但是你需要知道，她的复杂超乎你的想象，她比自己的儿子更需要治疗。家长们莫不如是。娜塔莉给人的印象就像是所有问题家长的集合体，但是——她总是在否认。是她打破了契约，不是我。是她不让路易再到这里来，那时我们确实有了一点成效。如今回看，我猜她是害怕路易觉察到某些事，从而将自己与强奸联系到一起。她不希望他再猜中更多。这是我现在的想法。而当时，我只是对这一切困惑不解。”

“你能责怪她吗？”

“我能理解。但是，”最终他说，“无论我怎么看待娜塔莉·德拉克斯以及她的精神状况，有一件事你必须得清楚。路易死了——差点就死了——是因为我。”

“是娜塔莉这么跟你说的？”

“是的，她就是这么跟我说的。她没有说错。”

“你真的认为他爸爸推了他吗？”

“是我把事情搞得一团糟，”他缓缓说道，“路易似乎和他爸爸相处得不错，但是比我想的要复杂。因为很多事情我还不知道。我花了很多时间去思考。我一直坚持认为是路易自己制造的那些事故。”

“你觉得他爸爸虐待他了吗？或者他们两人之中有人虐待了他？”

“我只见过他一年，所以没有办法说在那之前事情是怎样的。但是在我见他的那段时间里，我清楚地感觉到，都是路易自己干的。那是他吸引父母关注的一种方式。至于其他的我就不知道了。而且，我觉得我们也找不出答案，除非路易自己愿意告诉我们。”

我们告别时，他给了我一个悲伤的笑容，醉意蒙眬。

“有情况就告诉我，”他说，“在恐吓信的事情上，我会支持你，如果警察认可的话。”

我向他道了谢，便去了火车站，搭上去普罗旺斯的晚间火车，像沉甸甸的石头一样睡死了过去。

我肯定是在梦中重温了与佩雷斯之间的谈话，因为，几个小时后当我在凉爽的半满的车厢里醒过来时，我胸中竟还残留着一丝丝兴奋。佩雷斯让我乐观起来，此刻，面对发现更多真相的可能性，我不再是害怕，而是激动。我要去了解那个男孩，搞清楚他究竟想要说什么，与此同时证明我自己是无辜的。在我的同行听来，这可能有点疯狂，简直难以置信。说服沃丹就是个大难题，但是我肯定能找到方法。雅克利娜一定会站在我这边，这点我可以肯定。佩雷斯会支持我。火车停在莱拉克时，我又做了另一个决定。事实上，这个决定算是水到渠成，是我和佩雷斯谈话的结果。除了必要的工作之外，我目前不应该再和娜塔莉有更多接触。眼下她需要我的保护——分寸必须拿捏得当。在更进一步之前，我必须得处理好自己的感情，把我和妻子之间的种种捋清楚。

我的眼前浮现出苏菲远在蒙彼利埃的画面，她正和女儿们共饮一瓶酒，在床上读托尔斯泰，没摘眼镜就睡着了。我的心猛然跳了一下。

回到家后，没有她的房子格外空旷。我想着再给女儿们打个电话，但又打消了这个念头。如果真的和苏菲说上话，又该和她说些什么呢？我要疯了？一个九岁男孩通过心灵感应与我沟通？我绝望地迷上了娜塔莉·德拉克斯？

第二天我起得很早，七点就到了办公室。我决定谁也不见，埋下头来，远离麻烦，努力减轻娜塔莉对我的控制。我也不清楚为何会有这种感觉，但那对我们俩来说都不是好事。可是，只要一想到我们做爱的情形——她抱着我的方式，她如孩童般的啜泣——我就有点头昏脑涨。我把自己关在办公室里，告诉诺埃勒我正在写论文，除了紧急情况外不接任何电话。我确实有一篇要提交给美国一家神经病学期刊的文章临近截稿日期。

于是我就写起了文章。一直以来我都很擅于全身心投入工作之中，浑然忘我。诺埃勒敲门的时候已经十点钟了。她看起来受了惊吓，很慌乱。

“确实算不上是紧急情况，我也不想打扰你。但我觉得还是告诉你比较好。”

“什么事？”

“病房里出了点意外，可能现在还在继续。雅克利娜打了电话过来，她说你得过去。是病人家属的事情。德拉克斯太太。她好像被袭击了。”

我胸口一热，拔腿就跑。等我气喘吁吁跑到病房的时候，病房里一片混乱。沃丹在现场，沙维福尔也在，还有一个警察，应该是负责盯着路易的那个。没有娜塔莉的踪影。路易床边的桌子翻倒在地，一瓶鲜花——硕大的百合花，开着姜黄色的花朵——散落在地板上，泡在一汪水中，花瓣都被撕烂了，仿佛是争执中被狠狠踩在脚下。雅克利娜走到我身边，和我一起站在路易床边。

“我已经把凯文、伊莎贝尔和亨利挪到了理疗室，他们正在听音乐。”

“她还好吗？”

“我想应该吓得不轻。被玻璃划伤了几个地方，贝尔特正在帮她清理。”

“发生了什么？他怎么进来的？”

“不是他，”雅克利娜小声说，“是他妈妈。露西尔·德拉克斯。”

我顿时松了口气，短暂地闭了下眼睛。

“她进了病房，可是一看到娜塔莉就开始冲她嚷嚷，让她离自己的孙子远一点。娜塔莉当时正坐在路易边上，握着他的手，背对露西尔，在受到攻击之前她完全没反应过来到底怎么回事。”

我默默听着，一开始不明就里，接着，雅克利娜描述说那个老女人从背后抓住娜塔莉的肩膀，把她拽倒在地，用高八度的声音朝她恶语相向，听到这些我简直怒不可遏。娜塔莉想要挣脱，挣扎过程中碰到了桌子，打碎了花瓶。警察想把她俩分开，但是相当困难。

“路易呢？有什么反应吗？”

“一点动静都没有。”雅克利娜回答。

“谢天谢地。”

我难以置信地摇摇头，走到一边的法蒂玛身边，她正拿着拖把过来。沙维福尔警探走过来，加入了我们。

“娜塔莉呢？她怎么样？”

“乔治把她带回房间了。显然受了惊吓，但是没受什么严重的伤。”

“这么看来，这家人似乎有暴力倾向。”我们离开雅克利娜往前走时，我说道。我们心照不宣，朝落地窗走去。

沙维福尔耸耸肩。“我不知道，反正实际情况远比表面看着复杂得多。”

“你什么意思？”

“达纳切特医生，”我们穿过落地窗，来到露台，曝露于汹涌的日光之下，她说，“此时此刻，我必须要向你传达的是，但凡是和娜塔莉·德拉克斯有关的事情，真相都很难查明。以你的立场而言，你并不了解所有情况。”

“我猜你也是吧？听我说，以我的经验——”我开口说道。

但是她打断了我。“达纳切特医生，我必须得告诉你，昨天我们找到了一个非常有意思的新线索，是我们完全没有预料到的线索。娜塔莉·德拉克斯现在也知道了。”

“什么？”

“我们正在对证据进行更多调查，我们还在等待结果，”她说着摘下墨镜，目光越过花园，“可能一无所获，达纳切特医生。但是如果证据有用的话，一个小时之内我就会知道。”

笔迹学家的报告。我蓦地脸红了，小腹缓缓搅动起来。是时候坦白我所做的事情了，以及我是如何发现这件事的。佩雷斯会支持我。但是我没有这么做。我表示抱歉，说交稿期限就要到了，我得赶稿子，于是就留下她一人站在露台上，凝视被阳光吞没的地表风光。远处，黑压压的云朵正慢慢聚拢。

我坐到了路易旁边。

“我不知道你想做什么，路易，”我伏在他耳畔悄声说，“但是我在听。再和我说说话，可以吗？我知道你在尝试。我有麻烦了。我可以帮你，但你也得帮我。我们必须得帮助彼此脱离目前的状况。”

可他只是躺在那里，睫毛在脸部投下一片阴影，嘴巴微微张开，浅浅地呼吸着。

回到办公室，我往娜塔莉的房间打了电话，但是直接转入了语音信箱。我不能为此责怪她。我留了个简短的消息，听说她被人攻击我非常难过，有些事情必须要和她商量，很紧迫。我给她留了手机号码，让她给我打回来。

“请万分小心。”我说完了。

“我希望你——”

我用力闭上眼睛，挂断了电话。我究竟希望她做什么呢？爱一个睡着时给她写恐吓信的男人？

露西尔·德拉克斯太太七十多岁，目光坦荡，面目睿智，与我在心中所勾勒的大喊大叫的疯女人形象相去甚远，令我很是尴尬。她出现在我的办公室里让我心神不宁，同意见她、甚至允许她坐下来，这仿佛是某种背叛。但是她绝对有权来看望自己的孙子，并且同孙子的医生谈话。她从巴黎远道而来，看望路易。如果拒绝同她会面未免太没礼貌，而且不够专业。

“我听说了你和儿媳之间的事情，”握过手后我马上说，声音温和，但态度强硬，“我必须得告诉你，这类行为在深度昏迷病房是绝对不可接受的。在任何病房都不应该。”

“我知道。我诚心诚意向你道歉，”德拉克斯夫人说，“毫不夸张地说，我们见面真是剑拔弩张。娜塔莉千方百计阻挠我见孙子，我真希望你能明白。她告诉我，在皮埃尔……消失之后，她不希望我出现在路易身边。”

我不知道该说什么。我看得出来，这个女人肯定背负着巨大的精神压力。“你还没有见过他？”

“当然没有。”她怒气冲冲地说。我看得出来她就快要哭了。“没人见过。而且现在又有了新的证据……很抱歉。”她忽然顿住了，伸手捂住嘴巴。“我本来不想说的。很可能是伪造的线索，我一直都这样告诉自己。一直以来我都非常担心皮埃尔。现在就更担心了。那不像是他。”

“但是鉴于他的所作所为……”

这时她站了起来，言语间体现出强烈的自尊与愤怒。她的声音在颤抖，但强而有力，非常有说服力。“我的儿子并没有企图杀死我的孙子，达纳切特医生。他绝对做不到。皮埃尔远比娜塔莉更爱路易。你必须得相信我。”

说到这里，她哽住了。我伸出手去，隔着办公桌将手放在她的手臂上。我真心为她感到难过。

“请留下来。”我表示她应当坐回来。我并不想同她争吵，我已经筋疲力尽了。“我们来谈谈路易。”

我又煮了些咖啡——在咖啡因的作用下我微微发抖——我们稍稍聊了一下，消除分歧，然后我向她简单说明了预后情况。她的提问非常明智，而且一针见血。我问了她恐吓信的事。“你们认为信是皮埃尔写的吗？这种想法真是荒谬。”她说。

“这我赞同。”我说，内心充满歉疚。我本应告诉她的。可是我怎么说呢？我应该用什么语言去说明？她肯定会觉得我是精神错乱。于是我忍住了。反正她很快就会知道。这个“新证据”只可能是一样东西：笔迹学家把我给揪了出来。她证实信中的语气确实是非常典型的路易风格，用词“异于常人”，只有非常了解路易的人才能那样模仿他，和马塞尔·佩雷斯的说法一样。路易每年会给她写几封信，她说。是个非常怪异的小男孩，有点古怪，非常可爱，但也很棘手。“都是些感谢信，但是他总会写点其他东西——蝙蝠还有其他生物，或者他对学校的想法，还有世界的状况。是个很早熟的孩子，所以无论在哪儿都不适应，这也不奇怪。我常常好奇，他的亲生父亲究竟是个怎样的人呢？”

我差点被咖啡呛住。显然她不知道那个故事，但娜塔莉以为她知道。

“根据娜塔莉姐姐的说法，是个非常善良阳光的年轻人。”

“我以为她和她姐姐很疏远。”

“确实。但我还是很好奇，对这个跟我儿子结了婚的女人，我还是希望能多一些了解。所以我去见了她的姐姐。”

“什么时候？”

“四个月前，皮埃尔和我一起住在巴黎的时候。”

“那么，关于那个男人，她还说了些什么呢？”

“弗朗辛吗？她说的不多，只说了他人很好，发生的事情太不公平。这我同意。但是不管怎么说，如果没有他的话，我也不会有这么一个孙子，不是吗？所以我也没什么立场抱怨。”

“这是什么意思？‘发生的事情太不公平’？这种说法是不是有点过分淡化了事实，你不觉得吗？”她看着我，眯起眼睛，凝视我良久。

“那个故事有不同的版本，达纳切特医生。弗朗辛的说法和娜塔莉对我儿子的说法并不一致。可以说截然不同。她对我说——坦白说我从未怀疑过她——娜塔莉和让·吕克是恋人关系——”

突然传来一阵急促的敲门声，门被迅速推开。沙维福尔警探走了进来，面色苍白而严肃。

“不好意思，”她说，“我必须马上跟德拉克斯夫人聊一下。达纳切特医生，你介意我占用一小会儿你的办公室吗？私下用一下？”

真不是时候，我有点生气。我感觉得到德拉克斯夫人正要告诉我一些非常重要的事情，可能是我并不愿意听到的事实，但我或许应该知道。我走出办公室，去了诺埃勒的接待处。诺埃勒正急着想找人说话，此刻发生的一切显然让她兴致勃勃。

“可怜的孩子，”她说，“这么大吵大闹肯定让他很不好过。”

“他正处在深度昏迷中。”我提醒她。

“没错，但还是不会好过的。”

我意识到她并不打算从我这里获取任何消息，只是继续跟我讲她的家人，以及他们小小的成就。她的小孙子刚刚得了一块游泳奖牌。我祝贺了她。她的大孙子差点就考了全班第一，她的大儿子刚刚晋升成功。我再次恭喜了她。她觉得儿媳妇可能已经准备好再怀个孩子，此刻看来，一家人的未来稳妥了不少。我做出了我认为正确的回应，但我其实没有办法专心听她说话。就在刚刚，一阵撕心裂肺的哭声从我的办公室传来，接着便是一阵死寂，而后又是一阵恸哭。我和诺埃勒面面相觑，竖起耳朵，想听听蛛丝马迹，可是只能听到沙维福尔警探的轻声低语。

随后门打开了，沙维福尔警探走了出来。

“我能拿点纸巾吗？”她问。

诺埃勒默默递给她一盒。

“怎么回事？”我问道。可她只是沉痛地看了我一眼，又回到了办公室。

五分钟后，两人都从屋里走了出来。德拉克斯夫人似乎举步维艰，她脸上老泪纵横，眼睛失神地瞪着。当沙维福尔警探伸手想要扶她时，她却推开了那只手，随后又紧紧握住，像个快要溺水的人。

“我得带德拉克斯夫人到维希去，”沙维福尔警探轻声说，“乔治·纳瓦拉很快会和你联系，达纳切特医生。我想你应该知道为什么。”

说罢她们就离开了。

之后二十四小时内发生的事情在我的记忆中沉淀为一团模糊的画面与对话，如同我曾做过的噩梦的碎片，而我还没有从那个可怕的梦境里恢复过来。我是说，真正意义上的恢复，比如康复，遗忘，原谅，理解，释怀。那段时间极其模糊，在我的记忆里，那段时间的颜色宛如血色般的傍晚天空，反常的落日普照在一整天的怒火之上。

沙维福尔警探和德拉克斯夫人离开后，乔治·纳瓦拉就神色异样地出现了。他的样子有些怪，仿佛是努力想表现得正式一些。我很快就意识到他确实很正式。诺埃勒带他进来的时候，他咳了咳——是那种想要打破沉默的咳嗽，而不是清喉咙——但他什么也没说。我站起来迎接他，和他握了握手。最终他开口了。他说我得跟他去一趟莱拉克警局，有话要问我。诺埃勒正往我的储物柜里塞文件，听到这话惊讶地打了个嗝。于是她说了声抱歉就仓促离开了，留我一个人面对纳瓦拉。

“很抱歉。”他说。

我早就知道了，这就是宿命，只是时间问题罢了。但是，正如一切理论概念忽然间有了实体形态，这个事实还是令我震惊不已。我并没有受到任何指控，纳瓦拉宽慰我。但是有“一个问题”需要弄清楚，与恐吓信有关。笔迹学家的报告已经出来了，报告显示，给德拉克斯太太和我的那两封信都是我写的，却假装是路易所为。

“完全是无意为之，”我告诉他，“我的意思是，我在写那两封信的时候是无意识的。你能明白我在说什么吗？写信的时候我是处在生理完全无意识的状态下。”

乔治茫然地看了我一秒钟，而后忧虑地皱起面孔。

“我觉得你现在最好还是不要多说什么，医生，”他低声说，“我们这就去警局吧。”

出门之前，我让诺埃勒给在蒙彼利埃的苏菲打个电话，告诉她我去警局接受问话了，但我又转念一想，告诉她还是别打了。然后我又反悔了。“但是别让她担心，好吗？”

诺埃勒皱了皱眉头，看着我的眼神有一种愤愤的绝望。显然这一切已经超出了她的承受范围。她伸手去拿护手霜。

我们离开了诊所。纳瓦拉沿着白色的砂石车道缓缓开车，吉拉尔多先生正在检查薰衣草地的边缘，我们驱车经过时，他拔掉一棵薰衣草，若有所思地在指间碾了碾，又凑到脸上闻了闻。那一刻我是多么嫉妒他啊。我们的车从他身边经过，他看到了车里的我，便微笑着冲我招手。

“我必须得坦白，我真的很惊讶，达纳切特医生，”纳瓦拉说着换了挡，“你第一次因为信的事给我打电话的时候，演得可真不错。”

“那不是演的。听我说，可能你确实很难理解，但是我并不知道自己所做的事情。我是说，如果真是我做的话。这还需要进一步证明才行，不是吗？你看，我有梦游史。但是，我是说，我为什么要给自己写恐吓信呢？这是我无法理解的。”

“梦游，嗯？”纳瓦拉嘟哝了一句，而后默默驾车，陷入了沉思。

“可是德拉克斯呢？”最终我问他，“你们肯定还在找他吧？”

“不，”他说，“不用找了，不是吗？”

他向左转，开上了去莱拉克的路，加速超过了一辆载满木头的拖拉机。

“当然有必要找了！他还在潜逃不是吗？”

“事实上，并没有，”他说着边开车边转过脸来看我，表情犀利，是在探究我，“已经找到皮埃尔·德拉克斯了。所以沙维福尔警探才要来请他的妈妈过去，是带她去维希确认身份的。”

“找到了？那绝对是个好消息啊！绝对是——”

他打断了我：“我们说的是一具尸体。皮埃尔·德拉克斯的尸体。”

车子沉默前行时，我望着他干练而精明的侧脸，似乎没什么可说的了。皮埃尔·德拉克斯死了，所以他并没有跟踪任何人，也不可能写信，不会——

最终我说：“自杀？”

“这我不知道，”他说，“到目前为止，没有人知道。”

·

莱拉克警局很小，冷冷清清，信息栏上贴着通知，弥漫着颓败的气氛。在会见室里，纳瓦拉以一种生硬且官方的口吻对我说，警察笔迹学专家已经鉴定出那些字迹是一个右撇子用左手写的。

"不幸的是，那几天的监控录像带全都不见了。"他慢吞吞地说，然后顿了一下，叹了口气，降低声音，"你想跟你的律师谈谈吗，达纳切特医生，或者你觉得，那些录像带有可能在你手里吗？"

我看得出他是想帮我，但我不知道该如何让他帮忙。处在我目前的位置，怎么做才比较妥当呢？我应该将实情和盘托出吗？没错，是我拿走了录像带，因为我知道是我写的信。但我是在睡着的时候写的，是路易引导我写的？佩雷斯会支持我的观点，那天晚上在里昂他说了很多次。可是，我能相信佩雷斯醒酒之后依然会这么说吗？他还记不记得我的造访都是个问题吧？就老老实实地坐着，和律师谈谈，难道不是更好吗？优柔寡断的个性让我陷入了沉默，直到乔治·纳瓦拉叹了口气，说了声抱歉，他会离开，让我自己好好想想。某一刻我忽然听到了犬吠，我从小小的窗户看出去，看到了娜塔莉带着乔乔。她正在一位女警的搀扶下穿过走廊，眼睛红红的，神情很受伤，看上去比先前更瘦小，也更脆弱。我还记得她瘦弱的身体紧紧贴在我身上——皮肤和骨骼——瞬间如鲠在喉，火辣辣的。我想朝她呼喊，但我知道不可以。我要说什么呢？我猜他们肯定会告诉她找到丈夫尸体的事。他们肯定也会告诉她是我写的那些信，可能还会问她是否要提起诉讼。她肯定会觉得我是个变态。除非她像佩雷斯一样，相信那是路易在传达想法。她一定会这么想的。"我认为我的儿子是个天使。”她是否意识到我爱她呢？她感受不到吗？

就把路易看作一个病例就好，默尼耶提醒过我。

但是我没能做到。我突然冒出一个念头：菲利普肯定在路易身上看到了什么古怪，才会用他的方式警告我离远点。我曾经假设那是因为他爱上了娜塔莉。可是，如果是别的原因呢？我必须得跟他谈谈。

“你得休息一段时间，”居伊·沃丹一面说一面步履轻快地进了会见室，坚定地将手按在我的肩膀上，“我和纳瓦拉谈过了。很抱歉，帕斯卡尔。我确实不知道你竟然承受了这么大的压力。而且苏菲还去了蒙彼利埃……”

他没有必要向我说明在他心中我现在是崩溃状态。

“不是你想的那样。”我反驳道，但我知道根本无济于事。

“纳瓦拉跟我说了你的想法。梦游的事。但是很抱歉，我没法相信，”沃丹说着重重叹了口气，“我很欣赏你的工作，但在这件事上，你行差踏错。这样非常不专业。你看，眼下我有很多事情要处理，不能停下来闲扯。但是，你为何不休息几天呢，等回来以后把整件事写下来？从而能够客观一点进行判断。”

下一个来看我的是雅克利娜。她带了一大包黑提来，码在我面前。她在外面的路上碰见了沃丹，沃丹已经把我们之间的对话告诉了她。

“是路易让你干的。”她宣布，挑选出最好的提子递给我，还递给我一个锡质烟灰缸让我吐籽用。她看着我吃提子，就好像是在监督我吃药。我觉得自己像是个满怀感激的病秧子。

“但是居伊——”我开口了。

她嗤之以鼻：“你知道居伊那家伙的德行，他只求安稳。”

“告诉娜塔莉，”我说，“娜塔莉会相信的。告诉她吧，雅克利娜，拜托你了。”

她面露微笑，但是看上去犹豫不决。“当然。”她飞快地说道，又揪下一颗提子递给我。提子的颜色暗红如血。“想法一致的人越多自然是越好。这段时间我可忙坏了。苏菲从蒙彼利埃给我打了电话。她已经听诺埃勒说了。她很苦恼。我有种感觉，关于到底是留在蒙彼利埃还是回来，她摇摆不定。如果再通电话，我应该怎么跟她说？”

苏菲决定远离当前的局面，我可以理解。如果她现在回来，那么回来之后将面对什么呢？依然是那个她已经离开的男人，一个无可救药地爱上了娜塔莉·德拉克斯的男人。真相是，抛开我自己不说，抛开所有需要理由的本能，我已然屈服于某种我完全无法掌控的东西。我并没有改变。我也不想改变。

“告诉她我不会有事的。我只是想让她知道发生了什么事，仅此而已。”我想着娜塔莉。想着那些信。*离他远点。会发生可怕的事。胰岛素。氯仿。砷。沙林毒气。羽扇豆种子。*

路易让我给他妈妈开了毒药。“一个有着恋母情结的问题儿童。”佩雷斯说过。

深陷昏迷之中的路易·德拉克斯希望自己的妈妈去死。

但是为什么呢？什么样的孩子会想惩罚如此爱他的妈妈呢？竟然想要进一步伤害一个极度悲痛以至濒临崩溃的女人？

雅克利娜走后，我吃完了提子，把籽在桌子上摆成一圈圈的同心圆。这样做使我感到异常的慰藉，能够让我什么都不想。

古斯塔夫捡起一根巨大的松枝，上面带着一簇簇的松果，他用火柴点燃松枝末端，松针全都嘶嘶地燃起火苗。他高高举起松枝，不断挥舞，火星散落，呛得人直咳。

孩子们需要一个能够信任的大人。妈妈是这样说的。但这个人是谁呢？你又怎么知道能不能信任他呢？

“见过这样的火炬吗？”

“没有。真酷。”

他像爸爸常做的那样拉起我的手。不过他走路比爸爸慢，因为他腿瘸了。他浑身上下都碎了，枯瘦如柴，因为一直都在饿肚子。如果你推他一把，他肯定会摔倒，还没有一个九岁的小男孩结实。如果我们打一架，我很可能会赢，甚至可能不小心会杀了他。相信我，这种事是有可能发生的。有些人会被怒火冲昏头脑，根本不知道自己在干什么，之后他们悔恨不已，但是已经太迟了。

四周很黑，你能听到猫头鹰在鸣叫，闻到森林燃烧的味道，放眼朝山下望去，能看到有一小块地方摇曳着红色的光，那里就是我们点燃火堆的地方，已经很远了，但是也可能正朝我们靠近，因为火焰蔓延起来与洪水一样迅猛，而且它还能上山，洪水却不能，除非是那种被称为海啸的滔天巨浪，那种浪可以摧毁整个地区，比如好几个加勒比海岛。我握着古斯塔夫瘦骨嶙峋的手往前走时，渐渐明白了一些事情。我得告诉达纳切特医生，因为，若你感到危险靠近，那你必须得告诉一个大人，一个你可以信任的大人。但是他已经走了，我听不到他的声音了。他之前总是在，就像是在另一个房间，或者是和管虫怪兽一起待在水下。但现在他像星辰一样消失了。爸爸曾经跟我讲过星辰，天上有流星，你或许能看见它们，但是它们其实并不在那儿，你所看到的只是它们消失后留下的光。但有时候，你确实能见证一颗星辰的消失。你可以使劲盯着一颗星星看，然后眨眨眼，或者只是看向别处一秒钟，它就不见了。我肯定是眨眼了，或者是看了别的地方，所以达纳切特医生就消失了，其他人也消失了，妈妈和护士。绝症医院发生了什么？哪怕我想回去，把我必须告诉达纳切特医生的事情告诉他，可能也都做不到了。我能感觉到危险正渐渐靠近，我很害怕。

“差不多就在那边了，”古斯塔夫说，“跟着我，年轻的先生。”

但是他转眼就被树根绊了一跤，翻倒在地，这时我才看出他是多么干瘦，你甚至能看到他的肋骨。他躺在地上，咳出了更多的水草和呕吐物，这样一来我就更害怕了，因为他可能很快就会死，比我想象中快，我可能是在杀死他，或许这就是危险所在。我试着把他拉起来，但是做不到，他太沉了，所以我只好在他身边坐下，等到他自己调整好呼吸，然后我们才能继续上路。但这一次我们慢了许多，他全部的力气都像高级电池一样用光了。

之后我们也许是睡着了，因为我们是在一个陌生的地方醒来的。那里很冷，微微有些亮光，我们在一个斜坡上，往下看去，是一个巨大的幽深洞穴，洞口往外冒着冷气，仿佛一张冰冷的嘴正在往外呼气。

“在那下面，”他说，“我们得爬下去。我打赌你喜欢攀爬，年轻的先生。”

但是我很害怕。那地方看着太陡峻了，没人敢下去，尤其他现在浑身骨折，缠着绷带，力气全都用光了。我不想跟着他爬下去，我们要是下去了，该怎么上来呢？真是糟透了，我得和达纳切特医生或者胖子佩雷斯说说，这种危险的感觉就好像一条巨蟒紧紧勒住了我，能捏碎我的骨头。可是没有人可以倾诉，只有我和缠着血淋淋绷带的古斯塔夫，如果你做了选择，那就是你自己的选择，不是别人的。

“我讨厌攀爬。攀爬让我不舒服。”

“相信我，年轻的先生，”他说，“我会帮助你的，我会点燃一根火炬，你看。”

他拿出火柴，点燃了树枝顶端的那团松针，风呼呼地吹，松针噼里啪啦地燃烧着，爆出点点火星，像烟花一样嘶嘶作响，他的绷带看起来白得发光，但是上面的血迹却像泥土一样暗沉，像干掉的泥土。突然间我很想看看他的脸，虽然他根本就没有脸。

“从这里下去，”他说，“我先下，然后你再下。跟着我就行，年轻的先生。我们慢慢下去，一次挪一小步。最好是背过身去往下爬。找好立足点。”

他又稍微咳了咳，咳完之后，他爬到了悬崖边，开始背过身去，慢慢往下爬。他将松枝火炬高高举过头顶，火焰熊熊，噼啪作响，不断迸出烧着的松针。当他喊我的时候，我虽然很害怕，但还是跟了上去，因为我不知道除此之外我还能干吗。我像他一样背过身去往下爬，紧紧抓住岩石，手指扒进石头缝里——石头好凉啊，冷得像冰。下去的路很漫长，我害怕得很，胸口一片冰凉，脚也冻僵了。我浑身上下都冻得不行，抖个不停——是因为冷，也是因为害怕——火炬冒出的烟飘了上来，呛得我咳嗽起来。我们在几乎伸手不见五指的黑暗中不停地向下爬。古斯塔夫就在我下方，而你唯一能看到的只有松枝火炬上的火焰，我正一点点爬向危险，我能感觉得到。

“现在已经不远了！”他大声说，声音仿佛离我很远，“我在最底下，下面非常平坦。我要再点一根火炬，年轻的先生，这样你能把路看得更清楚。就是这样。只有几米了，就要到了。”

紧接着，我感觉到他骨瘦如柴的手抓住了我的肚子，托着我爬完最后一步，但他马上就跌倒在地，因为他不够强壮。我就这样站在了地面上，我们在一个山洞里，燃烧的火炬照亮了洞穴四壁，是像骨头一样的白色，我们仿佛置身于让人毛骨悚然的骷髅里。

“是这个地方吗？”

“是的，”他说，“可以听到水声，你听。”

于是我们静听水流匆匆，像是我之前听到过的某种声音，在很久很久之前，可能是爸爸洗澡时的声音。

“你一定要相信我，年轻的先生，”他低声说，“你一定要相信我爱你，我永远也不会伤害你。”

他便指向洞壁。

“就是那里，我用血写下了她的名字。还有我儿子的名字。看见了吗？”

我循着他的手指看过去。一开始根本看不到，实在太黑了，但过一会儿就能看见了。是非常巨大的字，高低不平，很粗糙，你以前绝对没见过这么大的字，血迹已经在白色洞壁上变得暗沉，就像他绷带上的血迹，他正动手拆掉绷带，一圈一圈又一圈，像意大利肉酱面。

凯瑟琳

路易

我盯着那两个名字看了许久，不停眨眼，我转过身去，他就在我身后。他已经拆掉了绷带，露出了面容。

一个小时后，乔治·纳瓦拉回来了，看上去比之前高兴，眼睛里闪烁着光芒。

“怎么了？”

“没什么，”他说，“不过我跟沃丹医生还有德拉克斯太太都谈过了。她有很多其他事情要忙，所以没空提起诉讼。虽然也有可能改变主意吧，但她现在的处境相当糟糕，这你完全可以想象。所以目前看来，你这边没什么问题了，如果你从诊所拿走的东西可以安然无恙地还回去。与此同时……”

他突然从带来的凌乱的文件夹里手忙脚乱地翻找出一沓文件，其中有一页《世界报》的文章。

“其实我应该对你保密的，帕斯卡尔，”他说，“但是我觉得可以让你看看这个，因为这个是公众报道。”他把报道递给我之后便离开了，并且迅速带上了门。

“山洞中发现神秘尸体”。我咽了口唾沫。读报道的时候我口干舌燥。在潘迪罗尔附近的奥弗涅山，一个洞穴探险队有了非常可怕的发现：在一处洞穴岩架上发现了一具男性尸体残骸。

男人也许是从悬崖坠落溪谷，而那处悬崖上遍布洞穴，有些高出水面三米多，潘迪罗尔当地的山区就如同一块瑞士奶酪。每当狂风暴雨席卷，水位便会升高，水流就会涌入整个洞穴，将其淹没。洞穴探险家们起初假设这是一位洞穴探险者的遗体。可是他身上没有装备，穿的衣服也不适合探险。看起来，这个死去的男人似乎是被溪谷里的水流冲进了洞穴里。

那个洞穴非常阴暗，基本没有地图信息，也不太可能进入。如果不是这些洞穴探险家自发对河流和洞穴进行详细勘探，这具尸体可能永远也不会被人发现。那是一个巨大的不规则岩洞，高高的洞顶上有一个小小的裂口，偶有一束阳光透过裂口落入洞穴之中。洞穴被一大群蝙蝠占据。把尸体从洞穴里弄出来困难重重。尸体腐烂严重，人们想进去又难上加难。最终，人们只能从岩洞上方凿个洞，通过狭窄的裂隙放下去一队人马。无论当时发生了什么，这个男人似乎都不是当场死亡，有证据表明他进入洞穴时仍然活着。

警察当即将尸体和皮埃尔·德拉克斯联系在一起，DNA 比对结果一出，他们就联系了皮埃尔的母亲和妻子，将这一发现告知了她们。

乔治·纳瓦拉回来之前，我将这篇报道整整读了三遍。

“那么，如果他进入洞穴后还活着，他又是怎么死的呢？所谓的‘证据’是什么？”读完后我问他。

“这就是他们还不能确定的地方，”纳瓦拉缓缓开口，“但是看起来很有可能……很有可能，他——”

他顿住了，朝窗外的葡萄园看了看。一排排平行种植的葡萄树向远处无限延伸，一直翻过山去，在炽热的阳光下闪闪发亮。

“他是饿死的，”他轻声说，“皮埃尔·德拉克斯是在山洞里饿死的。”

午饭时间一到，我便可以自由离开警察局。我的律师迈特尔·吉扬在电话中告诉我，信里并没有什么过分严重的威胁，我并没有什么实质的违法行为，只是从诊所借了点东西而已，而且是打算还回去的。娜塔莉·德拉克斯不太可能提起诉讼，再加上找到了丈夫的尸体，她要操心的事情已经够多了，绝对不至于闹到上法庭那一步。至于我的梦游说法，最好还是保持缄默，不然别人会觉得我是个疯子。他以经典的“就个人所见”来收尾。他说，就他个人所见，我似乎需要休息一段时间，他很高兴沃丹医生提出了这个建议。“有意思，我可从来没觉得你是个怪人呢。”他说。

“我不是，”我说，“我负责治疗陷入深度昏迷的病人。我有四盆盆栽。我按时纳税。”

“我不知道盆栽的事，”他说，“我应该重新考虑一下我的意见吗？听我说，好好休息一下，去地中海俱乐部[①]之类的看看。我听说土耳其很漂亮。带上苏菲一起。”

拿回随身物品后，我检查了一下手机。有两条留言。第一条来自苏菲。她的语气非常正式。她不明白究竟发生了什么，但她有权知道为什么会有警察牵扯其中，我应该打电话到女儿们的公寓里找她，把她应当知道的情况告诉她。第二条留言来自娜塔莉。我差点没听出她的声音。她是边哭边说的，那是愤怒的泪水。我很难受。我他妈到底以为自己在干什么，她是那么信任我啊。她当初收到信之后马上就给我打了电话，结果我就是写信的那个人。我简直比皮埃尔还变态。

我马上就给她打去电话，但是没有人接，所以我就给她留了言，冗长，言语芜杂，荒诞不经，我在这通留言里解释梦游的事，还有佩雷斯，以及我对她的歉意，表达了我希望帮她的心情，我希望她能明白那不是什么变态行为，而是路易，是路易在试着和她联系，和我们两个人联系……我还说我很想她。我很想她，很想她。我不知道自己这是怎么了，我明明努力不去想她了，可是……最终我挂断了电话，为自己的口齿不清与绝望感到惊骇不已。上帝啊，我真的知道自己在做什么吗？

回到诊所后，我悄悄地将录像带放回了抽屉里。病房几乎人去楼空，唯一的护士玛丽安娜告诉我会议厅正在召开紧急会议。

---

① 地中海俱乐部（Club Med），是全球最大的旅游度假连锁集团。

发现我进来的时候，沃丹眉头一皱，显然他没想到会看见我。他正在简述消防部门的建议：如果风还继续往这个方向吹，我们应当在明天尽早撤离诊所。大家都满腹牢骚。这是预防措施，他说。但是根据预测，以及目前大风的行进路线……

会后，沃丹把我拉到一边，对我说，无论警方调查结果如何，他都建议我暂且休息一下，我显然有个人危机，此时此刻我在任何人身边都不是件好事，我得整理好自己。他和戛纳一个不错的心理学家很熟。他写下名字和电话，塞给了我。

“去吧，帕斯卡尔，”他说，“我希望你能留在这里，相信我。但是你让情况变得很棘手。先去喘口气，然后再回来。”

“但是撤离……”

“我们可以应付。”

离开诊所的路上，我顺便去看了一下路易。除了胸口微弱的起伏之外，他没有任何活动迹象。他的脸上——阳光下皮肤如蜡般光滑——什么动静都没有，完全空空如也：一片空白，根本毫无意识。看得出来，不可能有人相信发生了什么。除了我，雅克利娜和佩雷斯，或许，还有他妈妈。虽然她的留言中充满了愤怒，但我还是怀有希望。她清楚自己的儿子和别人不一样，清楚他的能力。*也许路易之前确实死了，她说过，或许他是作为天使回来的。有这种可能吗？*

她显然很清楚他究竟想要做什么。

此刻她人在哪里呢？接受询问，我猜测，被迫重温山上那场噩梦，并且重新调整这场梦的内容，其中包括丈夫的亡故。他肯定是自杀的，对此我确定无疑。做出那样的事情，他怎么可能有脸活着？我的眼前浮现出沙维福尔警探审讯娜塔莉的画面。一遍遍重复同样的问题。娜塔莉时而垂泪，时而反抗，并且孤立无援。他们绝对不允许我接近她，对此我很清楚。我也不想再留什么语音消息。写信或许是个好主意。但与此同时，我必须要去做一些事情，在我尚能做到的时候。

我开车去了尼斯，搭上飞往克莱蒙-费朗的航班，然后租了一辆车，熟门熟路地开向那如迟暮美人般的维希——那是临终病人、半硬化病人和抑郁症患者的法国麦加[①]。拉维尼娅离开地平线诊所后，在这里待了好几个月，身处流动的来客与得到精心照料的病人之中，逐渐康复。我定时去看望她，所以渐渐熟悉了这座城市。

我知道该去哪里找沙维福尔警探，她肯定还在医院主楼的停尸房里，我猜德拉克斯夫人肯定还和她在一起。但是我要先见一个人。一小时后，我步行穿过城镇。这里比普罗旺斯凉快，但是墙壁和玻璃反射着刺目的阳光。维希笼罩着一种伤怀的美感。我向来喜欢它古朴体面的洁白，喜欢它闪闪发亮的现代派建筑边缘

① 麦加，位于沙特阿拉伯，是伊斯兰教的圣地。

那种参差不齐的冷淡感，喜欢它温泉水的味道，还有统治着大街小巷的香水味。我用手机往默尼耶的办公室打了电话。听到我的声音后，他重重地叹了口气。

“我就知道你会打给我。”

“我想见面。不，我们必须见面。”

“不能在我这里。”

“为什么？”

“反正不是个好主意，”他斩钉截铁地说，“听好，我会在温泉大厅见你。去那边，然后……喝点水，我会努力腾出时间来，你可以看看报纸。给我十分钟处理一些事情，好吧？”

我走进了散发着硫黄气味的阳光房，付了硬币，在休息处坐了下来。有些瘸子正用塑料杯或自己的小瓷杯小口小口地喝着臭烘烘的温水，有些人则把保温瓶灌得满满当当。异常炎热的空气似乎在真实与想象的作用下不停搅拌。

菲利普过来时，我有点不太确定是不是他，因为我一开始都没有认出他来。我把这个拖着脚、步履蹒跚、茫然四顾的男子当成了一个病人——他很像是在找座位——他太像一个刚刚离开轮椅然后很想坐回去的人。他比我记忆中瘦小了不少，头发也灰白了许多，像一张褪色的旧照片。

“帕斯卡尔。”他说着虚弱地同我握了握手。就连声音听起来也像是褪色了一般，迷失在某处。

“菲利普。”

我们在一张小桌子边坐下，麻雀在身边蹦蹦跳跳。水龙头下升腾起恶臭的蒸汽，凝滞了周围的空气。

“我一直在等你来，”他说，“我本以为你很快就会来。”

瘦削。憔悴。他好像在六个月之内老了十岁。

“你必须得告诉我娜塔莉·德拉克斯到底怎么回事。”我说。

他闭上眼睛，深深吸了一口气。我仔细地观察他，格外注意他外貌上的变化，这种变化总能出卖我们。他告诉我，路易在维希期间一直表现出复苏的迹象，这让娜塔莉十分焦虑：如果儿子从深度昏迷中醒过来，他的精神状态会如何，他都能记得些什么，这些都让娜塔莉忧心忡忡。

“我也看到过，”我说，“没什么好惊讶的。”

“她还声称她确定皮埃尔·德拉克斯在跟踪她。她说她觉得看到过皮埃尔好几次——但事实是，并没有别人看到过他。”他顿了一下，仿佛是在给我思考的时间，但我等不及了，示意他继续。“然后有一天，路易的情况突然恶化。除了他妈妈外，没有任何人在他身边。她一直说她看到了皮埃尔的踪影——但是，依然没有其他人看到过他，监控摄像头也没有显示他进入过诊所。你明白我在说什么吗，帕斯卡尔？那个窘境？”

我花了点时间才充分理解他所说的话。

“你是在说，事实上她——试图干扰路易的康复？然后怪罪给德拉克斯？”

“我不知道，”他叹了口气，摘下眼镜，用衬衫一角擦掉镜片上的雾气，“但是昨天，我在新闻上看到他们找到了他的尸体，我就没有办法不去怀疑了。她对医学所知甚多，超乎你的想象。你知道的，想做出那种事多么易如反掌。一点缺氧……永远不会有人知道，根本无法证实。”

“那你和她对质了吗？”

“是的，就是那个时候，她爆发了。她否认了，并控诉了我在专业上不称职。当时还没有皮埃尔·德拉克斯死亡的证据——我们都以为他在潜逃。所以那只是我的个人直觉，没有任何证据支撑。她很清楚。她说我是在中伤她。她变得歇斯底里，说我是要诬陷她，凡此种种吧。”

“你告诉沙维福尔警探了吗？”

他的目光与我短暂交汇，而后迅速挪开。当我们思索着他的失败所蕴含的深意时，彼此间横亘着浓浓的沉默，极不自在。

“你害怕了。”我直白地说。我完全可以想象得到。

“我当然害怕了，”他怒气冲冲地说，“从医学上讲，那些事情根本就不应该发生。那可以被轻易地认为是我工作上的又一次失误，或者说是我失职。她很清楚，所以利用了这一点。我已经宣布过一次路易的死亡，记得吧。想想看那是什么感觉。一点也不好。帕斯卡尔，听着，仔细听好，这可是我的事业啊。你肯定也会做出同样的选择。”

他直勾勾盯着我的眼睛，希望从我的眼中得到认同。但是我无法认同他。我绝不会做同样的选择。永远不会。我摇摇头。又是一阵沉默。时间不长，但气氛紧张。“所以你把路易转到我的诊所来，好摆脱掉她？”

我无法隐藏我的痛苦和愤怒。他脸红了，有那么一瞬间，我担心他是不是心脏不好。如果此时此刻他心脏骤停，我会帮他吗，还是眼睁睁地看着他痛苦得满地打滚？

“你知道这事没那么简单，”他的语气充满恳求，“他正朝PVS发展。这是医院的政策。她也希望路易转院。我们一拍即合。如果我闭嘴，她就不会指责我失职。我们都能放过彼此。”

我会眼睁睁地看着他满地打滚。

“谢谢。谢谢，菲利普。真是谢谢你！”好几个病人开始饶有兴味地旁观我们激烈的谈话。我和菲利普隔着桌子，本能地凑得更近了一些。

“帕斯卡尔，你必须得明白，”他说，“我的处境很不利。我什么都无法证明。我对付不了她。她的悲痛，她的愤怒，她的古怪——我一样都对付不来。整件事让我非常不舒服。我差点就要提前退休了。很抱歉，帕斯卡尔。我表现得很差劲。我应该提醒你的——但我内心真的很挣扎。我觉得我要疯了。你有没有过这种感觉，觉得自己就要疯了？”

我猛地站起来，撞倒了椅子，椅子伴随着金属撞击声翻倒在地。我把椅子扶起来，重重地靠在上面。人们现在已经毫不掩饰地朝这边看过来。

“我得走了。”我突然说道。

事实是，我觉得此时此刻我就要发疯了。我必须得离开这儿，努力把我刚刚听到的那些话给想明白。周围的世界飞速旋转，但我不能任其发展。我必须得守住我所熟悉的生活，我所熟悉的娜塔莉。我爱她，了解她。我对她的爱让我认识到她的本质。菲利普没有这种爱，不可能像我这样了解她。就是这么简单。我留他一人坐在桌边，坐在缭绕的水蒸气和病人之中，我则朝太平间走去。大脑飞速转动，令我痛苦不堪。默尼耶怀疑娜塔莉：这太荒唐了。还有——同样荒唐的是——他竟然三缄其口。那佩雷斯呢？路易的事故有我的责任，他说过这话。很显然，我应当预见这场事故，但我没有。

这个世界上只有一个人能够让我不再焦虑，她知道答案。

我打了她的手机，她马上就接了。

“告诉我你从来没有试图伤害路易。”我说。

“帕斯卡尔，到底怎么回事？”

“只要告诉我就行。告诉我你从来没有试图伤害路易。”出现了漫长的沉默。当她终于开口说话时，声音温柔而平缓。

“很抱歉我之前给你留的消息，帕斯卡尔。我太混乱了。你可以跟我解释为什么写了那些信吗，我知道你可以解释的。你听说皮埃尔已经死了吧？”

“告诉我你从来没有试图伤害路易。”我又说了一遍。我能听出自己的声音艰涩严肃，以及这个要求是多么残忍。又是一阵沉默。这一次时间更长。我试着在脑海中描绘她的面容，但徒劳无功。一切都无法拼凑起来。“告诉我！”我冲口而出。

“帕斯卡尔，我从来没有试图伤害路易。”她轻声说，语气里明白无误地夹杂着原谅之意，原谅我对自己、对她犯的浑，我曾对我们两人的关系充满期望，结果却狠狠背叛了这段关系。甚至还有爱意。没错，我能感觉得到。我的心脏又充满感激地落回了它原本的位置。“我怎么可能那么做呢，帕斯卡尔？在这个世界上，路易是我的最爱！拜托，帕斯卡尔。你怎么能怀疑这一点？”

“因为我是个白痴。”我对她说，同时如释重负地傻笑起来，然后便挂断了电话。

我重重地按下佩雷斯的电话号码，紧接着又改变了主意，打给了沙维福尔。我注意到自己的手指在颤抖。沙维福尔说她还和德拉克斯夫人在停尸间。我告诉她我正在过去的路上。我几乎是不情愿地跟她汇报了菲利普·默尼耶对我说的事情。我觉得自己有责任这么做，但与此同时，我又因为忧惧而浑身不自在。她能从中解读出什么来呢？我能感觉到她听得相当认真。

“我现在就去见他，”她说，“我需要他的陈述。他从来没有跟我说过他怀疑娜塔莉干扰了路易的治疗，但我确实有所怀疑。”

我无言以对。“你可能完全无法相信——我不是想让你认为——”

“不，这不算证据。这是一种可能。一种推测。诸多推测当中的一种。别以为我没有彻底盘问过她。但她总是坚持同一个故事。什么都得不到证实，现在依然无法证实。听我说，达纳切特医生，既然皮埃尔·德拉克斯的死亡已经证实了，我就必须要同默尼耶医生谈一谈，也要重新询问一下里昂的马塞尔·佩雷斯。现在马上。你可以帮我把露西尔·德拉克斯送回普罗旺斯吗？”

我们简单地讨论了一下，很快达成共识：我会陪着露西尔回普罗旺斯，只要她能够订到傍晚飞往尼斯的机票，我就是要搭这班飞机。

“很好，”沙维福尔松了口气，“她非常痛苦。所以我觉得，有个认识的人陪着会好一些。在没有完整验尸之前他们是不会让她领走尸体的。”

五分钟后我来到了停尸间，这是个非常低矮的混凝土建筑，与医院相连。我发现露西尔·德拉克斯和沙维福尔警探正在大厅里等待。警探似乎很焦躁，她说了声抱歉便去打了几通电话，留我和德拉克斯夫人一起。我在她旁边坐下，我们都茫然地盯着前方，看着大厅里人来人往。当我表示慰问时，她似乎听到了我说的话，但又没能将那些话组织起来。我认得出那副失魂落魄的模样。我在失去孩子的父母脸上见过这样的表情。他们的世界轰然坍塌，他们失去了方向。她开始在包里翻找什么东西，狂躁地使劲往里搜索。

“我们上次的谈话还没有结束。”她依然在翻找着。

“很抱歉是被如此可怕的消息打断。”

“我儿子是个很棒的男人，”她说着，同时找到了她要找的东西，“是个无可挑剔的爸爸。”

“一定是的。”我说。她从包里拿出一张照片给我看，那是完美爸爸皮埃尔·德拉克斯的证明。父与子，一起冲着镜头微笑。路易将一架飞机模型高高举过头顶。他们看起来像可亲的爸爸与可爱的儿子。两人万分骄傲地在一起，也为飞机模型而骄傲。

“这个模型要怎么飞？”

“撞碎了，”她说着轻轻笑出声来，“这些飞机最后都会撞碎。”说着她看向了别处。

“我会带你回普罗旺斯，露西尔，”我慢声细语地说，“路易需要你。”

我领着她去坐车。她步履僵硬，仿佛千岁老人一般年迈。

行驶途中，我们默默无语，径直离开城市，来到巨大的国道转弯处。我想起了菲利普在我心中播下的那颗种子，思绪便剧烈搅动起来。马上就给娜塔莉打电话的做法是对的，得到她的保证也是明智之举。但是不知怎么的，那份怀疑仍旧啃噬着我。在某个可怕而眩晕的瞬间，我允许自己想象娜塔莉确实伤害了路易，恐惧感立刻乘虚而入。这是一种非常自私的恐惧，恐惧究竟是怎样的人才会做这种事，恐惧我自己怎么可能爱上——现在依然爱着——这种人。接踵而来的则是更尖锐的恐惧：路易安全吗？

“我猜你并不知道皮埃尔和娜塔莉是怎么认识的，是吧？”露西尔突然问道。这个问题就像是打开话匣子的破冰暖场。

“不知道。”我说。

“这就是我想要告诉你的事情。这会让你知道——这会让你知道我儿子究竟是怎样的一个人。”

“继续说吧。”我温和地说。我们比肩而坐，不需要任何眼神交流，这样反而更有助于我们的谈话。地表风光在我们眼前若隐若现，太阳在前方的道路上投射下海市蜃楼般的景色。

“是通过一个收养机构。娜塔莉给路易做了登记，找人领养，皮埃尔和他的妻子凯瑟琳被选中作为养父母。你知道，他们生不了孩子。他们已经试了很久。”

“请说下去。”我不紧不慢地说。

“娜塔莉想看看她的孩子将和怎样的人一起生活。但是，就在他们初次见面后不久，娜塔莉就反悔了。她在签署文件前改变了主意。皮埃尔和凯瑟琳非常失望。之后他们接到了娜塔莉打来的电话。娜塔莉希望皮埃尔去看看她，自己一个人去。他照做了。他以为一定能说服娜塔莉同意他和凯瑟琳领养路易。但是——发生了别的事。他们开始见面。一开始是为了路易。”

“后来就不是了吗？”

“凯瑟琳几乎马上就觉察到了不对劲。我很惭愧，我儿子的表现并不体面。娜塔莉身上有那种让男人心神动摇的特质。某些男人。她能召唤出他们内心的救世主情结。”

这个评论让我想起苏菲曾经说过的话，立刻感到热血上涌，于是我微微扭头，将注意力放在后视镜上。

“一天晚上，她从医院给皮埃尔打来电话，路易出现了呼吸困难。皮埃尔去了，和她一起在等候室里待了一整晚。他就是那种男人。但那也是他的终结。”

我能感觉到，露西尔·德拉克斯讲话的时候，那双清澈的眼睛一直盯着我，我也知道她绝对没有撒谎。我明白那一切是怎样发生的。我完全可以描画出那种场景，描画出若我处在皮埃尔·德拉克斯的位置上，肯定也会做同样的事。穿透同情与钦慕的混合迷雾，迷恋上一个单身妈妈，这个女人正苦苦挣扎，独自抚养孩子，而这个孩子是强暴的产物。

“所以皮埃尔为了娜塔莉离开了第一任妻子？”我问道，心中似乎有什么东西被压垮了。虽然没有任何原因，我还是极不舒服。为何一个男人就不应该为了自己所爱的女人离开妻子呢，为什么就不能成为那个女人的孩子的父亲?

“后来，最终，凯瑟琳对他说，他必须做出选择，而他选择了娜塔莉，因为娜塔莉更需要他。我儿子是个好人，结果这却成了他有生之年最糟糕的选择，而他自己也很清楚。看看这个选择酿成了什么苦果吧。我依然和凯瑟琳有联系。我刚刚给她打了电话，告诉了她这件事。她伤心欲绝。如今她在兰斯生活，再婚了，收养了两个从中国来的女孩儿，之后竟然有了属于自己的孩子，真是意外之喜。发现凯瑟琳并非不孕不育，这让皮埃尔非常沮丧。这在他心中触动了什么开关，可能是突然释放出了全部的愧疚之情吧。我猜他可能止不住去想，一直以来自己究竟有多蠢，要是他还和凯瑟琳在一起该多好……就是在那个时候，他开始怀疑，娜塔莉是否一直在伤害路易。”

“什么？”我猛地问道，心跳瞬间加速。

“伤害路易。”她说得清清楚楚。我感觉到她的目光停留在我脸上。她知道多少？我对娜塔莉的感情她又猜到了几分？这位老妇人是否真的有双透视眼，能够锁定并鉴别出不正当的爱情？我就是这种感觉。她继续慢条斯理地说着，并且依旧盯着我，“所以他坚持要让路易去看心理医生。马塞尔·佩雷斯。娜塔莉不愿意，但最终还是同意了。然而几个月后她就炒掉了那个医生。我不知道他们进展到了什么程度。”

她的声音始终平稳。但我能够感受到，为此她耗费了极大气力。

“那强奸呢？”我突然觉得自己必须知道真相，喉咙里仿佛卡了东西。

她定定地望着我。前往克莱蒙-费朗的路标出现了，我踩下油门。她依然一言不发。我能感觉到她的视线。她是否察觉到了我内心的混乱？

“可是为什么呢？”最终我还是问道，“到底为什么会有人假装自己遭遇了强暴……”

“同情，”露西尔直截了当地说，“娜塔莉很了解同情这种心理，知道怎样加以利用。”

这其中是有逻辑的，这种逻辑会将你带到一个你不愿相信会存在的地方。

我讨厌这种感觉。怀疑之花像粗粝的真菌在我心中盛放，我却无力阻止。

“当皮埃尔和我一起在巴黎时，他向我坦露心声，”她继续说道，“那是一段非常不快乐的婚姻——几乎从一开始就不快乐。我一直都认为娜塔莉隐瞒了很多东西，所以我就是在那时候联系到了她的姐姐。我发现，弗朗辛之所以和娜塔莉形同陌落，原因就是她知道娜塔莉想把让·吕克骗进婚姻，可他最后还是和她摊牌分手了。所以她就一直宣称是强奸。弗朗辛告诉娜塔莉她知道真相，于是她们俩就老死不相往来了。”

“你告诉皮埃尔了？”

“我觉得他应该知道。”

“什么时候？”

“就在野餐前一周。”

“所以他们去野餐的时候，他刚刚发现强奸这件事是她骗了他？”

“没错。”

“你觉得他们在吵架的时候提到这件事了吗？”

“那我就不得而知了，”露西尔说，“也没有人会知道了。”

我们一面消化这些信息，一面沉默前驱。太可笑了，我想哭，或者尖叫，抑或两种情绪兼而有之。

“我想知道我儿子到底遭遇了什么事，”最终露西尔说道，“他绝不会做出自杀这种事，而且他永远也不会伤害路易。”

“所以你的意思是……？”我的眼睛紧盯道路，路面似乎在我面前膨胀起来。我觉得自己的客观判断能力不太对劲，出现了偏差。忽然间我疑惑起来，或许我确实是走在了错误的道路上。我开错了方向，根本不知道这条路去往何处。

“我觉得是她杀了他，”露西尔轻声说，“我是这样认为的。”

“她说他们因为糖果的事吵了起来，”我不假思索地说，“皮埃尔不想让路易吃糖。（我为什么突然这么介怀糖的事情？为什么所有事情都对不上？）”

“那路易呢？”我问道，嗓子发干，“你觉得她有杀死路易的企图吗？”

*他掉下去的时候我看到了他的脸，娜塔莉说过。他张着嘴巴，好像要告诉我什么似的。*我心中翻江倒海。不可能是那样的。不可能。除非——

“是的，”她柔声说，“是的，我觉得她也企图杀死路易。”

前面有个服务站，我打了转向灯，转上辅道。我将车开到停车场安静的角落里，这里掩映在树影之下，旁边是游乐区。我们下了车，走到野餐桌边，面对面坐下。我不停地冒汗。孩子们在一个由滑梯、轮胎秋千和隧道组成的复杂构造里奔跑跳跃，放声大笑，高声尖叫。露西尔眼睛干干地看着他们。我将手伸进口袋，拿出我写的那张处方，交给了露西尔。她默默地看着，一脸震惊。

“这是什么意思？”

我解释了一下我是在怎样的情况下写的这东西。

“砷、沙林毒气、羽扇豆种子，”她低语着，“不少毒药啊。”

“这就好像是他想要为什么事情而报复似的，”我说，“你不觉得吗？”

我觉得自己像犹大[①]。

“给沙维福尔警探打电话，”她说，“现在就打。”

“可是这无法证明——”我无力地说。我其实并不希望这张处方真的代表它可能代表的含义。“我是睡着的时候写的。我的潜意识可能——”

“打给她，”她厉声说，“现在就打。还是你想让我打？”

我掏出手机，马上联系了沙维福尔警探。“听我说，”我对她说，“这件事很重要，你必须得让娜塔莉·德拉克斯远离路易。你绝对不能让她靠近路易。”

“乔治·纳瓦拉和她在一起。但是我们不能阻止她见路易。”

“为什么不行？”

“没有证据，达纳切特医生。你不明白吗？完全没有任何证据！”

我叹了口气，闭上眼睛。

“你曾经让我告诉你，娜塔莉是怎么描述那场事故的，”我

---

① 犹大（Judas），《圣经》中的人物，耶稣十二门徒之一。据《新约》载，犹大因为三十个银币将耶稣出卖给罗马政府，耶稣被十字架钉死后，犹大因悔恨而自杀。

缓缓开口，无比痛恨自己，“她说，路易掉下去的时候她看到了路易的脸，他张着嘴巴，仿佛想要说些什么。”

露西尔在我对面痛苦地蹙眉。“你确定她那么说？”沙维福尔警探尖声问道。我必须得使劲把手机按在耳朵上，才能不条件反射地甩掉手机。我看得出露西尔浑身紧绷。“你绝对可以确定路易掉下去的时候她看到了路易的脸？”

“是的。绝对肯定。”

“你知道吗，这和她告诉我们的证词不符，”沙维福尔缓缓说道，“她告诉我们她离得太远了，无法阻止这一切。”

“我知道，”我说，“她也这样说了。她的话有矛盾，可我当时没有注意到。”

“我需要书面证词。”

“当然可以，”我斩钉截铁地回答，“当然。”

“不过这样可能不够定罪。但与此同时，我有个坏消息。”沙维福尔说。

“我觉得我无法再承受更多坏消息了。”

“好吧，抱歉。是马塞尔·佩雷斯，他因为酒精中毒住院了。他大醉了一场。我正在过去的路上，可他恐怕无法作证了。”

山洞里什么都看不到，只有白色的石头，地上是古斯塔夫血淋淋的绷带，我们好像是站在意大利肉酱面里。他的手越来越凉，越来越像枯骨。但我还是握着那只手，因为也没有别的东西可握。我肯定一直都知道那是他，哪怕他吓到了我，哪怕他说了奇怪的事情，哪怕我能感觉到周围充满危机。此刻他的声音喑哑微弱，仿佛是在我的脑海之中。

“从前有一个小男孩，他的爸爸妈妈很爱他，有一天……”

等等等等。

“有一天……”

“我不想听那个故事，我不是小宝宝了，我不想听那些讲给小宝宝听的童话故事，那些故事都太恶心了！”我在吼叫，但他并没有吼回来。他很安静。

“你怎么知道那是个怎样的故事呢？”

“因为我之前听过。路易·德拉克斯身上的古怪谜团，这个容易出事故的惊人男孩，诸如此类的。跟我说一个不那么蹩脚的故事。”

“好。从前有两个公主。”

“我不想要公主，我想要蝙蝠。”

“好。蝙蝠。从前有两只蝙蝠。不，三只。三只蝙蝠，一只雄蝙蝠，两只雌蝙蝠。其中一只雌蝙蝠总是开怀大笑，而另一只雌蝙蝠总是哭哭啼啼，雄蝙蝠必须在两者中选择一个。”

“交配？”

“没错。所以他选择了笑盈盈的那只，但是他又想了想，他觉得很对不起那只哭泣的蝙蝠。她似乎更需要他，他心想，如果自己足够爱她，就能让她不再哭泣。可是他错了。”

“她为什么一直哭呢？”

“因为这样会让人们为她心痛，她很喜欢那种感觉，远胜于对玩笑、故事或爱情的喜欢。”

“她最后怎样了？”

“孤独终老。”

“那喜欢笑的那个呢？”

“她爱上了另一只雄蝙蝠，他们有了三只蝙蝠宝宝，从此以后幸福地生活在一起了。”

“那么，那只雄蝙蝠呢？”

古斯塔夫什么都没有说，但我猜这个故事——这个相当糟糕的故事——已经讲完了。他可能知道这故事很糟，也知道我觉得这个故事很糟，因为大部分愚蠢的爱情故事都很无聊，就算是蝙蝠的故事也一样。所以我们就默默地坐在这个如同骷髅般令人毛骨悚然的洞穴里，我依然拉着他的手，虽然这只手枯瘦如柴，但有温暖的感觉，就像胸口有火苗在跳动，就像森林里的松果呼啸着燃烧，因为你可以爱什么人，哪怕他们已经死了，而他们也能爱你，这是我刚刚发现的事情。

“我很快就要走了，年轻的先生，”他说，“会有一场葬礼。”

我把露西尔留在病房陪伴路易，然后回到了办公室，给雅克利娜打了电话，让她过来帮忙。诺埃勒已经下班了。在等雅克利娜来的时候，我往女儿们在蒙彼利埃的公寓打了电话，希望能联系上苏菲，但是转到了电话答录机。可我不知道要说什么，所以犹豫了一下就挂断了。我觉得自己像个胆小鬼，所以又打了回去，尽可能言简意赅地留了消息。

“苏菲，我是帕斯卡尔，我们得谈谈。”

之后，我失神地给盆栽浇了水。盆栽们看上去灰头土脸，疏于照顾。我擦拭了几片叶子，喷了喷水，但是突然间，我似乎不再在意它们是死是活。雅克利娜敲了敲门，走了进来，说我看起来不大好，说我根本就不应该来这儿。

“那我应该去哪儿呢？”

“去蒙彼利埃啊，和苏菲在一起，”她语速飞快地回答，“你和她通过话了吗？”

“我不知道该说什么。我现在脑子里一团乱麻，雅克利娜。”

她没有回应我，只是拍了拍我的手臂，轻柔而关切，我觉得自己当场就要痛哭失声。但我没有。我强打精神，向她坦白了我的维希之旅，还有我从菲利普·默尼耶和露西尔·德拉克斯那儿听来的消息。坦诚整件事的关键让我心如刀绞：现在我很担心娜塔莉·德拉克斯——我爱的这个女人——可能伤害了自己的儿子。“可能伤害了”：明确说出这几个字让我非常难受，但这话对雅克利娜来说非同小可。

“可能伤害了？帕斯卡尔，你的意思应该是她试图杀死他。”

我从来没有见过雅克利娜生气的样子，也不知道她生起气来是什么样：她的嘴型变得很奇怪，我原以为她只有在哭泣时才会摆出这种口型来。我也从没见过她掉眼泪。她走到窗边，向外望去。

“不仅如此，”我沉痛地对她说，“露西尔·德拉克斯认为娜塔莉杀了皮埃尔。”说这话的时候我刻意笑了笑，想表示这个想法多么荒唐。可我的笑声听起来相当勉强。

“她一直都有点古怪，”最终雅克利娜说道，几乎是自言自语，“她从来不想跟任何人接触。杰西卡·法夫罗说她就像是觉得自己垄断了全部的悲伤。可是我猜，她只是害怕我们看穿她。但是你绝对不会想到这种事，不是吗？怎么会有人这样想呢？”

“沙维福尔警探提到过，”我一边说一边缓缓回忆，“从一开始就提到了。我们在沃丹办公室的时候，她说过路易的父母当中，可能有一方伤害过他。”

“但是我们不愿意去想那个人是她，不是吗？”雅克利娜说。她依然背对着我，我听得出她对自己很生气，“一切都指向她的丈夫。我们只相信自己愿意相信的。”

但是现在，我们的想法必须得来个一百八十度大转弯。当雅克利娜转过身来面对我时，她的眼中泪光闪烁。我看得出她是想到了自己的儿子保罗。

“如果娜塔莉决心隐瞒自己在路易事故中所扮演的角色——很可能还有她丈夫的死亡——那我们能怎么做？”她开门见山地问，“我们能怎么做，帕斯卡尔？”

我盯着墙上的颅相图，迷失在大脑的一个个房间里。忽然间，不知从何处，一个清晰并且显而易见的想法悄然冒了出来。

虽然我并未正式工作，但接下来的一个小时，我一直和伊莎贝尔及其父母待在一起。马塞洛特太太应前夫的要求从巴黎赶过来，看来他们最终达成协议，暂时休战。鼓舞人心的氛围促使伊莎贝尔反应良好，她的身体出现了更多充满希望的迹象，表示她正在重返有意识状态。她再次睁开眼睛，清了清喉咙，仿佛打算说话。妈妈给她梳了头发，而她竟然反抗了。

“她以前总这样。”马塞洛特太太说着露出微笑。

终于看到了她的笑容，真好。她给我的印象一直都是个无法压抑自身怒火的人，但是现在，她突然让我感到了一股暖意。两位家长终于决心不计前嫌，我向他们表示了祝贺，简单讲了讲伊莎贝尔下一步的治疗方案。之后，我就将他们留在伊莎贝尔床边。就在这时，斯蒂芬妮·沙维福尔走了进来。她看上去疲惫不堪，无精打采，过去几个小时她一直待在马塞尔·佩雷斯床边，为了佩雷斯何时才能出院而与医生争执不下。

“什么？出院？”雅克利娜瞪大眼睛，问道，“可他的身体状况太糟糕了，根本没办法——”

“我带他一起来了，我觉得我们需要他在这儿，”沙维福尔警探说，“万一路易醒过来，他希望能在场。”

她听起来胜券在握，但我还是在她的语气之中觉察出一丝颤抖。我很好奇她已经有多久没睡过觉了，或者上次吃东西是什么时候。我们默契地一起走出了病房。

“他在哪儿？”我问。

“在大厅里。我希望你能给他找张床。”

“交给我吧。”雅克利娜说着马上走开了。

“关于这一切，”沿着白色走廊前行时，我对沙维福尔说，“缺乏证据。我有个想法，雅克利娜觉得这是个不错的想法，我觉得我可以说服沃丹。现在马塞尔·佩雷斯也在这里，他也能帮上忙。他会大有用处。”

然而，当我告诉她我在计划什么时，她看着我的眼神仿佛在说我已经失去理智了。

“不行，”她说着停下脚步，直勾勾地盯着我的脸，“绝对不行。”

我一下子就火了：“为什么不行？”

她依然用她那双尖锐的眼睛盯着我。

“因为这太疯狂了，达纳切特医生。”

“事到如今，你想必也希望不惜一切代价试试看吧？”我有些歇斯底里，“此刻你根本别无选择。现在我们有个陷入深度昏迷的孩子，一个死掉的男人，然而却没有任何实实在在的证据来证明任何人有哪怕一点点的违法行为。什么都没有。”

“我无法阻止你做你想做的事情，达纳切特医生，”最终她说，“但是我不能参与。如果你孤注一掷，那么我祝你好运。”

“你还有更好的办法吗？”我怒气冲冲地质问她。

“事实上，当然有。我打算再次问询娜塔莉·德拉克斯，不管这次问询要持续多久。我们现在掌握了新的信息。菲利普·默尼耶对维希医院发生的事情有全新的说法，还有关于路易的坠崖，你提供了娜塔莉的表述。这两件事都有前后矛盾的地方。我认为，如果我们当面对质，她可能会露出破绽。”

我去找雅克利娜，发现她正和露西尔·德拉克斯以及马塞尔·佩雷斯一起坐在大厅里。三个人正在深谈，我知道雅克利娜已经将我的计划告诉了他们。佩雷斯脸色骇人，他身上还连着个便携点滴瓶，显然好几天没有刮过胡子，浑身上下散发着腐败的酒精味。他的身体若要复原恐怕还得很长时间。

“很高兴见到你。”佩雷斯说。

“你会帮我们吗？”我问。

“我们都会帮忙。”露西尔·德拉克斯说。

“沙维福尔警探说这样做是疯了。”

“也许她说得没错，”马塞尔·佩雷斯说，“可是，有什么损失呢？”

我们几个人彼此相对，交换了略显紧张的笑容，然后便去办公室里找沃丹。他正要下班回家，我们趁其不备堵住了他。

“你根本就不应该在这里，帕斯卡尔，”他抱怨着把我们引进屋，“我不是告诉你休息一段时间吗？”

“我会的，”我说，“但我必须先做完一些事情。”

雅克利娜、马塞尔·佩雷斯和我轮番游说，但最终是露西尔·德拉克斯说服了他。

“我已经失去了我的儿子，”她总结道，“我的孙子还不省人事。如果有办法能够让他再次和我们联系上，我愿意试试看。我觉得你不能拒绝我的要求，沃丹先生。”

居伊面露难色，但还是妥协了，让我们去做他口中的“你们的实验”。如果是在他不在场的情况下进行，那么他可以睁一只眼闭一只眼。但是有条件：必须得在恰当的监管下进行。雅克利娜和露西尔·德拉克斯都得陪在路易床边。现场情形必须录像予以记录，而且，万一出现火灾威胁，必须紧急叫停。我们必须在当晚进行。但凡有所拖延，情况便会一发不可收拾。森林火灾正以小时为单位，迅速朝诊所方向蔓延，届时无论我们是否愿意，都不得不从诊所撤离。无法否认，越来越浓烈的烟味正从森林里向我们袭来。

“记住，”最后他说，“这不是什么正式治疗，你并不在场，帕斯卡尔，你正在休病假。”

于是我们达成如下共识：我要在雅克利娜·杜瓦尔、露西尔·德拉克斯和马塞尔·佩雷斯的陪伴下，同路易一起在病房度过一整晚——佩雷斯已经很快安顿下来，正穿着睡衣、拖着脚走来走去。

乔治·纳瓦拉顺道过来，说沙维福尔警探还在审问娜塔莉·德拉克斯。

“斯蒂芬妮非常强硬，”他说，“但是到目前为止，娜塔莉·德拉克斯还是坚持她最初告诉警察的那套说辞。至于你说路易坠崖时她看到了路易的脸，她完全否认这样告诉过你。她说是你捏造的。”

我怒火中烧。她分明说过，我记得清清楚楚。我记得她的悲痛，记得她掉落的眼泪，记得她强装勇敢的面庞，记得我因同情而心软。

“她在撒谎。”

我想起了在维希给她打电话时她那万分柔和的声音。我从来没有试图伤害路易。她爱他。那对我而言就足够了。不是吗？有那么一部分的自我从未怀疑过她，一想到这里我就浑身难受。然而让我更加难受的是，我意识到不管怎样，这份怀疑还是久久难散，而且越来越深。

“祝你好运，”乔治说，“无论有没有效，我都觉得这是个好主意。如果斯蒂芬妮·沙维福尔在德拉克斯太太身上没有任何进展，她或许会改变想法。”

不过听他的口气，他并不是很确信。

六点，等沃丹一离开，我们就开始了。虽然我所扮演的完全是个消极被动的角色，但还是很紧张。我服下20毫克替马西泮片剂，一阵反胃袭来，而后扩散全身。我们在路易的床边加了张床，我就躺在这张床上，任凭药物带来的兴奋感席卷全身。屋里一点杂音也没有，只有凯文和亨利所使用的呼吸机始终嗡鸣，这声音让我倍感安慰。在睡意袭来之前，嗡嗡的机器声让我感受到了美妙而清澈的一瞬，万事万物似乎都简单、干净、完美无缺。

替马西泮效果很好。据雅克利娜说，六点半时我完全失去了意识，那时她打开了录像机，录像带开始运转，她唤来露西尔·德拉克斯和马塞尔·佩雷斯，让他们留在床边。他们三人一起，在我和路易床边的椅子上坐下，等待着。他们给我准备好了纸、笔和写字板，但什么也没发生。

没有动静，毫无动静。一个小时过去了，两个小时过去了，这个看似激动人心的计划逐渐显得像是毫无希望的愚蠢之举。但他们还是继续留下了。他们还有别的选择吗？一小时又一小时流逝了，他们轮流睡着。午夜时分，他们陷入消沉，这情绪仿佛一条冰冷而让人不快的毯子重重压在他们身上。我几乎没有任何动静，路易也一动不动，他的呼吸是那么浅，几乎不可察觉，长长的睫毛投影在他的脸颊上，蜷缩起来的手里攥着玩具驼鹿。

一点，沙维福尔警探和乔治·纳瓦拉回到诊所——把筋疲力尽但又充满挑衅的娜塔莉·德拉克斯也一并带回来了。她什么也没说，他们非常失望。乔治·纳瓦拉说服沙维福尔，如果路易能通过我交代任何事情，那么他们应当在场，同时观察路易妈妈的反应。沙维福尔没能让娜塔莉坦白，面对自己的失败，她终于同意了。娜塔莉将在一个独立房间里同步观看视频，乔治·纳瓦拉负责监督她，他会全程陪在娜塔莉身边，监视她的反应——还有闭路电视录像作为辅助。只有上帝知道那一刻娜塔莉究竟经历了什么。或许是在挣扎求生。我想象她可能关闭了内心的某些东西，压抑住所有反省的渴望。当我想象她的眼睛——在我这样做时，回忆的潮水冲刷心间，将我的思绪赤裸裸剥了个干净——我觉得自己粉身碎骨。因为在我记忆中，她的眼睛里什么都没有：一无所有。

我继续熟睡着。佩雷斯、露西尔、雅克利娜和沙维福尔就坐在床边的椅子上。娜塔莉·德拉克斯则按照安排好的，和乔治·纳瓦拉一起待在旁边的屋子里。

四点，在床边打盹的马塞尔·佩雷斯醒了过来。后来他告诉我，他梦到了路易。路易到摩天大厦区见他，他们聊了聊。他不记得聊了什么，但是他们都很高兴能见到彼此。醒来后，他将残留的梦境碎片拼拼凑凑，有了个主意——这个主意如此简单，以至于当他提出来时，他很震惊自己此前竟然从未想到过。根本无须纸笔。马塞尔·佩雷斯只要像往常一样对路易讲话就好。于是他清了清喉咙。

“告诉我，路易，”他柔声说，“山上发生了什么？”

我睁开眼睛，开始说话。

穆罕默德也来了，被关在恶魔岛里，但是野餐的时候，我们把它留在了后备厢里。

“你们吃了什么？”胖子佩雷斯问，因为他对吃的很感兴趣，所以他才会这么肥，我才会叫他胖子佩雷斯，而不是佩雷斯先生。

“吃的，呸！你的脑袋是缩成豌豆之类的那么小了吗？”

“是吃的什么？”他问，（这下明白我的意思了吧？）“你还记得吗？”

“你想要个清单？好吧，野餐篮里有这些东西，佩雷斯先生。我打赌这会让你口水直流。有面包、肉酱、奶酪和我们私下里叫驴鞭的蒜肠，还有他们的酒和可乐。还有很多无害的细菌，因为食物总是被无害细菌包裹，有时候也会是有害细菌，所以我才有过一次沙门氏菌感染。妈妈说我得吃慢点，不然就会肚子痛。她总是说这些，担心我呕吐，或者不小心吃下一颗螺丝钉，这种事是可能发生的。有一次我不小心吃下一颗三厘米长的螺丝钉，你可以问她。她会告诉你的，我不是骗子。”

“我知道你不是骗子，路易。再多跟我说一点。”

“关于吃的？还是你想要更多吃的？”

“关于所有事情。”

“有生日蛋糕。巧克力。你还必须得许愿。妈妈的愿望是我永远都是属于她的，我身上不会发生任何坏事。”

“那你的愿望呢？”

“爸爸是我真正的爸爸，这样他就能和我们在一起了。”

“这样啊。那你把你的愿望告诉他们了吗，路易，还是默默放在了心里？”

“呜哇呜哇。

“那是什么意思？

“意思就是呜哇呜哇。

“是不是说——”

“意思是我原本不打算说的，但是爸爸因为糖果的事情责备了我。”

“糖果？”

“根本不是糖果。他以为是。我藏在口袋里了。我只吃了一颗。”

“那是什么呢，路易，如果那不是糖果的话。”

“呜哇呜哇。”

“是让爸爸生气的东西吗？

“女性药丸看起来根本就不像糖果啊。吃起来也不像糖果，你只要一口吞下去就行。他想知道我口袋里为什么会有这些药，我为什么要吃这些药。所以我就告诉他我每天吃一颗。”

“你每天吃一颗女性药丸，路易？”

“当然。”

“可是为什么呢？”

“这样我就能变成一个女孩子了。”

“可你为什么想变成女孩子呢？”

“那样我就不会变成强奸犯了。当我告诉爸爸的时候，他开始对妈妈大吼大叫，说她是个变态的骗子，让她看看事情变成了什么样，等等。所以我为了阻止他们吵架，就大声把我的愿望说出来了。就是我之前没有说的那个愿望，希望他是我真正的爸爸。如果他是我真正的爸爸，我就不需要那些女性药丸了，不是吗？所以那是爸爸的错，不是妈妈的错。”

“然后发生了什么呢？”

“然后我说，我知道谁是我真正的爸爸，他是一个叫让·吕克的强奸犯，他让妈妈失望透顶。妈妈不希望我长大以后成为他那种人。我也不想成为那种人，因为强奸犯都应该割掉小鸡鸡，我也应该割掉，这样我就不会成为一个强奸犯了。可能总有一天我会自己给切掉吧。我已经准备好了一把折叠刀。但是在那之前，我要先吃女性药丸。”

“然后呢？”

“妈妈开始对爸爸尖叫，所以我就跑开了，妈妈追在我身后，爸爸又追在妈妈身后，他对我大喊说让·吕克并不是强奸犯，你不是强奸犯的儿子，我可以向你证明，路易，都是她编的谎话，和我一起去巴黎。”

“那你愿意吗，路易？你愿意和爸爸一起去巴黎吗？”

“不愿意，反正我也不能去，因为妈妈抓住了我，我们就在山崖旁边，那里相当危险，她一直咆哮着，冲着爸爸尖叫个不停。爸爸不再跑了。他说，放开路易，娜塔莉。因为我们就在悬崖边。放开他。”

“然后呢？”

“她没有放开我，而是直接把我拖到悬崖边。”

“为什么，路易？”

“呜哇呜哇。”

“妈妈当时做了什么，路易？”

“你知道的，这是允许的。那是爸爸不明白的。”

“什么是允许的？”

“是个秘密规则。这个规则叫‘处置权’。但是爸爸突然往前一跃，抓住了我们两个人，把她从我身边推开，说不可以，娜塔莉，绝没有下一次。爸爸吼我，让我回到车里，在那车里等着，然而，就在他跟我说这些的时候，她猛地推了他一把，他轻轻一晃，就像卡通片里一样。然后就呜哇呜哇。”

“他掉下去了？”

“那本该是个意外事故。我很了解意外事故。原本应该是个意外事故，你可以想成她是打算帮他的。”

“可那真的是个意外事故吗，路易？”胖子佩雷斯问。

“很可能是个意外事故。我原本可以这样想的。我本可以。”

“那之后你做了什么呢，路易？”胖子佩雷斯低声问，他的声音仿佛老旧收音机里那种破碎喑哑的声音，正渐渐变得遥不可闻。

“我按照她的意愿做了，向来如此。她甚至不需要帮我，这次不用。非常简单。我总在做这件事，那就是我做的事情。但那不是她的错。”

“什么不是？”

“我做的事情。因为是我自己做的。我选的，她说过，如果你做了选择，那就不是任何人的错。那是你自己的选择，你不能为了给人留下深刻印象而编故事。你必须得与你的选择同在，你永远不能为此责怪任何人。”

“那你做了什么呢，路易？”他低声说。他的声音格外遥远，可能我的声音也一样。突然间我胸口一阵绞痛，仿佛有东西要爆裂开来。

“我往后倒退。我数了步子。一共五步。很简单。一二三四五。然后我想，可能还有六，结果没有六。没有第六步，我掉进了水里，我死了。”

路易·德拉克斯就是在那一刻停止了呼吸。一声可怕的尖叫突然将我唤醒。是娜塔莉·德拉克斯，她冲了进来，乔治·纳瓦拉紧随其后。场面混乱不堪。一开始我完全摸不着头脑，当时我正处于某种瘫痪的状态，半梦半醒之间，但路易说过的一切我都记得，并且因此感到天旋地转。路易的眼睛是睁开的，睁得很大，像上次一样。我看到沙维福尔冲出去寻求帮助，我看到雅克利娜推来了人工呼吸机。沙维福尔带着两个护士回到病房，雅克利娜迅速将路易连上呼吸机。

"我们要失去他了，"雅克利娜说，她的声音很镇定，但我能感受到声音背后的紧迫，"我要给沃丹打电话，我搞不定这东西。"

"来不及了，"斯蒂芬妮·沙维福尔果断地说，"没时间了。帕斯卡尔可以。不是吗，帕斯卡尔？"

"我不知道。"我踌躇不决。我觉得眼前的一切是那么遥远，就好像一部分的我仍然滞留在路易的脑中，远在另一个地方。一个阴暗、倾覆、寒彻骨髓的地方。

“我觉得你可以。”斯蒂芬妮·沙维福尔坚定地说。她用力抽了我一巴掌——疼得我龇牙咧嘴。我根本还来不及反应，她又给了我一巴掌，同样的力道。我又痛又怒地叫出声来，但是物理攻击起了作用：无论我刚刚迷失何处，她已经把我完完整整地带了回来。此时此刻，本能发挥了作用。我挣扎着下了床，迅速行动起来。路易的肺部已经停止工作，我把氧气面罩固定在他脸上，同时进行心肺复苏，有节奏地按压他的胸部，刺激心脏和肺部重新运转，接下来的工作则交给呼吸机，呼吸机起了作用。我握住他的手腕，他的脉搏正逐渐恢复。一个夜班护士从其他病房过来，还有个护工一起赶了过来，病床边忽然就挤满了人。

“娜塔莉在哪儿？”我问道。之前在忙着稳定路易的情况时，我能感觉到她就在我左手边的什么地方，但是现在我感觉不到她的存在。

“上帝啊。”纳瓦拉转过身去，面朝落地窗。窗户洞开，窗外天已破晓，空气里悬浮着苍白呛人的滚滚浓烟。她离开了。

“去追她，”露西尔断然道，“现在就追，你们必须得把她带回来。”

“我会请求支援，”沙维福尔说着开始打电话，“她跑不了太远。”

马塞尔·佩雷斯正在啜泣。雅克利娜拍着他的肩膀，说着安慰的话语，就像对待孩子一样。可他是不会停止哭泣的，也停不下来。他胸口急速起伏，泪如雨下。当他抬起头来看我——他为何突然抬头看我？——我看到了他深重的痛苦，就好像是被近距离一枪射中心脏。我转过身来不去看他。这种痛苦令人难以承受。露西尔安静地坐在路易床边，握着路易的手，一脸惊愕与茫然。两人的脸色都如纸一般苍白。

沙维福尔迅速判断了眼下的形势，认为娜塔莉可能会绕开大路，这会让搜索变得更加困难，尤其还有呛人的烟雾开始在此地弥漫。天光又明亮了些，一抹夹杂着粉色与青灰色的空气正沿着山坡攀缘而上，朝我们滚滚而来。我们迅速决定分头行动。斯蒂芬妮开车，沿着进入镇子的路行驶。乔治徒步下山，绕着国道边走，而我则上山去——步行——到松树林边上。

我们刚出发，车道上就冒出了一辆车来，然后猛地停在我们面前。是沃丹。他摇下车窗，对沙维福尔说：

“我刚刚接到消防队的电话，”他大声说，“我们必须得疏散诊所。”而后他看向我，“见鬼，你怎么还在这儿？”

“之后再跟你说。”我大声回答，同时拔腿就跑。

我一路跌跌撞撞。通往森林边缘的崎岖小径遍布石头、沙砾、橄榄枝碎片、荆棘和树皮。赫然出现的浓浓烟云已经改变了整片地貌，所以地标仿佛都被转移到了别的地方——一处石头废墟、一片薰衣草田、一座电缆塔——都不在原地了。光线要起诡计，让一切看起来都支离破碎，杂乱无章。我一直往前跑，但明显感觉到土地与空气之间的界线变得越来越模糊，逐渐合二为一。有那么一瞬，我以为自己看到了一个飘动的人影，但它马上就消失了，所以我立刻起了疑心。我搜索了前方一带，急于寻找她的踪迹，急于找到她走过这条路的证据。在低垂的地平线上，我遥遥地看到乔治·纳瓦拉的身影冲下山坡，朝着橄榄树林的方向而去，跑向西边的国道，但是能见度太差了，我知道我们很快就会看不到彼此。

我的面前是树林浓密的侧翼，极易潜藏。我想象在树林深处有一场大爆炸，热量迅速向外扩散。虽然还没有火焰，但烟雾横扫天空，一阵低脉冲一呼一吸，吐纳着脏污的空气。余光里，我仿佛看到前方一百米处，一个人影飞快穿过树林，转瞬消失无踪。我瞬间热血上涌，清清楚楚听到了自己的呼吸声：强烈而痛苦的刺耳粗气。那一瞬间，世界的轴心似乎倾斜了。

“娜塔莉！”我高声呼喊。因为太过用力，肺部受阻，我咳嗽起来。浓烟在身边浮动，裹挟着黑色的尘埃愈加浓厚。“回来！”

那个人影再次短暂地出现在树丛间。是她。虽然很远，但你还是能看到她脸部的轮廓，仿佛一张剪纸：惊人般完美的椭圆形，可怕的无辜神色。一种五味杂陈的感受——爱，厌恶，恶心，同情——自我的喉咙深处涌起，仿佛要吐出来一样。那一刻仿佛永恒，那个互相追逐的瞬间，恋慕之情牢牢攀附，而后陡然一斜，涌入了混乱、怒火、痛恨、气愤：粉碎与拥抱、热爱与毁灭的渴望。背叛就是如此，迫使信任与不信任相互撕扯，向你展示了，当爱的对象变得冷漠残忍时，爱有多么不值钱，还没有一台抢救设备重要。

她看到了我，立刻转身，飞奔而去。

替马西泮仍旧让我头晕目眩，烟雾的刺激让我看不清周遭，我跌跌撞撞地追在她身后，目光紧紧攫住她的衣裙，她那惨白的身影像怪诞的飞蛾一样在树干间若隐若现。我满脑子都在想着惩罚她，将她捻灭，永远摆脱她。还有，没错——拯救她。从她自己、从火中、从我的愤怒中拯救出她。找到她，原谅她。理解。是的，那种毁灭性的需求，男人必须理解。

我好像要哭出来了。我隐约辨认出直升机的轰鸣，但在天空的黑暗漩涡里我什么也看不见，我很清楚，大声呼喊是毫无意义的。我继续往前冲，一路磕磕绊绊，不断擦伤，一直跑到了她消失其中的那片树丛前。我肯定能抓到她。她冒险冲进火海，觉得这样就能摆脱我，或者我会因此止步，但是她错估了我。我已经下定决心要找到她，无论失控的烈焰是否近在咫尺。我能否存活仿佛无关紧要，不过是这偌大世界的细枝末节而已，在这个世界里，我不过就是个徒劳无用的污点。

现在已经能够看到火焰了。它们从树上向外喷涌，如飞舞的丝带般穿越地平线，仿佛是从一个巨大的霰弹筒里释放出来：残酷而充满生命力的橘红色。我又看见了她，仅仅一秒钟。她出现了，看到我还在紧追不放，于是马上就跑，没入滚烫的森林。仿佛被某种邪恶而又警醒的东西吸引，我怒气冲冲地钻进热浪的无底洞中。热浪的力量冲击我的面庞，剧痛让我叫出声来。再往前一步就是自杀，但是内心的某种疯狂冲动却催促我继续向前。

这件事恐怕不会有什么好结果。虽然当时身体里的每一个细胞都告诉我回去——回去，自救，寻求帮助，让森林决定她的生死——可我还是循着她的尖叫声，义无反顾地冲了进去。为什么我无法将她留在那里呢？我究竟为什么——即使自己无助地啜泣，因为烟雾而泪流不止——仍像是被附身一样冲了上去？

她的哀号声绵长凄厉，高亢尖锐。当我来到她身边时，她已经成了人形烟火。浅白色的裙子变得焦黑，像烤煳的油漆一样皱皱巴巴地紧紧焊在身上。她身上火光四溅，火焰似乎并非只是包裹住了她，而是从她身上跳跃出来。那一瞬间，我立在原地，动弹不得，目光牢牢固定在我面前这个浑身着火、残破不堪的玩具娃娃上。她仍然在尖叫，嘴巴张成大大的“O”形，痛苦不堪。跳动的火焰环绕着她的头，猛地看上去就像是受惊的鱼群。她的脸，那张可爱的脸，我眼睁睁看着它被吞噬，我闻到了臭味。我朝她跑过去，在她倒下去的瞬间一个箭步冲上前去，用双臂抱住了她燃烧的身躯。

该死的。

我还没来得及想自己都做了什么，火焰瞬间就将她的皮肤和我的皮肤熔在一起。我想放声大叫，却叫不出声来。我无法摆脱她。痛苦让我内心恐惧，让我如受鞭笞，我只能拖着她穿过林地。我别无选择。

我不知道拖着她走了多久，或者说，在我失去意识倒下前，我究竟走了多久。你不会马上就感觉到自己烧焦的肉身，但你能闻到。我们熔在一起的身体——我的身体还活着，她的可能已经死了——闻起来像是烧焦的猪肉。

“最后她说了什么？”事后佩雷斯问我，“当你们来到小溪边的时候？”

他之所以这么问，是因为她确实说话了。我不知道她怎么说的那些话，我以为她已经死了。但她还是说了几句话，是像胆汁一样努力挤出来的几句话。她的声音微弱而沙哑，仿佛被热浪烘熟了一般。

“我总是会救他，”她说，“我从来没有让他死掉。你必须得保护你的孩子。我爱我的儿子。我爱我的儿子超过这世上的一切。”

这是她最后的话，而后她转动烧焦的眼球面向我。这双眼已经瞎了，像白煮蛋一样在眼窝里烧熟了。我还记得当时差点吐出来的感觉。我在泥泞的水中抱紧她的身躯，转身狂吐，紧接着便眼前一黑。

你种下了一粒种子，以为那是爱。只是当它逐渐扎下根来时，你才意识到，它没能长成应有的样子。然而，等你明白过来时，已经晚了。它已然抽枝发芽，开出花朵，结出疯狂的果实。

你该如何处理自己内心的病态呢？

你可以拥抱它，接受它成为你自己的一部分。可能皮埃尔·德拉克斯曾经短暂地尝试过。然而，别的事情将他推上了另一条路：知晓他原本可能拥有的生活，他连同凯瑟琳一起丢弃的那种生活，还知道了他的儿子正处在危险之中。你可以逃跑，跑到世界尽头。或者你也可以对抗最可怕的噩梦。或许这就是六月的那一天发生在山坡上的事，就是在那时，路易·德拉克斯的故事有了无数个开头。

一个男人直面真相，两个人为此付出代价。

我和几个烧伤患者一起在戛纳住院治疗。在重症监护病房住了三天之后，我醒过来，剧痛让我怀疑自己居然还活着，人类的躯体居然能够承受这种痛苦。沙维福尔警探坐在我的床边。她双眼通红，目光沉重而震惊，令人过目难忘。我看起来肯定像是从地狱爬出来的生物。她告诉我，他们把娜塔莉的尸体——残躯——带去了太平间。我能活下来真是万幸。如果我没有跌跌撞撞地穿过溪流，如果乔治·纳瓦拉没能及时赶到，把我拖上岸来，如果直升机没有发现我们……

我也可能会被烧成一副残躯。

我爱我的儿子。我爱我的儿子超过这世上的一切。我从来没有让他死掉。

娜塔莉死后，马塞尔·佩雷斯将碎片化的线索拼凑在一起，写了一份报告递交警方。报告中提到，路易曾说过“处置权”。路易常常杀掉自己的宠物仓鼠，因为他宣称有一套秘密规则。那是无人谈论的规则。根据那些规则，宠物所有者有权杀死自己的宠物。如果你拥有了它，你就能控制它的生死，以及生死的方式。这就是路易在成长中领悟到的知识，因为这就是娜塔莉对待孩子的信条。他的生命是一份私有财产：是属于她的。

路易小时候，娜塔莉亲手伤害过他，甚至可能试图杀死他，但最后关头总是失去勇气。当路易长大一些，马上就明白了妈妈想要什么，并因此会回应她的需求。所以他就自己来。在听过路易昏迷时说的那些话后，佩雷斯对此非常确定。她根本无须碰他一根毫毛，她只要在场就可以。他会出事故，她会救他，这会巩固他们之间的纽带。她爱他，她恨他。她想永远跟他在一起，她永远也不想再看见他。她无法同他一起生活，没有了他她就无法生活。

路易与她共谋。

苏菲出现时，满含泪水，心惊胆战，我将一切都告诉了她。

“很抱歉我当时不在你身边，”她说，“女儿们在过来的路上。”

然后，我们俩都不知道该说些什么。虽然已经结婚这么多年，但我们之间还是尴尬不已，彼此很是客气，仿佛两个被迫相互了解的陌生人，我们都已经成了全新的自己，必须得慢慢了解对方。她将手搭在我的胳膊上，我看到了她脸上那让我触目惊心的表情：不是爱，而是同情。

“你会回来吗？”我问道。一阵漫长的沉默。

“我不知道。我不知道我是否真的能接受你身上发生的那些事。我不是指火灾，而是指你脑海中发生的那些事。”

当她说出这些话时，我也不知道自己是否做得到。

十一月，我出院了，业余时间继续在诊所工作。我还是很虚弱。八月，验尸之后，皮埃尔·德拉克斯和娜塔莉的葬礼双双举行。娜塔莉的葬礼在巴黎举办，据露西尔说规模很小。露西尔定期来看我，给我带来路易和外面世界的消息。娜塔莉的姐姐弗朗辛也来了，还有娜塔莉总是宣称住在瓜德罗普岛的母亲也来了。

她并不是住在瓜德罗普岛，她从来就没去过那里。她住在巴黎南部埃唐普的养老院里。她看上去憔悴疲惫，对发生的一切竟然完全接受。虽然她什么都不知道，她说，什么也不明白。路易出生后，娜塔莉就断了所有联系，从来就没有什么得了帕金森的继父，没得帕金森的继父也没有。

十二月，沙维福尔警探和马塞尔·佩雷斯来看望我，佩雷斯已经戒了酒。斯蒂芬妮·沙维福尔正在处理戛纳的一起诈骗案，马塞尔·佩雷斯和她一起顺路过来。他们两个人早就想找机会来看看我，也想看看路易和露西尔。见到他们我很高兴，很高兴他们绕道而来看望我——当然对马塞尔·佩雷斯来说，这就是整个旅程。如果他们被我的外貌变化吓到了，那么他们掩饰得不错。

“你怎么样，帕斯卡尔？”马塞尔问。

“裸体的话看起来不是很有魅力，不过苏菲说我的裸体从来就没有过魅力。”

“所以她回来了？”斯蒂芬妮好奇地问。

“某种程度上说是的。我们的关系非常脆弱，有时候相安无事，有时候不太好。”

“需要点时间，”马塞尔·佩雷斯说，“就当作丧亲之痛吧，分阶段的。”

“她还在发脾气的阶段。”我说。

“那就让她发。”

“去花园走走吗？”我提议。

“我要和路易待一会儿，”马塞尔·佩雷斯说，“我有事情要同他说，之后我再去找你们。”

当他看到路易时，脸色一下就亮了，而后又黯淡下去。他拉起男孩的手，用力捏了捏。

“没有变化？”他沮丧地问。

“没有变化，不过我们一直怀抱希望。”

我需要两根拐杖辅助走路。即便是在他们的帮助下，也没办法走得很快，我浑身都疼。我向斯蒂芬妮解释，烧伤需要很长时间才能痊愈，我的胸部和腿部可能还需要再做几次手术。手正在慢慢恢复。

“来，我给你看看玫瑰花。冬玫瑰。刚刚开花。”我们离开病房时，斯蒂芬妮伸手掏烟，我捡起一个空的塑料标本罐给她当烟灰缸。如果客人走后我没有把这个罐子清洗干净，吉拉尔多先生永远也不会原谅我。我们默默走了一会儿，空中散落着点点白云。海鸥在头顶急速盘旋。

“你是否失去了对女人的信任呢，帕斯卡尔？”斯蒂芬妮·沙维福尔出其不意地问道，“我很好奇。”

我思索片刻。我从来没有问过自己这个问题。我不知道为什么，这个问题是如此显而易见。

“或许我应该失去信任，但我没有。事实上，我不愿意让自己丧失这份信任。这是我的原则。我更多的是丧失了对自己判断能力的信任。”

而我说不出口的话是，娜塔莉·德拉克斯还在我的心里。我心中饱受煎熬、病入膏肓的那部分自我仍然没有枯萎，依然渴望着她。斯蒂芬妮摸出一支烟，点燃。火苗令我畏缩。

“抱歉，”她说，“我没想到。”

“那你呢？同样的问题可以问一个女人吗？”

“不，这不一样。你不可能失去对自己这个性别的信任，那是一种自暴自弃。但是你知道你自己的性别能够做什么，以及能堕落到何种地步。我可能不是个典型的女人，”她说着向我投来挖苦的眼光，“但我确实很了解女性心理。”

“那男性心理呢？”

“有某种程度的了解吧。男人总是愿意把女人往好的方面想，尤其是面对有魅力的女性。这话难道没点道理吗？我们难道不是认为有魅力的人自然就有良好的品德吗？而那些让自己看起来像受害者的人，我们难道不是自然而然认为他们品行端方吗？娜塔莉就是让自己成了一个相当有说服力的受害者，”她陷入沉思，“虽然身为女人，我也被骗了。”

我心中突然闪过一丝回忆：浑身着火、被烧焦的娜塔莉尖叫不止。又出现了。平均一天五次，我都会看见那个瘦小的身影，逃离自身，逃离我，逃离这个世界，奔向地狱。我看到她那浅色的头发燃烧着，被火焰吞噬的脸庞变得焦黑，环绕着骇人的光圈。

我们来到了玫瑰花丛前。

“是不是很棒？”我颤抖着，将一根拐杖指向那团黄色的花朵。我努力将娜塔莉的样子推回脑海深处，它在那个角落里生存、蛰伏。

“真是独特的颜色，”斯蒂芬妮说着掐灭烟蒂，用鞋跟碾进土壤，“路易不是提到过羽扇豆吗？你这里有吗？”

“成百上千，”我说着指向还剩下的羽扇豆，“剧毒。”

此刻她又变得严肃起来，目光炯炯有神。“我不明白的是，娜塔莉的思维方式完全来自另一个时代。在那个时代，女人真的很无助，那时她们确实需要操控男人。”

“返祖现象吧，”我喃喃道，“某种遗风。但是伤害自己的孩子，还称之为爱……”

“每一天，都有女人在杀死自己的孩子，”斯蒂芬妮·沙维福尔冷冷地说，“相信我。”我们放眼望去，看到马塞尔·佩雷斯和雅克利娜一起站在露台上，他们迈步走下阳台，朝我们走来。

“可是我不愿相信你。”

“没人愿意，但这是事实。这是最容易掩盖的谋杀，因为这是人们最不愿去考虑的可能性。”

“这让我们都成了帮凶，”我慢吞吞地说道，慢慢消化这个想法，“因为我们在不知情的情况下与之勾结共谋。”

“那就是目的所在。但一切都始于一些不起眼的小事。娜塔莉的第一个错误微不足道，很容易得到理解，甚至被原谅，如果你是喜欢宽恕的人。她想要一个不想要她的男人，所以企图通过怀孕拴住他。这是书里最老套的把戏。”

“是最老套的把戏之一。”马塞尔说着走近我们，与此同时斯蒂芬妮掏出另一支烟。这一次她从我身边走开，去点烟。“生活中有很多这样的把戏。玫瑰真可爱啊。”

“所有这些把戏都列在了某本心理学书籍里，是不是？”斯蒂芬妮说。马塞尔微微一笑，我们继续往前走，转了个弯，在观赏池边停下。我忽然想到，斯蒂芬妮和马塞尔肯定花了些时间来讨论娜塔莉·德拉克斯的案子，而我没能参与其中，这感觉有点奇怪。

我看着喷泉投射出来的小小彩虹，腿痛起来了，我必须得停一停了。

“这么做可能有些道德争议，”斯蒂芬妮说，“但并不邪恶，甚至也不违法，只是一个卑鄙的伎俩。随便问问任何一个因此深陷其中的男人。他会暴跳如雷，气愤不已。女人会成为他们最可怕的敌人。”

“可是为什么要编出个被强奸的故事呢？”我问道，依然不明就里，“——也太——过火了。怎么会有人能想出那种主意？”

马塞尔·佩雷斯叹了口气。“我就是错在这里了。当我听说这件事的时候，从来没有怀疑过。你也没有，不是吗？”

“没有，”我说，“你不会怀疑的。也太……下流了。要是怀疑这件事的话，未免过于下流，但是能编出这么个故事来也一样很下流。任何有自尊心的人——”

“但这就是出于自尊心，”马塞尔说，“你想想，她很难把真话讲出来。真相会显得她这个人可不怎么样。但是她可以编造一些东西，让她这个人看起来没那么不堪——编出某个说得过去的版本。大部分处于那种情况的女人都会这么做。但是她过于骄傲了，而且狡猾至极。她索性更进一步，强奸的故事回馈给她某种病态的威严。”

“真是相当有创造力啊，”斯蒂芬妮沉闷地说，“这让她成了某种圣洁的受害者。真该为女人的脑瓜三呼万岁。”

这想法让我沮丧。我不愿意那么看待女人。大多数女人都不是那样。真的，大多数女人都不是那样？

“所以我才会问你，你是否失去了对女人的信任，”她继续说道，“假如我是你的话，我会的。但我不希望你这样。”

面对她突然的严肃，我挤出了一丝微笑。我看到马塞尔同样也在笑。我觉得身体稳当了点儿，于是我们又继续慢慢往前走，沙维福尔边抽烟边说话，我和马塞尔大多数时候都在倾听，思考。我突然想起来，第一次见到沙维福尔的时候，我不是很喜欢她，或者至少是没有把她当回事。

“我之前对你有误解。”我突然说道。

“我知道。”她说着猛然转过身来看我，而后露出了微笑。

“人们是会这样的，斯蒂芬妮，”马塞尔说，“这就是你给别人的印象。或许你应该稍微化个妆。”

但是我没办法跟他们一起开怀大笑。我的感觉——这些感觉是否会消失？——太强烈，太现实，太痛苦。我们三人在映山红旁边的长椅上坐下来，无声地凝望着花园，各自沉溺在自己的思绪里。

“她爱她的儿子，”马塞尔·佩雷斯说，“可是她也恨他。这完全是矛盾的。这远比孟乔森综合征[①]复杂得多。蓄意谋杀的本能确实存在。她说过她从来没有让他死掉，但她一次次把他推到死亡边缘。路易在某种程度上也是渴望这么做的。这是他们同谋的一种游戏。”

水面之下，一条灵活的锦鲤不知不觉进入眼帘，鳞片闪着光泽。另一条紧随其后，接着是第三条，我看着它们，它们摆动清凉的身体在水下打转，我迷失其中。

① 孟乔森综合征是指一种通过描述、幻想疾病症状，假装有病乃至主动伤残自己或他人，以取得同情的心理疾病。

二月，冬日里一切都变得光秃秃的。覆满积雪的山脉从古老而黯淡的平原上拔地而起。地表荒无人烟，宛如月球表面。巨大的岩石零星分布，像是任性的巨人一把扔下的色子。公路上几乎没有车，但偶尔有重型货车轰隆隆驶过，轮胎溅起一片雪泥。在这片空旷之中，这些货车都是要去什么地方运货。

过了潘迪罗尔，道路变窄，我又花了一个小时才到达德拉克斯家野餐的地方。那里比我想象的地势更高，更偏远。

我将车停在附近的林中空地，沿着小径慢慢往上走，这条小路穿过高高的枯草，冰封蜘蛛网点缀其上，泛着微光。斯蒂芬妮给了我标记地标的警用地图：一棵佝偻的冷杉，一丛白桦，两块巨石。空中飘浮着一团团诡异的雾气，我虽然穿了厚厚的外套，可还是冷得发抖。我挣脱钩在衣服上的黑莓灌木，胸口和手上的伤疤隐隐作痛。我渐渐注意到了奔腾的水流声。我蹒跚着走到溪谷边，站在路易·德拉克斯坠崖的地方。

几分钟之后，我才鼓足勇气向下看去。从这里掉下去真不是说着玩的。我感到一阵反胃。眩晕。我放慢呼吸，平息内心的惊恐。太不可思议了，竟然有人从这里掉下去还能生还。你能看到遥远的谷底有一条纤细的银丝带，上面溅起一团团水花。

我在那里驻足良久，唯一做的只有呼吸。我一边呼吸，一边思索路易和他妈妈一起上演了九年的这场戏，我怀疑我永远也无法理解，无法理解他们共谋的规则与行动竟然让他走了这样的五步。或者说，我怀疑自己是否能知道路易此刻正徘徊在何处。人的思绪远比栖身其中的世界更为浩渺，人类的大脑远比身体组织和肉体更为广博。我相信灵魂的存在，突然间我这样想。关于大脑，我所了解的一切都告诉我不要相信灵魂，但我还是相信。我相信路易的灵魂，我觉得自己在动摇。

为了试着给这些事情盖棺定论，我写下了路易·德拉克斯的病例。可是，虽然有心灵感应交流的证明——闭路电视录像、目击者——我的文章还是被所有主流医学期刊拒之门外。我内心深处其实一直都知道会是这么个结果。这太怪诞了，编辑们委婉地表示，刊出文章会让我声名尽丧。我已经是行业里的标新立异者，刊出这篇文章并不会给我的职业生涯带来更多帮助。

沃丹虽然极富同情地表达了不同意见，但我知道，他是赞同他们的。他并非不相信那些证据，只是他很谨慎。我考虑过在报纸上发表，但那意味着要讲述更多的细节，而我觉得这不太明智。路易仍然有可能从深度昏迷中苏醒过来。如果披露那些故事，对他非常不公。

所以我保持沉默，继续工作，将心思放在了我的盆栽上。

苏菲回来了，但是每到周末她都会去蒙彼利埃和女儿们小住。我并不想阻挠她。我们正缓慢和解，但过程很痛苦。

生命的复苏可以像死亡一样漫长，甚至更为迟滞。但是，路易在诊所的康复进程中，已经出现了一些鼓舞人心的微弱信号。我仍旧乐观地坚信希望的力量。自从火灾之后，我有了许多变化。但是在乐观这一点上，我还是一如既往。还有——不像我的某些同事——无论出现了什么负面的征兆，我都认为，不出几个月，路易·德拉克斯就会从深度昏迷中完全苏醒过来。

而后我思索着我们即将拥有的生活，畅想遥远的未来。没错，我有时候——常常——允许自己梦想那样的事情。

我们会组建起一个奇怪的家庭。很可能到了那时，我和苏菲能够勉强达成共识，并携起手来重建我们的生活。不是我们曾经的生活——那种生活让我筋疲力尽——而是一种全新的生活，有新的形态，新的声音，新的感受，还有一种小心翼翼的温柔。儿子的死让露西尔的身体每况愈下，但她还是要来这个村子里生活，她会请我和苏菲把路易当作自己的儿子。当她面露微笑——她真的很少笑——你会注意到她用了多大的力气来调动那几块负责微笑的肌肉。

有时候我甚至会管路易叫“儿子”。那是开玩笑的，却是我们俩都需要的玩笑。女儿们一定会爱他，会从蒙彼利埃到这里来度过周末，两个人都带着男朋友，用电脑游戏、影片、麦当劳之类的来宠坏这个小家伙。苏菲将会给我们做大餐，就像从前一样，当路易埋头吃饭时，苏菲会充满母爱地望着他，而我则会看着凝望路易的她，想着生活是多么变幻莫测啊，瞬息之间就会天翻地覆，无可挽救。有些痛苦其实永远也不会真正离我们而去。有些事情最好从此绝口不提，哪怕当一个小男孩开始提问。

露西尔会为路易保留关于皮埃尔的记忆，但是我们谁都不会谈论娜塔莉·德拉克斯。这样做是最好的，如果在这种情况下真的有“最好”可言。路易将会知道，娜塔莉爱他。这就够了。有些记忆你并不需要。大脑远比我以为的更辽阔，它的运作比我所知道的更微妙，更怪异。当你的某些部分被烧成灰烬，大脑会给予补偿。最诡谲的植物正是从灰烬中生长出来的。

马塞尔·佩雷斯每个月会来造访一次，在他的帮助下，路易将出现明显的好转。马塞尔、苏菲和我会讨论他的状况。我们总是小心翼翼，密切注意他的记忆是否开始蠢蠢欲动。我们必定会万分紧张，我们所有人都会：尽管有那么多康复治疗，尽管如今正常的生活已将他包围，我们还是会紧张，担心过往也许会寻得一丝裂隙，乘虚而入，淹没他的灵魂。

别认为娜塔莉死的时候我不伤心。别认为我已经不爱她了。我没有。哪怕现在，我也不确定我的心里是否已经没有她了。或许那就是苏菲能在我身上看到的东西。或许正因如此，我们仍旧分房而睡，也正因如此，尽管我们已经学会了温柔，掌握了全新的优雅方式，她仍旧保持着警惕。

没错，无论多么不合时宜，娜塔莉·德拉克斯在我心中搅动的错乱情感仍然延宕不去，仍旧在痛苦、羞愧、内疚和悲伤所带来的微弱刺痛中不断更新。我也许本能将她从她自身解救出来的吧？无疑，在恰当的爱的作用下，她也许可能……

“不可能，”马塞尔·佩雷斯对我说，“她没有爱的天赋。爱从来都不能带给她幸福快乐。她的人生与众不同。”

总有一天，我一定能将自己涤荡干净，那一天当我醒过来，将不再想到她。但与此同时，她生命中最好的那部分将继续活下去——那就是她的儿子。也许某一天，路易将做好准备，重新回到这个世界——这是一个全新的世界，不同于我们已经知晓的世界，他将在这样一个世界拥有一席之地，我也将在那个世界里尽我所能为他做任何事。所有事，更多的事。也许有一天，偶然地，我将走向救赎。

让我们幻想一下，幻想我们俩盯着那个生物。这生物是个惊人的奇迹，体型庞大，周身粉紫色，长长的粉色触须布满吸盘，有茶碟那么大。它在一个大型水箱里，博物馆里的每个人似乎都像我们一样迷失其中。它不省人事地悬浮着，此前人们都不相信它的存在。

人们曾经说是水手编造了这种生物，尽管在鲸鱼身上发现的吸盘痕迹证明了它们必定存在于漆黑深海。它们在深海之中躲藏了那么多年，但是现在，它们就在这里，在新的气候环境中大获全胜，以异于地球上其他生物的方式繁衍。它们是来自世界幽暗地域的沉默使者，在我们的想象中，那些地域被永恒地封锁着，遥远偏僻，触不可及。但这个奇迹的诞生并非是因为我们闯入了它们的世界、发现了它们，而是——被挫败并死去的——它们闯入了我们的世界。

路易坐在轮椅里，头被牢牢地固定住，眼睛睁得大大的，一眨不眨，他盯啊盯啊，那么寂静，那么盲目，或许还带着敬畏，你几乎听不到他的呼吸声。世上竟有这样的生物存在。忽然之间，这一切在我眼中恍如奇迹，而路易这样一个小男孩也许会从万物表象之下那个浩大而未知的世界中回来，他同样是个奇迹。

你不必哀叹“可怜的路易·德拉克斯”。因为并没有那么糟糕。是真的。我并不介意留在这里。

之前有很多事情都很糟糕。做一个问题儿童或者一个容易出事故的孩子并不那么容易。见胖子佩雷斯很糟糕，妈妈和爸爸彼此痛恨也很糟糕，学校很糟糕，被人叫“怪胎”很糟糕，就连穆罕默德也很糟糕。

但这里并不糟糕。你看，胖子佩雷斯不明白的是，我从不觉得医院很糟糕。我就是这个意思。我喜欢医院。我喜欢被全天候地照顾。我喜欢可以就这么躺着，胡思乱想，完全不用担心他们不堪一击，或者在玩“假装你并不恨他”的游戏。我喜欢可以专心去想《蓝色星球》，可以梦到古斯塔夫这样的人，听帕斯卡尔给我读《动物世界：超凡脱俗的风景》。这样甚至比睡着了还要好，因为你根本就不用醒来。你唯一要做的就是躺着，呼吸。你甚至都不需要讲话。如果发生了讨厌的事情，你可以封闭起来，然后睡过去。我很擅长在发生讨厌的事情时睡过去。我喜欢达纳切特医生，我喜欢雅克利娜·杜瓦尔、玛丽安娜、贝尔特和其他所有护士，我喜欢奶奶来看我，坐在床边，跟我讲她养的各不相同的狗狗，还有发生在它们身上的事情，以及她年轻时住过的所有地方。我甚至喜欢胖子佩雷斯来看我。

我一生都在等待这个医院。整整九年。九是我的幸运数字，因为这是我的第九次生命，我的第九次生命是最棒的一次。是真的。我可以永远待在这里。我不需要爸爸或者妈妈，因为我有古斯塔夫和达纳切特医生。医生每晚都来，给我读书。当他说晚安的时候，他会小声说，你可以醒过来了，路易，想什么时候都可以，我很想带你去巴黎看浸泡在水箱里的神奇生物。但是他并不明白，因为他有点傻。他并不知道，他不知道我已经可以在水下游泳了，我可以看到很多很多的大王乌贼，想看多少就看多少，还有其他动物，其他东西，这世上的所有东西我想看就看，我可以去任何我想去的地方，做任何我想做的事。

这世上的任何地方，任何事。

拿这样的生活做交换，再次做回路易·德拉克斯，那我肯定是疯了。

这就是达纳切特医生所不明白的。但是古斯塔夫明白。古斯塔夫很清楚。我的选择就是，我要说，不了，谢谢，达纳切特医生，我喜欢你，我喜欢这里，我的第九次生命比其他八次都要好，我可以向你保证。我一直都在思考，这就是我思考的结果。

在这里挺好的，所以我会留在这里。如果你做了选择，而你的选择是错的，你就得背负这个选择继续生活。每个人都要背负自己做过的事情生活下去。你做了选择了，路易。那是你的选择。

“所以，如果我留在原地的话，你没问题吗？”我问他。

“不。我不确定，路易。”

但那不是达纳切特医生的声音。是古斯塔夫。是爸爸。我已经好久没听过他的声音了，我以为他已经离开了。他的声音非常微弱。

“你没必要留下来。”古斯塔夫说。爸爸说：“你可以醒过来，继续生活。如果你愿意的话。你愿意吗？”

“不愿意。可能吧。我不知道。”

他沉默良久。我再也见不到他了，我跟你说过吗？我们一起去了山洞，他给我看了墙上用血写的我和凯瑟琳的名字，他拆下绷带，好让我最后一次看看他的面容，从那以后，我就失去了他。如今他只是我脑海中的一个声音，像梦一样。

“这要取决于你对即将发生的事情有多好奇，”他说，“很可能是好事。你知道的，困在山洞里的那三天，我一点也不好奇，我只想要个了结。可你不同。”

“剩下的人生可能也很糟糕啊。”

“有可能，”爸爸说，“但也可能不糟糕。但是，有路可以回去，如果你想回去的话，你知道的。”

“那你呢？”

“我得留在这里。”

“所以你死了？”

“我觉得你知道。鉴于你知道的所有事情……你所有关于奇异动物的知识、关于毒药的知识，还有我们做飞机模型时，你按部就班地照着说明一步步来……我觉得你知道，路路。我死在了山洞里。想想这个世界，年轻的先生。想想看它可能一点也不糟糕。现在，我们要说再见了。是时候了。”

我转过脸，面向窗外。我能感觉到外面的天亮了，也能听见鸟鸣，是海鸥。我知道他没有对我说谎，因为他是唯一从不对我说谎的人。我还知道一些别的事情。我知道终有一天，如果我愿意的话，我可以做到。我可以往前走一步。

然后再走一步。